W0349937

Le combat d'une vie

Matthias Lambert

Le combat d'une vie

éditions du
ROCHER

Tous droits de traduction, d'adaptation
et de reproduction réservés pour tous pays.

© 2025, Groupe Elidia
Éditions du Rocher
28 rue Comte-Félix-Gastaldi – BP 521 – 98015 Monaco

www.editionsdurocher.fr

ISBN : 978-2-268-11114-8
EAN epub : 9782268112664

Introduction

Été 2024 – Boston, Massachusetts

Un soir d'été 2024. Je trouve refuge sur un banc, au bord de la Charles River. En face de moi, une silhouette familière. Boston. Je me laisse happer par le paysage et par le spectacle silencieux qui se joue devant moi. Les gratte-ciel se parent de reflets orangés, rouges, violacés, comme si le ciel s'amusait à repeindre la ville. On y distingue la Prudential Tower, imposante, et la John Hancock Tower, plus moderne et toute de verre. À leur pied, les quartiers historiques de Back Bay et de Beacon Hill déploient leurs façades de briques rouges. Celles-ci me rappellent, avec un brin de nostalgie, le nord de la France, ma terre, mes origines. Derrière moi s'étend Cambridge, avec le prestigieux Massachusetts Institute of Technology (MIT) et, un peu plus loin, l'université Harvard. Ce décor invite au rêve, à l'imaginaire, à croire que tout peut devenir possible. Autour de moi, les promeneurs flânent, quelques joggeurs s'obstinent, tandis que, sur l'eau, des rameurs glissent, attirés par la fraîcheur de cette fin de journée. L'air est doux. L'instant suspendu. Je respire. Tout semble à sa place. Enfin.

Comment ai-je fait pour arriver jusqu'ici ? On dit que les plus grands sont passés par Boston et ses universités prestigieuses. Je n'ai rien d'un grand. Mais je les côtoie dorénavant chaque jour. Au long de nombreux siècles, les locataires de ces lieux ont contribué à des avancées majeures dans les domaines scientifique, technologique, économique ou encore géopolitique, façonnant le monde que nous connaissons aujourd'hui. Par leurs choix, leurs idées, leurs découvertes, ils ont su écrire l'histoire. Mais comment ai-je fait pour écrire ma propre histoire ? J'ai pour habitude de regarder droit devant moi, l'avenir en point de mire. Pour bâtir son destin, il faut cependant savoir revenir en arrière, regarder dans le rétroviseur, redécouvrir son passé, les moments joyeux comme douloureux, et tirer les leçons de ses succès mais aussi de ses erreurs. Je viens de fêter mes trente-quatre ans. Je suis chercheur au Boston Children's Hospital et à la Harvard Medical School. Je travaille sur les maladies génétiques rares, et notamment les maladies neuromusculaires. Découvrir comment mieux les diagnostiquer, les comprendre, les traiter, c'est ça, mon travail. Le Pr Louis Kunkel m'a tout de suite fait confiance lorsqu'il m'a embauché dans son équipe de recherche il y a sept ans. Son laboratoire a été à l'origine, en 1986, de la découverte du gène de la dystrophine, responsable de la myopathie de Duchenne, grâce à une technique révolutionnaire à cette époque : la génétique inverse, qui s'appuie sur le caractère héréditaire de la maladie. En étudiant l'ADN d'une cinquantaine de patients atteints de cette myopathie, son équipe a pu localiser et décoder au sein du chromosome X l'élément commun manquant : le gène de la dystrophine. Ce dernier produit une protéine extrêmement importante qui protège les fibres musculaires des tensions subies lors de la contraction. D'une certaine façon, il joue le même rôle que les amortisseurs d'une voiture. En l'absence de dystrophine, la fibre musculaire se casse, dégénère et meurt. Les muscles des bras, des jambes, les muscles respiratoires et le muscle cardiaque sont alors progressivement affectés. Les personnes atteintes de cette maladie perdent la capacité à marcher au début de l'adolescence et ont une espérance de vie de vingt à trente ans. Cette maladie touche plus généralement les garçons, avec une estimation d'une personne sur 3 500. Elle est bien plus commune qu'on ne le pense à première vue. Des traitements, il y en a. Mais leur efficacité est encore trop faible pour ne serait-ce que ralentir la maladie. Des traitements innovants et efficaces sont en cours de fabrication. Mais le temps presse. À soixante-quinze ans, le Pr Kunkel est toujours actif dans son laboratoire, travaillant sur ces traitements de demain. Il souhaite les voir fonctionner de ses propres yeux. Depuis plus de quarante ans, ses travaux de recherche révolutionnent la génétique, un domaine auparavant associé à d'autres grands noms comme Gregor Mendel, Charles Darwin, Francis Crick, James Watson, sans oublier Rosalind Franklin. Grâce à la génétique inverse, des dizaines voire des centaines de gènes ont été découverts, ce qui a permis d'améliorer les diagnostics et de développer des traitements pour d'autres maladies. Suite à la découverte du gène de la dystrophine, le Téléthon français a été créé à la fin des années quatre-vingt. Le mal avait été identifié. Il était maintenant temps de l'attaquer.

Je me sens privilégié. Privilégié de pouvoir écouter les anecdotes du Pr Kunkel, privilégié de pouvoir me nourrir de toute cette richesse intellectuelle, de ce savoir qu'il me transmet chaque jour. Il est pour moi un mentor. Comme le professeur pour son élève, le chef pour son commis de cuisine ou le Jedi pour son padawan (pour ceux qui ont la référence). Au laboratoire, la porte de son bureau est toujours ouverte, invitant à parler de tout, et parfois de rien. Mais d'un rien peuvent sortir des idées, des hypothèses, des découvertes. Il y a toujours une occasion de parler, d'être curieux, de questionner la nature qui nous entoure et son fonctionnement. C'est le but même du chercheur. Je parlais des grands de ce monde, Louis Kunkel en est un : par ses choix, ses idées et ses découvertes, il a façonné une partie de la médecine d'aujourd'hui. Il a écrit l'histoire.

Je ne crois pas en une entité divine qui déciderait à notre place. Je crois néanmoins à la chance et au hasard. Il faut parfois être là au bon moment, au bon endroit, pour réussir. Mais ça ne fait pas tout. C'est d'ailleurs assez rassurant de se dire que nos propres choix peuvent décider de notre destin. Où ? Quand ? Comment ? Pourquoi ? La réponse à ces questions dessine nos choix et trace le chemin qui est le nôtre. Ces questions, nous nous les posons plusieurs fois dans une journée, parfois, souvent, sans nous en rendre compte. Prenons un exemple : quand ? Quelle heure est-il ? Il est 19 h 50. Je vais peut-être attendre vingt heures avant de partir de ce banc. Le fait d'avoir attendu dix minutes a-t-il changé votre vie ? Peut-être. Sûrement. Dans tous les cas, une question a été posée, une réponse a été donnée et un choix a été fait. Cette idée peut paraître anodine, mais elle m'interroge sur ma propre vie, mon propre destin, mes propres choix. Rien ne me destinait à être là aujourd'hui, chercheur à Boston. Rien n'était écrit. Enfin presque. Une partie de mon histoire réside peut-être dans mon ADN. Cela peut paraître contradictoire. Mais n'est-ce pas après tout la base de toute science ? Pour s'approcher d'une vérité, il faut parfois savoir se remettre en question. Depuis tout petit, je voulais devenir footballeur professionnel. Ça en fera peut-être rire plus d'un. Mais c'était mon rêve. J'avais huit ans quand la France gagna sa première Coupe de monde. Mes idoles étaient Zidane, Ronaldo, Figo,

Henry. Il y avait pour moi un petit côté artistique, voire magique dans leurs gestes. J'avais leurs posters accrochés dans ma chambre. Dans la rue, dans la cour de récré, j'avais toujours un ballon aux pieds, pour essayer de les imiter. Je pouvais parler et vivre foot pendant des heures. En 2000, lors d'une compétition sportive entre écoles primaires de la ville de Longuenesse, dans le Pas-de-Calais, je me suis essayé pour la première fois au foot sur un terrain grandeur nature. C'était un samedi après-midi. J'avais revêtu les chaussettes rouges, le short blanc et le maillot bleu de l'équipe de France pour l'occasion. La joie et l'excitation étaient présentes. J'étais heureux. Mais dès les premières minutes, je me suis vite rendu compte que le jeu allait trop vite pour moi. Le ballon allait à droite, à gauche, je n'arrivais pas à suivre. Ce ballon, je ne l'avais pas encore touché et je ne le toucherais pas de toute l'après-midi. J'ai entendu dans mon dos : « Pourquoi tu ne cours pas ? » Oui, pourquoi je ne courais pas ? C'était toute la question. Ma tête voulait, mes jambes ne voulaient pas. À ce moment précis, j'ai réalisé que quelque chose clochait. Et que ce quelque chose était susceptible de briser mes envies, mes rêves. Imaginez un gamin de dix ans qui sent son rêve se briser. Un sentiment mêlant honte, échec et frustration montait en moi. Ce sentiment, je dirais même cette blessure, ne cicatriserait jamais. Au-delà du rêve, c'était toute ma vie qui était remise en question. Pourquoi ? Comment ? Je ne le savais pas encore, mais la réponse à ces questions dessinerait les vingt-cinq années suivantes.

Je suis né avec une myopathie congénitale. C'est une maladie neuromusculaire rare. Et des maladies neuromusculaires, il en existe plus de trois cents. Statistiquement, j'avais plus de chances de décrocher le jackpot à la loterie que d'hériter de cette anomalie génétique. Mais le destin en a décidé autrement. Ou peut-être me réserve-t-il le jackpot pour plus tard. Ma myopathie n'est pas la plus connue et est très différente de la myopathie de Duchenne : la mienne n'est pas dégénérative et n'est pas causée par le gène de la dystrophine. Néanmoins, à trente-quatre ans, chaque pression exercée par la pesanteur me pèse. Chaque pas, chaque respiration, chaque parole devient un défi en soi. Mon fauteuil roulant m'accompagne de plus en plus souvent, mes poumons sont dorénavant sous assistance respiratoire la nuit. Et pour ne rien arranger, il n'existe aucun traitement. Mon corps me fait mal. Mon corps s'épuise. Ce n'était pas le rêve que je m'étais fait. Je ne m'en plains pas – ou, du moins, je ne m'en plains plus. Mon esprit, quant à lui, est plus que jamais éveillé. Dans mes rêves, la myopathie n'existe pas. Je cours à grandes enjambées. Mais vers quoi ? Ces rêves ne me disent pas si je suis plus heureux ou non. Il y a longtemps eu chez moi un grand décalage entre ce que je voulais faire et ce que je pouvais faire. Comme deux facettes : celui qui court dans ses rêves et celui qui est emprisonné dans un corps qu'il n'a pas choisi. Docteur Jekyll et Mister Hyde, mais dans un autre registre. Néanmoins, cette dichotomie s'est estompée au fil des années, laissant place à mes choix, à mes ambitions, me réconciliant avec la réalité. Aurais-je enfin trouvé la clé pour me libérer de cette prison ? Cette maladie, cette adversaire, je la combats depuis toujours comme sur un ring de boxe, au fil de rounds qui n'en finissent pas. J'ai reçu des coups, j'ai su en mettre aussi. Elle m'a parfois mis à genoux, mais je n'ai jamais cédé. Malgré mon corps malmené, cette expérience de vie m'a appris à toujours me relever. Personne ne peut se battre à ma place, et encore moins ressentir ce que je ressens. Pourtant, beaucoup ont voulu prendre des décisions pour moi. Peu après ma naissance, la société m'avait déjà mis dans une case, ou oserais-je dire un cercueil, six pieds sous terre. Ce n'était pas la peine de se battre pour moi, disait-on. Plus tard, ce n'était pas la peine que je fasse des études scientifiques. Trop fatigantes, m'expliquait-on. À quoi cela servirait-il ? De toute façon, je n'en aurais pas les capacités. On parlait alors de moi comme d'une charge, un fardeau. Mais personne, ou presque, ne me demandait ce que je voulais faire et comment je voyais ma vie. J'ai très souvent eu des difficultés à exprimer mes envies, mes sentiments, et à percevoir ceux des autres. Le français, l'anglais, les mathématiques, la musique, tout ce qui est langage n'a jamais été mon fort. Pourtant, j'ai travaillé sur cette faiblesse dès mon plus jeune âge, après un retard de langage et de prononciation. En revanche, j'ai une excellente mémoire photographique et sensorielle. Rien de tel pour moi qu'un décor comme celui de Boston aujourd'hui pour me remémorer des souvenirs. Je peux m'amuser de détails pendant des heures. Une feuille qui tombe, par exemple. Combien de fois cette feuille tourne-t-elle avant d'arriver au sol ? Après avoir lu un livre, je peux me souvenir du numéro de la page où figure telle anecdote. Une simple odeur peut me faire revenir des années en arrière dans les moindres détails. Un tas d'informations s'accumulent dans mon esprit. On pourrait me dire que c'est une qualité. Je pourrais répondre que ce n'est pas toujours le cas, ce même esprit m'obligeant à stocker et garder en mémoire tous les détails, même les plus douloureux. Des moments joyeux et douloureux, j'en ai vécu énormément. Néanmoins, je me suis souvent servi de plaies non cicatrisées pour bâtir mon avenir. Je ne suis plus cet enfant de dix ans, mais je me rappelle sa souffrance dans les moindres détails. Je voulais la faire disparaître. C'est mon petit côté revanchard. Il fallait que je fasse taire les préjugés. Il fallait que je déjoue les pronostics. Il fallait que je prouve à moi-même et aux autres ce dont j'étais capable. C'était à moi de me battre. C'était à moi de me dépasser pour vaincre cette maladie. Ce sont en quelque sorte les raisons pour lesquelles je suis devenu chercheur.

Dans ce combat, je ne suis pas seul, j'ai des alliés. Ma maman m'a toujours soutenu. C'est elle qui a enfilé les gants de boxe sur mes toutes petites mains pour la première fois et qui m'a montré comment les utiliser. Je l'ai souvent entendue me raconter ma maladie, nos rires, nos pleurs, nos bonheurs, nos malheurs, nos voyages. Nous avons pu échanger de nombreuses fois sur les premiers mois de ma vie, voire les premières années. Parler de soi, de sa vie, de sa maladie, n'est ni anodin ni facile. Mais j'en avais besoin pour construire ce futur qui m'attendait. Il n'existe pas de manuel du type *Comment vivre avec une maladie*. En revanche, il existe les récits de personnes atteintes de maladies. Ces récits sont précieux pour affronter le désarroi, la solitude, l'adversité et la souffrance qu'on peut ressentir. Ils servent d'exemples et de repères. Au fil de ma vie, je me suis souvent inspiré de ces histoires pour construire la mienne. D'autres avant moi ont su relever leurs propres défis. Alors pourquoi pas moi ? L'impossible m'a souvent été interdit, alors je l'ai transformé en possible.

Cette maladie a longtemps été pour moi une inconnue. De ce mystère, j'ai fait une quête. Et de cette quête est né un combat.

Chapitre 1
Là où naissent les combats

Automne 1989, France

Un vent de liberté souffle sur l'Europe et, au milieu des bourrasques, le fracas de l'effondrement du mur de Berlin résonne à travers tout le continent. Le « mur de la honte » est tombé, emportant avec lui près de quarante-cinq années de guerre froide. À l'Est, les peuples se lèvent, brisent leurs chaînes et réclament l'indépendance. Dans les cœurs et dans les têtes, l'espoir renaît, dissipant peu à peu la peur d'un nouveau conflit mondial. À des centaines de kilomètres de là, dans une bourgade discrète du nord de la France, deux âmes s'apprêtent, elles aussi, à faire tomber un mur. Non pas un mur de béton, mais celui, plus secret, des rêves contenus. Ils s'appellent Gilles et Martine. Il a vingt-quatre ans, elle en a trente-cinq. Une dizaine d'années les séparent, mais ils partagent la même fougue, le même goût de l'aventure. Ils sont jeunes, amoureux, portés par le souffle d'une époque qui murmure à l'oreille de chacun : « Tout est possible. ». Ils aspirent tous deux à un nouveau départ, une nouvelle vie à deux, sans savoir qu'elle battrait bientôt au rythme de trois.

Ma maman, Martine, est originaire du Mans, dans la Sarthe. Issue d'une fratrie de cinq, elle a grandi entre les murs modestes d'un foyer ouvrier durant les années soixante, avec à sa tête un père travaillant à l'usine Renault et une mère au foyer. À dix-sept ans, son CAP d'employée de bureau en poche, elle quitta seule sa province pour se rendre à Paris. Très vite, elle décrocha un emploi d'aide-rédactrice dans une compagnie d'assurances et s'installa dans une chambre de bonne, avenue de la Grande-Armée, dans le 17e arrondissement. Ses journées s'étiraient au rythme des aller-retour sur les Champs-Élysées, et chaque paie devenait une promesse, celle de pouvoir profiter de la vie parisienne, des soirées animées et des week-ends insouciants. À vingt ans, ce petit bout de femme aux cheveux bruns frisés était devenue une femme active, indépendante, libre, et ses envies ne cessaient d'ailleurs de grandir. Un jour, elle prit la direction du nord de la France avec son compagnon de l'époque. À Béthune, elle devint responsable du rayon bazar d'un grand magasin et donna naissance à celle qui deviendrait plus tard ma sœur, Nathalie. Les années soixante-dix puis quatre-vingt deviendraient aussi synonymes de voyages et de découvertes. Elle parcourut la France et découvrit d'autres horizons, comme la Grèce, dont elle me dépeint encore aujourd'hui les couleurs et les parfums. À son retour, son mariage s'effrita. En pleine instance de divorce, elle choisit de ne pas fléchir. Elle reprit son destin en main et devint patronne de son propre café en région rurale, à quelques kilomètres de Saint-Omer, dans le Pas-de-Calais. C'est dans ce même café, baptisé *Chez Martine*, que le destin s'invita un soir d'automne. Un grand jeune homme aux cheveux bruns, Gilles, fit son entrée. D'abord anonyme parmi d'autres, il deviendrait par la suite un visage plus que familier. Petit dernier d'une fratrie de quatre, fils d'un ouvrier et d'une tenancière de café d'un village voisin, Gilles portait en lui l'héritage d'une lignée de fermiers autrefois respectés dans la région. Mais comme beaucoup d'autres, sa famille avait dû céder aux promesses de l'ère industrielle. Il n'avait donc jamais repris les terres et avait choisi de devenir plombier-chauffagiste au cœur des années quatre-vingt. C'est à la fin d'une longue journée de travail qu'il poussa la porte de ce petit café. On dit que le hasard fait bien les choses. Loin de moi la prétention de philosopher, mais cette rencontre scella à jamais leur destin et le mien quelques mois plus tard.

À l'été 1990, le nord de la France suffoquait sous une vague de chaleur déjà qualifiée de « caniculaire » à l'époque. Partout, les gens fuyaient l'asphalte brûlant pour la fraîcheur des coins d'eau ou l'ombre généreuse d'un arbre. La nuit, les températures peinaient à redescendre. Les fenêtres et les volets restaient grands ouverts, dans l'espoir de laisser entrer le moindre souffle d'air. Pour certains, c'était l'excuse rêvée pour prolonger les soirées jusqu'à l'aube. Mais, pour d'autres, ce n'était pas la même histoire. Dans notre petit appartement de Saint-Omer, ma maman entamait son dernier mois de grossesse. Le ventre était tendu. Le corps, lui, épuisé. Chaque mouvement était devenu un effort. Chaque heure, un combat contre la chaleur, la fatigue et l'impatience. Elle n'avait plus qu'un seul désir : que je sorte. Vite. De mon côté, après des mois paisibles à l'abri, j'étais prêt à rejoindre le tumulte. Le monde extérieur m'appelait, brûlant, bruyant, bouillonnant. Mes parents semblaient soulagés que ce moment, tant désiré, arrive enfin. Pourtant, pendant le trajet vers la maternité du centre-ville, un silence épais s'installa entre eux. Aucun mot superflu ne fut échangé. Juste ce calme étrange, presque solennel, que l'on reconnaît, parfois, à l'aube d'une tempête. À notre arrivée, la lumière artificielle tranchait avec l'obscurité de cette nuit d'été. On installa ma mère en salle d'accouchement. Les machines s'éveillèrent, les moniteurs clignotèrent. L'équipe médicale s'affaira, concentrée. Les gestes étaient précis. Ce calme maîtrisé céda peu à peu la place à une agitation palpable. Les contractions s'intensifiaient. Le rythme s'accélérait. Puis vint l'heure.

3 h 19

Un cri fendit la nuit. Mais ce n'était pas le mien. C'était celui d'un nouveau-né venu au monde dans la salle d'accouchement voisine. De mon côté, rien. Le silence régnait. Mon cou était prisonnier du cordon ombilical, serré dans son étreinte. Je ne bougeais pas. Je ne criais pas. Mon souffle se faisait attendre. Et, dans la pièce, tout le monde retenait le sien. L'agitation monta d'un cran. Les gestes devinrent plus vifs, plus serrés. Les voix s'élevèrent dans l'urgence. Puis vint un autre silence. Un silence beaucoup plus assourdissant, ponctué par le tic-tac oppressant de l'horloge. Les secondes ralentirent. Elles devinrent des heures. Les regards changèrent. Et puis, soudain, un sursaut, une délivrance. D'un souffle arraché du fond des entrailles, un cri fit vibrer les murs de la maternité. Un cri de vie, le mien. Une vague de soulagement balaya les visages déjà bien fatigués. Dans les bras de la sage-femme, pourtant, mes membres pendaient mollement, inertes. J'aurais dû m'agiter, avoir des réflexes, mais rien. Les regards changèrent de nouveau. On m'ausculta sous toutes les coutures. Avais-je manqué d'oxygène ? Était-ce la chaleur ? Personne ne savait. Alors, par précaution, on me plaça sous surveillance pour le reste de la nuit. Les jours suivants, on me surnomma « le gros dormeur ». J'ouvris à peine les yeux. Je bougeais peu. Maman tentait de m'allaiter, mais je ne montrais guère d'appétit. Je m'assoupissais presque aussitôt contre sa peau. Avec tendresse, une puéricultrice me donna ma première tape sur la couche: « Allez, Matthias, maintenant on se met au travail! » Mais je n'obéis pas. Peut-être étais-je simplement un paresseux en devenir. Ou peut-être que ce corps portait déjà en lui un trouble que nul ne savait encore nommer. Peu à peu, pourtant, je repris des forces et du poids. Les gestes devinrent un peu plus toniques. Le regard, plus accroché. Une semaine plus tard, l'équipe médicale délivra son feu vert. J'étais enfin prêt à quitter la maternité, prêt à entamer une nouvelle vie, une nouvelle vie pas tout à fait comme les autres.

Cette nouvelle vie commença donc à Saint-Omer, une petite commune de quinze mille habitants située à une soixantaine de kilomètres de Lille et à quelques encablures de Dunkerque et de Calais. Plus au sud, Paris est à trois heures de route; au nord, Londres n'est qu'à deux heures et demie de train *via* le tunnel sous la Manche. La ville est notamment connue pour son marais, ses jardins à la française, ses anciennes fortifications et sa cathédrale Notre-Dame, témoins d'une cité bâtie entre ciel et eau au fil des siècles. Saint-Omer revêt aujourd'hui un manteau de briques rouges et de pavés parfois usés. Le chou-fleur, fierté maraîchère, et la bière locale font aussi partie de son identité. Les Audomarois, nommés ainsi d'après saint Audomar, évêque du VIIe siècle, parlent parfois ch'ti au détour d'une ruelle et, bien que la météo ne soit pas toujours au rendez-vous, le soleil illumine leur cœur. Tout autour, d'autres bourgs dessinent le paysage, Longuenesse, Clairmarais, Arques, connue pour sa cristallerie, et Helfaut, où la Coupole, ancien bunker conçu pour développer les missiles V2 destinés à détruire Londres lors de la Seconde Guerre mondiale, témoigne d'un pan sombre de l'histoire, heureusement avorté. Ces technologies, pensées pour la guerre et la destruction, inspireront pourtant plus tard la conquête de l'espace, preuve que, parfois, même les ombres peuvent nourrir les rêves.

À la sortie de la maternité, le quotidien s'organisa autour de mes besoins, entre premiers gestes et premières inquiétudes. Dans notre appartement, je réclamais souvent la tétée. « Ah, tu te mets enfin au travail ! » me disait-on. Mais, très vite, je m'endormais sur la poitrine de maman. Mon quotidien était aussi rythmé par la visite d'un kinésithérapeute, Gilbert, chargé de redresser un de mes pieds légèrement de travers. À la fin de l'été, mes cris devinrent hurlements. Je hurlais de faim. Le premier médecin que je rencontrai fut celui de la Protection maternelle et infantile (PMI). Pour lui, rien d'anormal, je ne maigrissais pas. C'était plutôt la faute de maman. « Madame, vous devez boire beaucoup plus d'eau », lui disait-il, insinuant que son lait n'était pas assez nourrissant. Un deuxième puis un troisième médecin confirmèrent ces propos. Si je hurlais et si je ne me nourrissais pas, c'est que le lait maternel ne suffisait pas. À force d'entendre ces mots, le doute puis la culpabilité s'installèrent. Et si, malgré tous ses efforts, ma mère n'était pas capable de nourrir son propre enfant ? Mes parents prirent alors la décision de passer de l'allaitement aux biberons de lait en poudre dès l'âge de deux mois. Ils pouvaient désormais évaluer la quantité réelle de lait que je tétais. Je réclamais souvent le biberon, mais ne mangeais que très peu à chaque fois. Le lait maternel n'était manifestement pas le problème.

À la fin de l'été 1990, maman, n'allaitant plus, décida de mettre un terme à sa montée de lait très importante. Elle prit donc rendez-vous avec son médecin traitant. Le jour de la consultation, celui-ci ne lui laissa guère le temps de s'installer. Dès notre arrivée, il me prit dans ses bras, sans un mot. Elle fut surprise : cette consultation était avant tout pour elle, non pour moi. Le médecin, concentré, me posa sur la table d'examen, sans un regard pour ma mère, et m'ausculta minutieusement. Il refit tous les tests, un par un. Après quelques minutes, il se retourna enfin vers elle et lui dit : « Madame, votre bébé présente une hypotonie. » Ma mère resta muette. Elle ne connaissait pas ce mot. Il désignait en réalité une baisse du tonus musculaire. Mes bras, mes jambes, ma tête, tout était mou, sans aucune résistance, comme ceux d'une poupée de chiffon qu'on aurait tenue du bout des doigts. Il ajouta : « Je vais remplir un document qu'il faudra envoyer à la Sécurité sociale et je vais vous donner le nom d'une pédiatre que vous devez consulter assez rapidement pour votre bébé. Ce sera mieux que la PMI ou un médecin généraliste. » Confuse, maman réclama le traitement qu'elle était venue chercher pour arrêter sa montée de lait. Mais le médecin était déjà ailleurs, le regard perdu, contrarié. Il ne répondrait jamais à sa demande. De retour à la maison, maman comprit enfin ce qu'il venait de se passer et prit immédiatement rendez-vous avec la pédiatre. Avec angoisse, elle entrouvrit l'enveloppe cachetée destinée à la Sécurité sociale. C'était une demande de prise en charge à cent pour cent pour suspicion d'une maladie dont elle ne pouvait clairement déchiffrer le nom : Werdnig-Hoffmann. Pourquoi ce nom ? Pourquoi cette enveloppe fermée ? Pourquoi ne lui avait-on rien expliqué ? Mille questions se bousculaient dans sa tête, sans qu'aucune réponse ne vienne. À cette époque, sans Google et sans accès rapide à l'information, elle resta seule avec ses doutes, ses peurs, et son intuition que quelque chose de grave était en train de se dérouler sous ses yeux. Ce qu'elle ignorait encore, c'est que la maladie de Werdnig-Hoffmann, aussi connue sous le nom d'amyotrophie spinale infantile de type 1, est une pathologie neurologique très grave. Elle détruit progressivement les motoneurones, ces câbles qui transmettent les ordres du cerveau aux muscles pour bouger. Privés de signal, ces derniers s'affaiblissent progressivement. À l'époque, l'espérance de vie d'un nourrisson atteint de cette maladie dépassait rarement les deux ans. Maman l'ignorait. Le médecin, lui, le savait. Mais il n'avait pas osé prononcer la sentence. Deux ans. Deux petites années. Une vie à peine entamée, à peine effleurée, et déjà comptée. Sans un mot, l'horloge s'était brusquement mise à tourner.

Quelques jours plus tard, nous avions enfin rendez-vous chez la pédiatre qui nous avait été recommandée. Un petit bout de femme aux cheveux bruns frisés nous ouvrit la porte. Elle nous accueillit chaleureusement, avec douceur et une immense bienveillance. Elle avait déjà pris connaissance du courrier du médecin et refit toute la batterie d'examens de la tête aux pieds, sans oublier de tester mes réflexes et mon éveil. Elle prit mes mensurations, mon poids, et se renseigna sur mon alimentation. Rapidement, elle conseilla à ma mère d'abandonner progressivement le biberon pour introduire l'alimentation à la petite cuillère, même si cela pouvait sembler tôt à trois mois. Elle expliqua que la simple succion sur la tétine m'épuisait. Elle recommanda aussi de poursuivre la kinésithérapie en y ajoutant des massages et des stimulations sur l'ensemble du corps. Elle évoqua ensuite un nouvel examen, un électromyogramme

(EMG), destiné à orienter ou non vers un diagnostic de maladie neuromusculaire. Il se déroulerait à Loos, dans la banlieue lilloise, à une heure de route. La pédiatre nota les coordonnées du spécialiste et prit elle-même rendez-vous, soucieuse d'accélérer les démarches. Avant de franchir la porte, ma mère, de nouveau saisie par l'angoisse, se retourna et lui demanda si la situation était grave. Un silence s'installa. Leurs regards se croisèrent, puis se figèrent. La pédiatre comprit qu'elle devait donner une réponse. « Oui, c'est grave. C'est à prendre au sérieux », lui répondit-elle d'une voix calme. Ces quelques mots résonnèrent dans la tête de maman tout au long du trajet du retour. Abasourdie, elle conduisit prudemment ce jour-là. À notre arrivée, elle gravit les trois étages jusqu'à notre appartement, me déposa délicatement dans mon lit, puis redescendit sans un mot. En bas de l'immeuble, elle sortit un briquet de sa poche et tenta d'allumer une cigarette. Ses mains tremblaient. Son corps était secoué par d'énormes sanglots. Les paroles de la pédiatre résonnaient encore. Mille questions surgirent de nouveau, sans qu'aucune réponse ne vienne. Après de longues minutes, elle écrasa sa cigarette et se ressaisit. Les yeux encore humides, elle comprit qu'un combat venait de commencer, un combat contre la maladie, un combat contre l'inconnu. Mais, dans son cœur, une certitude émergea : quoi qu'il arrive, elle se battrait à mes côtés, sans jamais renoncer.

L'examen pour l'électromyogramme se déroula quelques jours plus tard, au mois d'octobre 1990. Pour cette visite, mon père nous accompagna. L'atmosphère était tendue entre mes parents, et ce climat ne me plaisait pas non plus. Tous deux restèrent à mes côtés pendant que l'équipe médicale m'attacha à une table d'examen. L'examinateur saisit une aiguille et l'enfonça dans ma peau, traversant la chair jusqu'à mes muscles nus, sans anesthésie pour ne pas fausser les résultats. À chaque insertion, un courant électrique était recueilli puis retranscrit en un signal visuel sur un écran et en un signal sonore dans un haut-parleur. Des courbes se dessinaient sur un papier qui serait ensuite transmis à la pédiatre pour analyse. L'examen dura plus d'une vingtaine de minutes. Une éternité. La douleur me traversait. Je hurlais jusqu'à en devenir violet. Les poings serrés, le corps tendu, je me débattais comme un boxeur face à un adversaire invisible, acharné. Mon père, debout à mes côtés, vacilla. Il voulut interrompre l'examen. Il ne supportait pas de me voir ainsi, attaché, hurlant, brisé par la douleur. Hors de lui, il s'en prit au médecin et aux infirmières. Après quelques minutes d'échanges tendus, ils parvinrent à le raisonner : « Monsieur, c'est important pour votre fils. C'est primordial pour la suite. » L'examen reprit, dans les pleurs. À bout de forces, je fus ensuite immédiatement réhydraté, puis longuement câliné par mes parents. Ce jour-là, pour la première fois, mon hypotonie s'était muée en rage.

Le corps faible, mais l'esprit combatif. Comme si, déjà, une part de moi refusait de céder. Comme si, déjà, je me battais pour survivre.

Nous retournâmes chez la pédiatre quelques semaines plus tard, au mois de novembre 1990, pour obtenir le compte rendu détaillé de l'examen. J'avais presque quatre mois et le temps pressait. À la surprise de ma maman, un spécialiste en médecine physique était également présent. Pourquoi était-il là ? Avaient-ils posé un diagnostic ? Ou était-ce mon dernier espoir ? Mille questions envahirent de nouveau son esprit, d'autant plus que mon père n'était pas présent ce jour-là. Comment accorder sa confiance après l'examen traumatisant que nous venions de vivre ? Être une maman sans solution pour son enfant est peut-être le pire des scénarios. En son for intérieur, elle savait qu'elle ne pourrait pas tout affronter seule. Cela a certainement conforté son intuition et son instinct maternel qui lui soufflaient d'écouter ce spécialiste ce jour-là. D'une voix calme et directe, celui-ci lui expliqua : « Soit on met le corps de votre fils dans une coquille pour le maintenir, soit on fait travailler ses muscles, au risque peut-être de le fatiguer et d'aggraver sa condition. Si j'étais vous, je choisirais la seconde option. » Maman apprécia ces mots simples, dénués de jargon médical, et leur transparence, malgré le fait qu'ils aillent à l'encontre de ceux qu'elle avait entendus jusqu'ici de la part du corps médical. À quatre mois, j'étais un peu comme une poupée de chiffon, sans réel maintien. La seule force gravitationnelle m'empêchait de réaliser d'importants mouvements. Face à la maladie, l'idée était plutôt de me préserver, et de préserver mes forces. Mais, pour ce nouveau spécialiste, il n'y avait pas que mes muscles. « Madame, on ne connaît pas le pronostic de cette maladie. Mais il faut faire quelque chose pour sauver votre fils », ajouta-t-il. Il fallait me donner toutes les chances de développer un instinct de survie. Au cours de ce rendez-vous, maman osa pour la première fois prononcer le mot « myopathie ». Ce terme est composé des mots « myo- », signifiant « muscle », et « -pathie », signifiant « maladie ». Il existe près de trois cents types de myopathie selon les muscles affectés, l'âge d'apparition, la sévérité et la rapidité de l'évolution. Face aux interrogations de ma maman, la pédiatre finit par répondre : « Oui, c'est une myopathie. Mais nous ne pouvons pas lui donner de nom à ce stade. Le diagnostic d'une amyotrophie spinale ne peut pas être écarté. D'autres examens doivent être réalisés. » L'électromyogramme avait orienté le diagnostic, sans toutefois révéler tous ses secrets. Connaître le nom précis de ma myopathie serait essentiel pour adapter ma prise en charge et mes soins. Avant de procéder aux prochains examens, ces deux médecins conseillèrent à ma mère de se rapprocher de la Maison départementale des personnes handicapées (MDPH) et de contacter une assistante sociale pour se faire accompagner dans les démarches administratives. La maladie était une chose, naviguer dans l'administration en était une autre.

Entre-temps, maman suivit les conseils du médecin spécialisé en médecine physique et s'informa sur les différentes techniques existantes pour me faire progresser, dont une en particulier, appelée « analyse transactionnelle ». Cette méthode, utilisée en psychothérapie depuis les années cinquante, repose sur les différents types de communication possibles dans une relation et sur nos états de conscience. Malgré ma faiblesse musculaire, j'avais envie de découvrir, de m'éveiller et de jouer, comme tout nourrisson de mon âge. Malheureusement, les gestes ne suivaient pas. Mes jambes, mes bras, mes mains et mes doigts étaient trop faibles. L'esprit voulait ce que le corps ne pouvait. Ce sentiment de frustration, s'il persistait, risquait d'affaiblir encore davantage mes muscles et de retarder mon développement. Pour y remédier, il fallait que ma mère devine et anticipe mes besoins. Ce n'était pas chose facile avec un bébé incapable de s'exprimer. Elle passa alors le mot d'ordre à toutes les personnes que je croisais : « À chaque réveil, il faut faire travailler Matthias. » Après chaque sieste, on me faisait lever les bras pour pratiquer la boxe, on me serrait les doigts autour d'objets légers, on stimulait mes jambes pour leur faire donner des coups de pied. Maman appliquait en fait l'un des principes essentiels de l'analyse transactionnelle : reconnaître et valider l'existence et les besoins de l'autre, même en l'absence de mots. Peu à peu, mon visage s'illumina, jusqu'à esquisser de vrais sourires. J'étais devenu un enfant libre, je n'avais plus besoin de l'approbation de mon corps pour bouger puisque les autres faisaient les choses à ma place sans que je le demande. Le versant négatif de cette méthode, je le découvrirais plus tard, était que j'aurais beaucoup de mal à demander quelque chose lorsque j'en aurais besoin. Mais pour l'instant, il ne s'agissait que d'une chose : avancer, physiquement et psychiquement, autant que possible.

À l'automne 1990, maman fit aussi la connaissance du Téléthon organisé par l'Association française contre les myopathies (AFM). Une animation était organisée dans notre quartier par le « Lions Clubs », l'occasion idéale d'obtenir plus d'informations. Mais mon père refusa de s'y rendre. Depuis notre dernière visite chez la pédiatre, il ne voulait plus évoquer la maladie. Il s'était renfermé sur lui-même et refusait tout dialogue. « Les médecins se trompent. Matthias n'est pas malade », disait-il à maman. Celle-ci avait déjà évoqué son déni et son mutisme avec la pédiatre. Un entretien entre mes parents et un psychologue était prévu quelques jours plus tard à l'hôpital Saint-Antoine de Lille.

Une série d'examens fut programmée dans ce même hôpital avec un neuropédiatre spécialiste, dans l'espoir de découvrir le nom de ma myopathie. Maman et moi arrivâmes en ambulance le 10 décembre 1990. C'était un lundi matin et la neige était de retour. Les examens devaient durer toute la semaine. Mon premier rendez-vous eut lieu dans la matinée avec la neurologue. Dans la foulée, un infirmier me piqua à plusieurs reprises pour prélever des échantillons sanguins, tandis que d'autres tests de motricité furent réalisés. L'après-midi laissa place à un rare moment de calme dans une chambre rien que pour ma mère et moi. Dans la soirée, ma mère téléphona à mon père pour lui raconter le récit de cette journée et évoquer les prochains examens prévus. Mardi, des radiographies du corps et des poumons, un scanner cérébral et une scintigraphie cardiaque, osseuse et thyroïdienne étaient prévus. Mercredi, je rencontrerais une équipe de kinésithérapeutes, deux spécialistes en médecine physique et un ergothérapeute, pendant que mes parents auraient, eux, rendez-vous avec un psychologue. Jeudi, une biopsie musculaire serait réalisée. La journée de vendredi serait quant à elle consacrée au bilan de la semaine. À la fin de leur conversation, ma mère et mon père se souhaitèrent une bonne soirée, loin d'imaginer que les jours à venir changeraient leur vie à jamais.

Nous étions le mardi 11 décembre au matin. Les clichés radiologiques débutèrent très tôt. Dans la foulée, une série de scanners était prévue dans un autre établissement à la grande surprise de maman. Ce changement de lieu ne lui avait pas été annoncé. Heureusement, elle avait tout prévu: couches, alimentation, mais rien pour elle. Dans la précipitation, nous nous rendîmes dans cet autre hôpital. Une main sur la poussette, tenant les sacs de change de l'autre, elle arpenta d'un pas rapide un dédale de longs couloirs, de service en service, à la recherche du lieu de rendez-vous. Fatiguée, essoufflée, elle trouva finalement la salle de l'examen. Pendant le scanner, je me débattis sans relâche. Les manipulateurs furent contraints de m'attacher sur la table, ce qui me rappela de bien mauvais souvenirs. Ils demandèrent à maman de s'approcher pour m'apaiser. Elle enfila un tablier de plomb et commença à me caresser le bras en fredonnant une berceuse. Le bruit de l'appareil couvrait sa voix, mais pas la douceur de ses gestes. Fixant les yeux réconfortants de ma maman, je retrouvai peu à peu mon calme. Elle me couvrit ensuite de baisers, mais cette expérience l'avait traumatisée. Il était treize heures lorsque nous regagnâmes notre chambre d'hôpital pour un court temps de répit. Je n'eus guère le temps de me reposer. Maman, elle, n'avait pas faim. Les contrariétés de la matinée l'avaient laissée à vif. Avant d'entamer la suite des examens, elle appela le secrétariat de l'entreprise où travaillait mon père.

On lui apprit qu'il ne s'était pas présenté ce matin-là. Elle tenta alors de téléphoner à notre appartement : ligne occupée. Elle n'eut pas le temps d'insister. Nous passâmes le reste de l'après-midi à voyager de service en service. Vers dix-sept heures, nous retrouvâmes enfin notre chambre, épuisés. Il était temps pour moi de prendre un bain et de manger. Mais ce moment de relaxation fut de courte durée. Ma mère semblait toujours tourmentée et ne retrouvait pas son appétit. Elle tenta à nouveau de joindre notre appartement : toujours occupé. La standardiste proposa de renouveler les tentatives : « Si ça sonne normalement, je vous transfère la communication dans votre chambre. » Les minutes défilèrent. À vingt heures, toujours rien. La standardiste expliqua que, normalement, elle ne passait plus de communications à cette heure-ci, mais qu'elle ferait une exception. Elle accepta de chercher un autre numéro, celui d'une sœur de mon père. Quelques minutes plus tard, mon oncle décrocha. Il n'avait pas d'information à donner dans l'immédiat, mais promit de se renseigner. Les minutes devinrent des heures. L'attente était interminable. Puis, tard dans la nuit, un médecin frappa à la porte de notre chambre. Quand maman entrouvrit la porte, celui-ci, sans ambages, lui annonça : « Votre conjoint est décédé. » L'effroi se dessina immédiatement sur le visage de maman. En une fraction de seconde, le sol se déroba sous ses pieds. Elle s'écroula contre le mur, hurlant et pleurant dans le couloir. Les rêves et l'insouciance de l'automne 1989 étaient tout à coup devenus de lointains souvenirs. Les images défilaient une à une dans son esprit. Son monde, notre monde, notre futur venait de s'écrouler tel un château de cartes. Il ne restait plus rien, juste des vies brisées. Sur le moment, l'incompréhension prit le pas sur le désarroi et la colère : « Ce n'est pas possible. Ça n'a aucun sens. On n'a pas le droit d'abandonner son enfant », disait-elle. Elle refusait d'y croire. Le médecin lui expliqua : « C'est la décision de votre mari. Il faut l'accepter. » Il indiqua également que j'allais devoir être placé en pouponnière pour le reste de la semaine. Maman, furieuse, protesta : « Pourquoi me séparer de mon fils ? » Il lui expliqua que c'était pour mon bien et qu'elle avait d'autres problèmes à régler dans l'immédiat. Maman refusa. La confusion puis l'hystérie s'entremêlèrent. Le médecin lui injecta alors un tranquillisant pour qu'elle retrouve son calme et ses esprits. Avant que le sommeil ne l'emporte, elle me regarda une dernière fois. Je dormais paisiblement, inconscient du drame qui venait de faire basculer notre vie. Mon père, un allié précieux dans ce combat, venait de partir. Je n'avais pourtant pas mérité tout cela. J'étais encore un tout petit nourrisson, rien de plus innocent. Pourquoi moi ? Étais-je responsable de sa disparition ? Avait-il pris cette décision à cause de ma maladie ? Aurait-il fait un autre choix s'il avait vu le psychologue qu'il devait rencontrer le lendemain ? Pourquoi m'abandonner ?

Pourquoi maintenant ? Tant de questions qui resteraient à jamais sans réponse. Il avait pris sa décision. J'avais, quant à moi, un combat à gagner.

Deux jours plus tard, une biopsie musculaire était prélevée sur ma cuisse gauche. Malheureusement, maman n'était cette fois-ci pas présente pour me réconforter. J'étais seul face à la maladie. La cicatrice laissée par cette intervention est encore visible aujourd'hui. Elle symbolise à la fois l'opération qui a révélé le nom de ma maladie et la perte de mon papa survenue cette même semaine. Chaque jour, elle me rappelle que cette maladie n'est pas une bénédiction mais une ennemie, une ennemie qui me veut du mal, une ennemie capable de tout faucher autour d'elle. J'ai vu cette cicatrice s'élargir et grandir en même temps que moi, comme une mémoire inscrite dans ma chair. Elle me rappelle sans cesse que la maladie peut progresser et que chaque combat mérite d'être mené. Le verbe « abandonner » ne fait désormais plus partie de mon vocabulaire. Les obsèques de mon père eurent lieu le samedi 16 décembre au matin. J'étais encore à l'hôpital et n'y assistai pas. L'après-midi, ma maman vint me chercher. Elle vit à côté de moi un bébé prématuré en couveuse. Il pesait sept cent cinquante grammes. Il avait des tuyaux dans les narines, une assistance respiratoire et des sondes sur tout le corps. Maman pensa aux parents de ce petit qui luttait pour vivre. La vie est parfois absurde : certains luttent pour survivre quand d'autres préfèrent renoncer. L'infirmière lui donna quelques explications sur les examens réalisés et indiqua qu'une nouvelle consultation serait programmée dans les prochains jours. Tout serait envoyé par courrier. Elle lui remit ensuite mon carnet de santé avec une consigne ferme : revenir à l'hôpital Saint-Antoine en cas d'urgence et, surtout, ne pas aller ailleurs.

De retour dans notre appartement, maman s'installa auprès de moi, dans ma chambre, peut-être pour me surveiller. Elle s'inquiétait pour moi. Elle ne trouvait pas le sommeil. Elle dut d'ailleurs faire appel à un médecin de garde pour recevoir une injection de tranquillisant. Son esprit était encore bouleversé, confus. Le dimanche matin, elle me trouva pâle, fatigué et un peu mou, plus qu'à l'ordinaire. Ma couche présentait une couleur étrange. Vers treize heures, j'étais presque sans réflexes. Elle dut me changer plusieurs fois. J'avais la diarrhée et je perdais beaucoup d'eau. Sans hésiter, elle appela la compagnie d'ambulances qui s'était chargée de notre transport la veille. La directrice débarqua avec un chauffeur, toutes sirènes hurlantes, pour nous emmener à l'hôpital Saint-Antoine de Lille. Les soixante kilomètres qui nous en séparaient parurent interminables aux trois adultes qui étaient dans la voiture. La directrice appela l'hôpital pour expliquer la situation. Tout était prêt, l'équipe médicale m'attendait. Dans l'ambulance, je perdis soudain connaissance. Mes yeux se révulsaient. J'étais complètement déshydraté. Nous arrivâmes enfin. L'équipe commença à me perfuser pour me réhydrater. Mon état était critique. Le personnel ne savait pas si j'allais survivre. On expliqua à ma mère qu'il y avait eu une épidémie de gastro-entérite quelques jours plus tôt, lorsque j'étais en pouponnière. Au vu de mon état, ils estimaient que je n'avais qu'une chance sur deux de m'en sortir. Mais, ce jour-là, j'ai choisi de me battre et de ne pas abandonner. Je retrouvai progressivement des forces et restai trois jours à l'hôpital. Avant ma sortie, nous allâmes voir la neuropédiatre dans le service d'à côté pour connaître les résultats de mes examens. Maman voulait connaître la vérité quant à ma véritable pathologie. Ce jour-là, elle était déterminée. Les médecins, inquiets de sa fragilité des derniers jours, mesuraient leurs paroles. Puis la sentence tomba, claire : « Madame, la biopsie musculaire a parlé. Ce n'est pas la maladie de Werdnig-Hoffmann comme on l'avait suspecté. C'est une myopathie congénitale avec disproportion des fibres musculaires. » L'ennemi jusque-là tapi dans l'ombre avait enfin révélé son nom. Nous savions désormais à quel démon il faudrait livrer bataille, à visage découvert, sans faillir.

Chapitre 2
Le gène de la résilience

L'expression « myopathie congénitale avec disproportion des fibres musculaires » (acronyme anglais : CFTD) vous est certainement inconnue. Et pour cause, même au sein de la communauté scientifique et médicale, elle reste largement méconnue. Elle n'est que très rarement mentionnée, au point d'être classée parmi les maladies rares, voire ultra-rares. Il semblerait donc qu'il existe des choses encore plus rares que rares, selon les spécialistes. Cette pathologie touche environ une naissance sur quatre cent mille. À l'échelle mondiale, cela représente une naissance par jour. Il faut se rendre compte que, parmi les huit milliards d'habitants de cette planète, un nouvel individu naîtra avec cette maladie demain, après-demain, et le jour d'après. Ce jour de juillet 1990, j'ai donc été l'heureux gagnant de cette loterie génétique mondiale. Si l'on fait le calcul, il devrait y avoir, à l'heure où j'écris ces lignes, environ cent cinquante personnes atteintes de cette maladie en France. Pas de quoi remplir un stade, tout juste une salle des fêtes. Si vous êtes un professionnel de santé, il est donc peu probable que vous croisiez un jour un tel patient au cours de votre carrière. C'était encore plus vrai en 1990. À l'époque, personne ou presque ne connaissait cette pathologie, décrite pour la première fois à la fin des années soixante par le neurologue anglais Michael H. Brooke. Vingt ans plus tard, aucune origine génétique n'avait été identifiée, hormis celle de la myopathie de Duchenne. Quant à ma maladie, elle demeurait une énigme. Comment allait-elle évoluer ? Quels symptômes allais-je développer ? Quelle prise en charge fallait-il prévoir ? Quelles répercussions allait-elle avoir sur ma vie ? Existait-il un traitement ? Il y avait, à ce moment-là, plus de questions que de réponses.

Quand on regarde de plus près, il existe des déserts médicaux dont on ne parle jamais. Celui des maladies rares en est un. Face à ce néant d'informations et à des spécialistes désarmés, maman n'a eu d'autre choix que de devenir elle-même experte. À force de lectures, de questions, de confrontations, elle s'est érigée en autodidacte infatigable, bâtissant, seule, notre première ligne de défense. Je me souviens encore de ces soirées où, lorsque j'avais sept ou huit ans, alors que j'étais assis devant un petit tableau noir accroché au mur de ma chambre, elle dessinait à la craie blanche un muscle avec deux types de fibres musculaires : les A et les B. Avec des mots simples, elle m'expliquait que mes fibres A étaient malades et qu'il fallait renforcer mes fibres B pour préserver mes forces. À défaut d'avoir prêté le serment d'Hippocrate, elle aurait fait un excellent professeur de médecine. Nos muscles sont en effet constitués de deux grandes catégories : les fibres lentes et les fibres rapides ; A ou B, si vous préférez. Les premières, endurantes, permettent de tenir debout, de respirer sans difficulté, de supporter l'effort dans la durée, comme un marathonien. Les secondes, explosives, servent aux efforts brefs et intenses, comme pour un sprinteur ou un haltérophile. Dans ma maladie, les fibres lentes sont sévèrement atteintes et de très petite taille, tandis que les fibres rapides restent fonctionnelles et de taille normale. Cette différence est à l'origine de ce que l'on appelle la disproportion des fibres musculaires. Le résultat ? Les gestes anodins du quotidien, comme marcher, rester debout, respirer ou manger, m'épuisent, tant ils sollicitent mes fibres musculaires défaillantes. Difficile de vous décrire cette fatigue, tant elle fait partie intégrante de ma normalité. Dès les premiers pas, mon cœur s'emballe ; en moins d'une minute, mon rythme cardiaque double. À la troisième minute, la chaleur envahit mon corps, la sueur perle sur mon front. Mon souffle devient court, chaotique. Mes lombaires, mes mollets, mes chevilles me font hurler de douleur. Chaque pas devient une épreuve. Une simple marche se transforme vite en chemin de croix. La logique aurait voulu que je me déplace en fauteuil roulant pour soulager cette souffrance. Mais il fallait faire travailler les fibres musculaires valides, maintenir une activité physique pour retarder l'inévitable. Alors j'ai continué. Souffrir pour survivre, c'était la règle du jeu, un jeu sans gagnant. Être malade, c'est être condamné sans procès. Sans avoir rien fait. Sans possibilité de rédemption. Mon corps, au fil des ans, est devenu ma prison. Et j'en étais à la fois le geôlier et le prisonnier. Face à cette réalité brutale, deux options s'offraient à moi : abandonner ou combattre.

Mon père avait fait le choix d'abandonner. Je n'ai pas assisté à ses obsèques et n'ai jamais visité l'endroit où il repose. Cet homme est devenu plus un étranger qu'un père à mes yeux. Je n'ai aucun souvenir de nos cinq mois partagés, aucun souvenir de sa voix, ni même de son odeur. Seules quelques photos subsistent, figées dans le temps, dont une où il me porte dans ses bras, le regard posé sur un avenir qu'il ne connaîtra jamais. Je me suis longtemps demandé si, d'une manière ou d'une autre, j'étais responsable de sa disparition. Avais-je apporté avec moi la tristesse et le désespoir ? Un sentiment diffus de culpabilité a germé en moi. Très tôt, j'ai compris que la maladie n'affecte pas seulement celui qu'elle habite, mais aussi ceux qui l'entourent. Pourtant, je n'ai jamais formulé cette pensée à voix haute. Par pudeur, peut-être.

Ou par crainte de rendre plus lourds encore les cœurs déjà meurtris. Je n'ai jamais ressenti de manque. Comment regretter l'absence d'une personne que l'on n'a jamais connue ? De même que je n'ai jamais connu la vie sans la maladie. Quelle aurait été ma vie avec un père présent et sans la maladie ? Je ne le saurai jamais. L'absence de manque m'épargne la souffrance, mais me laisse face à une interrogation : pourquoi moi ? C'est là que frustration, colère et incompréhension peuvent s'entremêler. Mon père avait souhaité que je sois baptisé, ce que ma mère avait accepté. Plus tard, j'ai refusé de faire ma première communion. La maladie et la disparition de mon père m'avaient fâché avec Dieu et la religion. Longtemps, j'ai refusé de franchir le seuil d'une église. À mes yeux, Dieu m'avait abandonné, lui aussi. Je garde de mon père une petite ambulance miniature, à laquelle il manque une roue. L'expression « tirer sur l'ambulance » prend ici tout son sens. Ce bibelot trône encore aujourd'hui sur une étagère de ma chambre, témoignage silencieux de mes origines. Il me reste également de lui quelques cassettes VHS sur lesquelles sont enregistrés les films *Rocky*. L'histoire d'un homme modeste, persévérant, qui, malgré les coups, se relève encore et encore. Peut-être est-ce cela, en définitive, mon véritable héritage ?

À la fin de l'année 1990, nous avancions à trois, maman, la maladie et moi, sur un bateau sans gouvernail. La maladie prenait beaucoup de place et nous étions à la merci de la moindre vague. Du courage et de la persévérance, il en fallait beaucoup pour maman en ce mois de décembre. Noël approchait, mais elle n'avait pas vraiment le cœur à la fête, ni aux décorations. Heureusement, ma grande sœur était là pour lui redonner un peu le sourire. Nathalie est mon unique sœur, nous avons seize ans d'écart. Elle avait fait le choix de vivre avec son père depuis quelque temps déjà et prévoyait d'emménager bientôt avec son petit copain, Tony, une fois sa majorité atteinte. Avec douceur, elle expliqua à notre maman que j'avais droit moi aussi à mon premier Noël. Que je n'avais rien fait de mal, et encore moins mérité d'être privé de fête. Elle rapporta alors un sapin pour que nous puissions le décorer et passer le réveillon tous ensemble.

Cet hiver fut particulièrement difficile pour maman. Elle refusait de dormir dans sa propre chambre, préférant veiller sur moi chaque nuit. Au fil des jours, elle prit conscience d'un blocage qui pourrait entraver mon développement : il y avait un mot qu'elle n'arrivait plus à prononcer, ni même à chanter. Lors d'une discussion avec une psychologue, il jaillit enfin, presque par accident : « Papa ». Elle comprit alors qu'il était essentiel de maintenir cette figure présente dans mon quotidien, même en son absence. Ce jour-là, maman se libéra d'un poids et, pour moi, ce fut l'occasion d'apprendre un nouveau mot.

Pas après pas, marche après marche, elle se reconstruisait. Elle redonnait un sens à notre vie. Pourtant, elle ne se doutait pas encore que de nouvelles barrières allaient se dresser devant nous. Elle était désormais seule, seule à élever un enfant handicapé. Dans ces circonstances, on devient vulnérable, vulnérable face à la maladie, vulnérable face aux regards, vulnérable face aux mauvaises intentions. Le décès de mon père avait laissé des traces profondes dans la famille. Son héritage se limitait à un mois de salaire et quelques congés payés. Mes parents n'étaient pas mariés et, étant son seul enfant, ces ressources me revenaient, tout comme ses créances. Mon père avait contracté une dette importante dont il ignorait apparemment l'existence. Mes grands-parents paternels, en signant une reconnaissance de dette qu'ils remboursaient en secret, avaient créé une situation totalement absurde. Après sa mort, ils cessèrent les paiements et réclamèrent en plus ses meubles. J'avais six mois, j'étais déjà endetté et bientôt sans canapé pour y poser mes fesses. La vie était injuste. Maman se dressa pour me protéger, prête à encaisser tous les coups à ma place. L'huissier chargé de la succession proposa d'entamer des poursuites, elle aurait toutes les chances de gagner. Mais cela aurait été long, coûteux et douloureux. Une solution s'offrit à elle : payer la dette pour tourner la page. Les larmes coulèrent sur ses joues. Encore un combat qu'on voulait lui imposer. Mais elle refusa de s'enliser et décida de tout régler, même si cela la laissait sans un sou. Le vrai combat, celui qui avait du sens, restait celui qu'elle devait mener, à mes côtés, contre la maladie. Pas contre une famille. Pas contre le passé. Peu après, elle consulta un juge des tutelles pour savoir comment protéger ce maigre héritage. Devant la loi, elle devint ma tutrice avant d'être ma mère. Elle devrait rendre des comptes régulièrement jusqu'à ma majorité. Le juge veillerait à mes droits. Il convoqua également ma mère et mes grands-parents pour apaiser les tensions. Ces derniers, hostiles, lui envoyaient des courriers venimeux. Le juge rappela fermement à chacun ses propres devoirs. Mon intérêt passait avant tout. Quelques mois plus tard, le jour de mon premier anniversaire, mon grand-père paternel décéda. Une certaine malédiction semblait me poursuivre. Le faire-part de décès mentionnait mon nom, mais pas celui de ma mère. Malgré tout, ma grand-mère paternelle et ma mère firent un effort pour se réconcilier. Le bon sens finit par l'emporter.

Cette paix fragile me permit de tisser une relation unique avec ma « mémé ». Celle-ci vivait dans son ancien café rural, au cœur de la campagne audomaroise. Chaque mois, ma maman et moi allions lui rendre visite. Elle m'appelait « min fieu » avec son accent ch'ti plein de tendresse. Elle avait un potager, un poulailler, et m'apprenait comment récolter les œufs et plumer les poulets. Le dimanche à midi, c'était le rituel poulet-frites devant *L'École des fans* et

La Chance aux chansons. Après le repas, elle sirotait parfois son petit verre de genièvre de Houlle et, malicieuse, m'invitait à tremper les lèvres. Ma maman veillait au grain. « Ce sera pour une autre fois », me promettait ma grand-mère avec un sourire complice. Parfois, elle évoquait la guerre, les bombes et les soldats allemands sillonnant les rues de son enfance. Parfois, elle parlait de mon père, les yeux embués de tristesse. « Tu lui ressembles », me disait-elle souvent. Nos après-midi se terminaient par des parties de petits chevaux, au « dada », comme elle disait. Elle ponctuait chaque au revoir de grands signes de la main depuis sa porte, auxquels je répondais depuis la voiture. De retour à la maison, j'avais une consigne simple : laisser sonner le téléphone deux fois pour la rassurer. Mais j'avais la fâcheuse habitude de ne laisser sonner qu'une seule fois, ou d'attendre qu'elle décroche. Ce petit côté farceur plaisait à ma grand-mère. Elle avait toujours une attention particulière pour moi, les étrennes de la nouvelle année, un petit chèque pour mon anniversaire et, surtout, ma première Game Boy, reçue chez elle. Ce jour-là, j'avais les yeux remplis de joie. À l'occasion de la sortie du *Roi lion 2* en 1999, elle découvrit pour la première fois de sa vie une salle de cinéma avec maman et moi. Elle venait aussi parfois à la fête de l'école, les yeux pleins de fierté. Certaines années, nous rendions visite à sa cousine Jacqueline et son mari Pierre, dans la région lilloise. Ils m'appréciaient énormément et étaient présents à chacune de mes hospitalisations à Lille. Quant à ma grand-mère, ses larmes coulaient à l'évocation de ma maladie. Elle n'aimait pas en parler, mais son inquiétude était palpable à chaque nouvel examen. Malgré le chagrin, il y eut aussi beaucoup de rires, de tendresse et de complicité, jusqu'à son décès en 2008. De ma « mémé », j'ai hérité de tous ces précieux souvenirs. Quant à sa succession, disons que les problèmes d'héritage semblent être une tradition familiale…

À la suite du décès de mon père, ma mère décida de rédiger un testament olographe. Elle voulait s'assurer que je sois protégé si, par malheur, quelque chose lui arrivait. Dans ce testament, elle devait désigner un tuteur et une tutrice. Ma sœur, Nathalie, et son petit ami, Tony, acceptèrent de prendre cette responsabilité sans hésiter. Elle rédigea alors un écrit qu'elle transmit à un notaire, chargé d'en garantir l'application jusqu'à ma majorité. Malgré ses dix-sept ans, ma sœur se sentait prête à assumer ce rôle si le pire devait advenir. Elle s'occupait beaucoup de moi, surtout lorsque maman travaillait et que la nourrice n'était pas disponible. Plus tard, c'est elle qui me laissa monter pour la première fois sur un manège de foire. C'est elle aussi qui me fit découvrir le goût délicieux du chocolat. Je l'accompagnais parfois sur son lieu de travail, et il nous arrivait d'aller ensemble acheter un cadeau pour maman. Tous ces moments restent gravés dans ma mémoire, imprégnés d'odeurs, de sons et d'images encore si vifs. Je me rappelle parfaitement cette odeur de cigarette qui emplissait l'habitacle lors de nos longs trajets en voiture et sa voix chantant du Renaud à tue-tête. Je revois ses piercings aux oreilles, son allure un peu rebelle. Ma sœur était rock'n'roll. J'étais impressionné et, moi aussi, je voulais être rock'n'roll. Quand ce n'était pas avec ma sœur, c'était avec mon beau-frère, Tony. J'avais le droit de monter sur la banquette avant de sa Deudeuche bariolée de stickers de toutes les couleurs. On traînait à droite, à gauche, et j'avais même le droit de faire des grimaces dans les Photomatons. En bref, je faisais toutes les choses qui m'étaient interdites à la maison. On riait beaucoup. Ça changeait des séjours à l'hôpital, et ça offrait à ma maman un peu de répit.

Au printemps 1991, ma maman retrouva enfin le moral. Les beaux jours arrivaient, les oiseaux chantaient, les arbres bourgeonnaient. Elle ressentit le besoin de tourner la page et de prendre un nouveau départ. Fini l'appartement au troisième étage sans ascenseur, nous avions désormais un appartement au rez-de-chaussée, avec un jardin, à Longuenesse, à quelques pâtés de maisons de notre ancien logement. Elle souhaitait également reprendre une activité professionnelle. Un poste de surveillante à mi-temps lui fut proposé au lycée Blaise-Pascal, situé à seulement cinq minutes en voiture. C'était parfait pour une reprise en douceur. Pendant qu'elle travaillait, une de ses amies accepta de s'occuper de moi et de recevoir les visites régulières du kinésithérapeute pour mes séances de rééducation. Une routine s'installa peu à peu et ma santé sembla se stabiliser. Plus ou moins, en tout cas. Nos journées restaient rythmées par la maladie, la kinésithérapie, les examens médicaux et les séjours à l'hôpital. Un matin, ma mère n'arriva pas à me réveiller. J'étais tout mou, sans force, ni réaction. Panique à bord. Elle appela le Samu. Les médecins, peu formés aux maladies musculaires rares, écoutèrent ses explications et décidèrent de m'emmener aux urgences. J'y suis resté deux jours. Encore une fois, une simple gastro-entérite avait suffi à m'anéantir. Les rhumes, même légers, étaient devenus la hantise de ma mère. À chaque infection, je perdais mes forces, avec un risque de perte de connaissance, de déshydratation, voire d'arrêt respiratoire. Sur le plan respiratoire, j'étais extrêmement fragile. Mes poumons étaient souvent encombrés. Impossible pour moi de tousser ou d'expulser le mucus naturellement. Gilbert, le kinésithérapeute, passait des séances entières à compresser ma cage thoracique pour essayer de dégager mes bronches. Mais, malgré tous nos efforts, les infections revenaient encore et encore. On a fini par m'enlever les amygdales et les végétations. Une opération qui me permit de mieux respirer et de réduire le nombre d'infections. Plus tard, ma maman prit une décision difficile, arrêter la cigarette, pour protéger mes poumons, même si cela n'allégeait en rien son propre stress. Le pneumologue ne cessait d'écrire, dans chaque compte rendu : « Le tabagisme de la mère nuit à la santé de l'enfant. » Au moins, c'était clair. Ma mère n'avait plus le choix. Elle devait se sacrifier pour mon bien. Ce fut grâce à l'acupuncture et à l'homéopathie qu'elle parvint enfin à écraser sa dernière cigarette. J'avais sept ans lorsque ce moment tant attendu arriva. Son dernier paquet resta longtemps dans la boîte à gants de la voiture. Je prenais un malin plaisir à déchiqueter les cigarettes l'une après l'autre devant elle, jusqu'à avoir vidé ce paquet interdit jusqu'à la dernière miette. Je n'étais pas toujours tendre avec ma maman à cet âge-là. Elle y voyait peut-être une forme de révolte, ou une manière pour moi de lui faire comprendre quelque chose. La cigarette me faisait mal. Je voulais que ça s'arrête.

Je fis mes premiers pas à l'âge de dix-huit mois. La pédiatre était ravie. Pour elle, l'analyse transactionnelle et les exercices musculaires avaient porté leurs fruits, évitant ainsi un retard dans l'acquisition de la marche. Ma myopathie avec disproportion des fibres musculaires semblait beaucoup moins grave que l'amyotrophie spinale longtemps imaginée. Ces deux ans d'espérance de vie qui m'avaient été accordés s'étaient tout à coup transformés en un futur un peu plus optimiste, bien qu'encore semé d'inconnues. Mon corps restait fluet. Mes bras et mes jambes, amaigris par la maladie, ressemblaient à des baguettes. Il me fallait suivre un régime alimentaire enrichi en protéines pour tenter de contrer cette atrophie musculaire. Manger, pourtant, restait un effort. Cette activité pourtant si anodine pour le commun des mortels me fatiguait énormément. Je devais fractionner mes repas, manger plusieurs fois par jour et en petites quantités pour ne pas m'épuiser. Ma maman constata également un retard de langage. Je ne prononçais aucun mot. Depuis que j'étais tout petit, les adultes anticipaient mes besoins. Tout ce que mon cerveau réclamait, quelqu'un finissait par le deviner et le faire. Alors pourquoi aurais-je fait l'effort de le demander ? Ma maman dut changer de stratégie. Les mois suivants furent ponctués de nombreux conflits entre nous. Elle m'obligea à demander clairement si je voulais boire, manger ou jouer. C'était difficile, pour elle comme pour moi, mais elle ne céda pas. Elle m'emmena régulièrement au « Petit Pont », un lieu de rencontre pour les jeunes enfants et leurs parents à Saint-Omer. Là-bas, je pouvais jouer avec d'autres enfants de mon âge et commencer à m'ouvrir à la socialisation, en vue de mon entrée en maternelle. Mes jambes étaient encore peu musclées et il m'arrivait de tomber, souvent, au milieu des autres enfants. Une après-midi, je tombai lourdement. Mais, cette fois, ma mère ne vint pas me relever. Assise parmi les autres parents, elle m'encouragea :

« Oh ! hisse ! Oh ! hisse ! Encore un petit effort, tu vas y arriver ! Tu es grand, tu es fort ! Je suis fière de toi ! Bravo, Matthias ! » Je ne la quittais pas des yeux. Je rassemblai mes forces et, centimètre après centimètre, je parvins à me redresser. C'était fait. J'étais debout ! Ma maman accourut alors pour me prendre dans ses bras et me couvrir de bisous et de câlins. D'autres parents voyaient cela d'un mauvais œil. Certains chuchotaient. D'après eux, ma mère était cruelle de me laisser ainsi tomber sans intervenir. Le regard des autres, les préjugés, les jugements à voix basse étaient difficiles à encaisser pour ma maman. Mais elle savait. Elle savait que je n'étais pas un enfant maltraité, loin de là. Elle savait que je n'avais pas le choix, que je devais me battre et qu'elle devait m'apprendre à me battre, malgré les regards, malgré les jugements. Avec l'acquisition de la marche, les chutes se multiplièrent, tout comme les visites aux urgences. Mes muscles restaient peu développés malgré mon régime hyperprotéiné. Mon bassin et mes jambes manquaient cruellement de stabilité. Quant à mes bras, ils étaient trop faibles pour me protéger efficacement lors des chutes. Mon arcade sourcilière, mon menton en firent souvent les frais. Les points de suture devinrent presque une routine. Les fortes chaleurs, aussi, étaient mes ennemies. À chaque montée du thermomètre, mes jambes se dérobaient sous moi. Ma première nourrice, témoin d'une de ces faiblesses, en fut alarmée. Ma maman, prévenante, la rassura. Elle devait simplement redoubler d'attention pendant les périodes de canicule. Comme tout enfant à cet âge, j'explorais avec curiosité tout ce qui était à ma portée. Les sacs et le porte-monnaie de ma maman devinrent des terrains d'aventure. Un jour, j'ai eu l'idée géniale d'avaler une pièce de monnaie. Résultat ? Une nouvelle expédition aux urgences. Heureusement, la pièce avait pris le bon chemin. À cette époque, j'avais également une fascination pour le bricolage. Les outils de ma mère étaient comme des trésors. Un jour, armé du plus beau marteau que j'avais pu trouver, je lui assénai un coup sur la tête alors qu'elle était agenouillée devant la machine à laver. Elle resta sonnée quelques secondes. Heureusement, mes petits bras manquaient de force… En bref, j'avais un don pour faire des peurs bleues à ma maman, et une manière toute personnelle de m'exprimer.

En 1992, la situation financière de ma mère devint critique. Son contrat de surveillante à mi-temps n'avait pas été renouvelé. Elle enchaînait désormais les petits boulots, démonstratrice dans les grandes surfaces le vendredi, femme de ménage chez des personnes âgées le samedi. Mais aucun de ces emplois précaires ne débouchait sur un poste stable et son allocation chômage touchait à sa fin. Les fins de mois devenaient de plus en plus difficiles. Face à cette impasse, elle décida de mettre sa fierté de côté pour éviter que nous nous retrouvions à la rue. Elle se tourna vers le Secours populaire et la Croix-Rouge, où elle trouva une écoute bienveillante ainsi qu'une aide ponctuelle, financière et alimentaire. Elle tenta également d'obtenir un soutien auprès des Restos du cœur, mais se vit refuser l'accès. Sous prétexte qu'elle percevait une allocation pour enfant handicapé, on lui opposa un non catégorique. Elle expliqua que cette allocation couvrait à peine l'achat de mes chaussures orthopédiques, mais rien n'y fit. Ma maman repartit abasourdie, blessée dans son orgueil, mais plus déterminée que jamais à s'en sortir par elle-même. Quelques semaines plus tard, elle entama une formation en électricité. Seule femme au milieu d'une promotion exclusivement masculine, elle termina première. Elle aurait pu poursuivre avec une formation qualifiante débouchant sur un diplôme, mais le directeur s'y opposa, arguant qu'elle comptait passer d'autres concours. À l'ANPE, on lui proposa alors une formation pour devenir éducatrice spécialisée. Elle remplissait toutes les conditions. Mais, une fois encore, elle se heurta à un mur. La formation lui fut refusée parce qu'elle était mère d'un jeune enfant handicapé et qu'elle risquait, selon eux, d'être trop souvent absente. Le comble, c'est que cette formation était destinée à former des professionnels pour accompagner des enfants handicapés. Ma maman continua de se battre. Un printemps, elle passa six concours en parallèle. Chaque soir, après m'avoir couché, elle révisait jusqu'à tard dans la nuit. Un ancien collègue du lycée où elle avait travaillé, étudiant en droit, lui prêta des cours de droit pénal pour l'aider à préparer un concours de garde champêtre. Le maire de notre commune lui avait promis que, si elle réussissait, il lui accorderait le poste. Elle réussit brillamment l'épreuve écrite. Mais, à l'oral, elle fut submergée par le trac. Devant le préfet de police, le maire et un de ses adjoints, elle resta muette, incapable de prononcer un mot malgré leurs encouragements. Sur les six concours passés, elle réussit trois écrits, mais échoua à tous les oraux, sauf un, celui qu'elle n'avait pas préparé : elle se retrouva classée seizième sur la liste complémentaire pour un poste d'agent d'entretien au lycée Normandie-Niemen de Calais. Contre toute attente, elle obtint ce poste à la rentrée de septembre. Pendant un an, elle fit cent kilomètres par jour, assurant les aller-retour entre la maison, l'école, la nourrice et son travail. L'année suivante, elle réussit à obtenir sa mutation au lycée Blaise-Pascal, là même où elle avait débuté comme surveillante. Celui-ci n'était plus qu'à cinq minutes en voiture. Fini les trajets éreintants. Avec ce nouvel emploi, elle avait droit aux RTT et aux vacances scolaires, ce qui nous permettait d'avoir davantage de temps ensemble, en dehors des séances de kiné.

Pour ces séances de kiné, ma mère demanda un aménagement de son temps de travail quelques mois plus tard. Elle travaillait de midi à vingt heures, mais souhaitait désormais travailler de neuf heures à dix-sept heures pour pouvoir me récupérer à la garderie de l'école et m'accompagner au cabinet deux fois par semaine. Sa demande fut refusée à deux reprises, la direction prétextant que ce changement désorganiserait le service. Un troisième rendez-vous fut pris auprès du médecin du rectorat de Lille, puis un quatrième avec la direction du lycée, courriers des médecins en main attestant de la nécessité vitale de ces séances de kiné. Non sans tensions ni stress, ma maman obtint finalement gain de cause. Chaque début d'année scolaire était désormais synonyme d'angoisse, avec la peur de voir cet aménagement remis en cause. Ce fut effectivement le cas quelques années plus tard, lorsqu'un nouvel intendant arriva au sein de l'établissement. Il refusa sèchement le renouvellement en ces termes : « Moi aussi, j'aimerais conduire mes enfants dans la journée. Mais on ne fait pas toujours ce qu'on veut dans la vie. » Face à ce mépris et ce machisme, ma maman tenta de réexpliquer sa situation, insistant sur le fait qu'il s'agissait de l'accompagnement d'un enfant handicapé et qu'au sein de l'Éducation nationale ce type de discours était inacceptable. La réponse ne se fit pas attendre : « Madame, je vous ai déjà dit non ! Maintenant, sortez de mon bureau avant que je ne sois obligé de vous faire sortir de force. » Sous le choc, des larmes coulèrent sur les joues de ma maman. Elle se sentait totalement désabusée, découragée de devoir toujours se battre contre des gens qui ne comprenaient rien à sa situation et qui détenaient tous les pouvoirs. Ce jour-là, les élèves comme les enseignants furent inquiets de la voir dans un tel état. Tous savaient que son travail était irréprochable au sein du lycée. Un professeur de mathématiques et un professeur de français vinrent calmer ma maman, alors en détresse. Elle leur confia son envie de s'enchaîner au portail du lycée pour dénoncer cette injustice. Pour elle, c'en était trop. Les deux enseignants lui conseillèrent de contacter un syndicat, de se faire aider, et surtout de ne pas rester seule. Ils lui expliquèrent qu'elle était dans son droit et que ce qu'elle venait de subir était tout simplement inacceptable et inhumain. Ce soir-là, ma maman contacta le syndicat. On lui conseilla de monter un dossier complet avec tous les éléments disponibles et de le transmettre au conseiller régional chargé des lycées. Le syndicat, la jugeant encore trop fragile, décida qu'elle ne retournerait pas travailler tant qu'une réponse favorable n'aurait pas été obtenue. Ma maman fit alors l'aller-retour entre Saint-Omer et Lille chaque jour pendant plusieurs semaines pour constituer son dossier. Petit à petit, elle retrouva de l'assurance et se sentit enfin respectée en tant que personne. Un accord fut finalement trouvé entre la direction des ressources humaines et celle du lycée. Quant à l'intendant, il ne fut ni sanctionné ni réprimandé. Par la suite, ma maman prêta régulièrement main-forte à la section syndicale de Lille. Quelques années plus tard, elle l'intégra pleinement puis devint secrétaire du comité des œuvres sociales du conseil régional. Elle devint ensuite déléguée syndicale, puis élue titulaire au comité technique paritaire du conseil régional, jusqu'à sa retraite. À travers ces différents rôles, elle a pu aider et défendre les droits de ses collègues dans différents lycées de la région, et veiller à ce que ce type d'injustice ne se reproduise plus.

Vous l'aurez compris, ma maman s'est énormément battue pour me protéger durant mes premières années de vie. Ces épisodes difficiles, source pour elle de peur, de détresse, de désarroi et de colère, n'avaient, la plupart du temps, aucun lien direct avec la maladie et ses symptômes. Ils résultaient très souvent de l'incompréhension, du manque d'empathie et de la bêtise d'une minorité de personnes. Ces combats inutiles auraient pu être évités, ils auraient dû l'être. Mais face à cette adversité, ma maman n'a rien lâché et a su trouver du soutien auprès d'autres personnes. Elle avait en elle ce gène de la résilience, un gène qu'elle m'a transmis.

Chapitre 3
Les ailes de l'imaginaire

Apprendre (verbe transitif). Chercher à acquérir (un ensemble de connaissances) par un travail intellectuel ou par l'expérience.

Chaque nouvelle expérience de vie est pour nous l'occasion d'en apprendre un peu plus sur nous-mêmes, sur les autres et sur ce qui nous entoure. C'est, au fond, le principe même de l'évolution humaine. La sélection naturelle, selon Charles Darwin, bien que parfois remise en question, postule que les espèces les mieux adaptées à leur environnement survivent et transmettent leur patrimoine génétique à leur descendance. Chez l'être humain, cette adaptation passe avant tout par l'apprentissage, comme apprendre à reconnaître les dangers, à trouver de la nourriture, à fabriquer des outils, jusqu'à développer des technologies capables, paradoxalement, de remettre en cause notre propre existence aujourd'hui. Au même titre que la transmission génétique, la transmission du savoir constitue l'un des fondements de notre évolution.

De nombreuses expériences d'apprentissage sont aujourd'hui profondément ancrées dans les rites de notre société. Un enseignant, un parent vous a sans doute appris à écrire, lire, compter dès votre plus jeune âge. Plus tard, une autre personne vous aura peut-être enseigné la conduite, ou formé à un métier à travers un stage, une formation ou des études. Ces apprentissages sont codifiés, standardisés. On attend de vous un travail intellectuel ou manuel qui sera ensuite évalué par une note ou un score. Cette évaluation, censée refléter le chemin parcouru, traduit parfois davantage une logique de classement qu'un véritable acquis. Et ce qui devrait rester singulier devient alors l'objet d'une hiérarchisation. Cette comparaison peut être source d'épanouissement pour certains, de frustration pour d'autres. Si toutes les formes d'apprentissage étaient reconnues à leur juste valeur, notre humanité, elle aussi, s'en trouverait enrichie.

Mais l'apprentissage ne se limite pas à ce qui s'apprend à l'école ou dans les manuels. Il peut naître d'une passion, d'une épreuve, ou même surgir de notre expérience intime. « Apprendre de ses erreurs » est une maxime que tout le monde connaît. On attend toujours d'une expérience, même douloureuse, qu'elle soit riche d'enseignements. Existe-t-il, au fond, une seule expérience qui en soit totalement dépourvue ? Pourtant personne ne vous demandera jamais si vous avez appris quelque chose de la maladie. Dans l'imaginaire collectif, vivre avec un handicap semble davantage synonyme de perte que de richesse. Et pourtant, il existe bien un monde où l'on apprend de la maladie. Dans ce monde, aucun diplôme ne vous sera remis. Personne ne viendra vous montrer la voie. Ici, vous êtes à la fois l'élève et le professeur. Seule l'expérience, parfois dans la douleur et la solitude, vous enseigne. De ce vécu naissent des astuces, une intelligence pratique, une capacité d'adaptation qu'aucun livre ne saurait transmettre. L'être humain possède une capacité incroyable : celle de s'adapter, même dans l'épreuve. Le marathonien qui s'entraîne sans relâche et la personne handicapée qui décuple ses sens et réinvente ses gestes chaque jour partagent une même force, celle d'aller au-delà de leurs propres limites. Pourtant, le premier est célébré, le second souvent oublié. Je pense sincèrement que le fait de vivre avec la maladie devrait être reconnu comme une compétence à part entière, un savoir-faire de l'existence valorisé, y compris sur un CV. Mais, face à cette idée, les réactions oscillent souvent entre déni et condescendance. Dans notre inconscient collectif, maladie rime encore avec incapacité, dépendance et coût pour la société. Il suffit de se replonger dans l'histoire. Avant la Révolution française, les malades étaient recueillis dans des hospices religieux, tenus à l'écart. Ce n'est qu'après 1789 que l'État a commencé à assumer cette responsabilité. Et il a fallu attendre 2005 pour qu'une loi majeure sur le handicap voie enfin le jour en France. L'inclusion est donc, dans l'histoire française, un concept extrêmement récent. Comprendre ce cheminement historique permet de mieux saisir le poids des regards. L'expérience de la maladie forge des compétences rares, comme la patience, l'ingéniosité, la persévérance, des qualités précieuses dans tous les métiers. Prenez la recherche scientifique : derrière chaque découverte se cachent des dizaines d'échecs. Qui mieux qu'une personne résiliente pour comprendre qu'il faut tomber, encore et encore, avant de réussir ? Peut-être faudrait-il redéfinir le handicap, non plus comme une incapacité, mais comme une manière d'être capable autrement. Apprenons donc aux autres cet art de vivre avec la maladie.

L'apprentissage de la vie avec ma maladie s'est construit par étapes, la première ayant été d'en prendre pleinement conscience. Paradoxalement, avant même de comprendre ce que signifiait « être malade », j'avais déjà assimilé des notions bien plus complexes, comme celles de la mort et de la tristesse. Ma mère me raconte encore ce jour où, du haut de mes trois ans, je l'ai vue pleurer au téléphone. Avec mes mots d'enfant, je lui avais demandé ce qu'il se passait. Elle m'avait répondu doucement que « grand-père [était] monté au ciel ». Sans hésiter, je lui avais alors lancé, d'une voix étonnamment assurée: « Il est mort? » Elle était restée figée par ma capacité à comprendre l'irréversible, à poser les mots justes sur l'absence. La conscience de mon propre corps, de ses limites, mit en revanche beaucoup plus de temps à émerger. Vers cinq ou six ans, le regard que je portais sur moi-même était encore celui d'un petit garçon rêveur, animé davantage par l'espoir que par la réalité. À cette époque, la série *Superman* passait à la télévision. Je ne ratais aucun épisode. À chaque générique, je courais à travers l'appartement, bras tendu vers le ciel, essayant d'imiter ce héros capable de voler. Superman était fort, invincible. Il ne tombait jamais. Moi, mes jambes me trahissaient. Elles étaient faibles, douloureuses, incertaines. Alors, dans ma tête d'enfant, l'équation était simple: si mes jambes me faisaient défaut, il suffisait d'apprendre à voler. Aujourd'hui encore, l'image de ce petit garçon courant maladroitement dans l'appartement, poing tendu vers un ciel imaginaire, me poursuit. Elle incarne cette capacité extraordinaire que nous portons tous en nous, celle de sublimer la douleur en rêve et de transformer l'impossible en espoir. Même si mon corps me freinait, mon esprit, lui, restait libre de s'envoler. Chaque rentrée scolaire était l'occasion de mettre cette naïveté enfantine à l'épreuve. L'instituteur ou l'institutrice demandait à chaque élève d'écrire le métier de nos parents, ainsi que le métier que nous voulions exercer. À six ans, j'étais là, seul face à ce petit bout de feuille à carreaux. C'était un exercice que je redoutais à chaque fois. Pour le métier de maman, c'était facile. Pour papa, je ne savais pas quoi écrire, alors je laissais un espace vide. Pour mon métier, j'écrivais « footballeur ». On m'expliquait que ce n'était pas un métier. Pourtant, c'était ce que je voulais faire. Pourquoi demander, si on ne peut pas écrire ce que l'on veut ? Peut-être me mettait-on déjà dans une case. Footballeur n'est pas pour moi. Lors des rentrées qui suivirent, j'écrivais « professeur d'histoire », juste pour faire plaisir. À cette époque, le plus difficile n'était peut-être pas la maladie elle-même, mais plutôt la lente disparition de cette naïveté et de ces rêves. Ce moment où l'on comprend qu'il existe des limites que même l'imaginaire ne peut franchir. Un jour, l'envol laisse place aux appuis, aux gestes prudents, aux équilibres fragiles. On apprend à habiter un autre corps, à un autre rythme. C'est à cette période que la vie m'a imposé un nouvel apprentissage, moins spectaculaire que voler, mais tout aussi fondateur.

J'ai fait ma rentrée en maternelle à l'âge de trois ans, puis à l'école primaire Paul-Verlaine, à Longuenesse, à six ans. Cette même année, ma sœur donna naissance à sa première fille, Lou-Anne. Je devenais tonton. Je grandissais. C'est aussi à cette période qu'un nouveau compagnon fit irruption dans notre vie, Phœbus. Un chiot labrador noir au pelage lustré, orné d'une petite tache blanche sur le poitrail. Il avait deux mois, débordait d'énergie et semblait être tout mon contraire : une véritable tornade sur pattes. Très vite, l'appartement devint son terrain de jeu, ou plutôt son champ de bataille. Pieds de chaises et de tables mâchouillés, divan éventré, pots de fleurs renversés, rien n'échappait à son chaos méthodique. Un jour, il parvint même à ouvrir la vitrine de la bibliothèque pour s'attaquer aux livres. Peut-être voulait-il, lui aussi, s'instruire ! Ou peut-être partagions-nous ce trait commun de bousculer l'ordre établi... Cela dura deux ans, puis il se calma. Phœbus devint, au fil du temps, bien plus qu'un animal de compagnie. Il fut mon complice, mon allié silencieux, mon confident, mon refuge. Il m'accompagna durant treize années, fidèle parmi les fidèles, témoin discret de mes premières peines, de mes espoirs et de mes silences. À ses côtés, je trouvais un peu de réconfort dans un quotidien souvent rythmé par les rendez-vous médicaux. Deux séances de kinésithérapie par semaine s'inscrivaient dans mon emploi du temps d'écolier. À cela s'ajoutaient les aller-retour à Lille pour consulter les spécialistes. Nous faisions ces trajets quatre ou cinq fois par an, hiver comme été. Quand ce n'était pas pendant les vacances, c'était sur le temps scolaire. Il fallait partir tôt, parfois dès l'aube, dans le froid et le brouillard. Cela pouvait prendre une demi-journée, parfois davantage. Rien de bien réjouissant.

L'univers de l'hôpital était devenu familier, mais jamais tout à fait rassurant. Les blouses blanches, l'odeur âcre du désinfectant, la lumière toujours trop vive des couloirs, tout contribuait à rendre ces lieux hostiles. Je croisais d'autres enfants, au teint pâle, parfois le crâne rasé, parfois allongés sur des lits ou assis dans des fauteuils roulants. Ici, pas de cris, pas de rires. Les pleurs se devinaient entre deux silences. Tout le contraire d'une cour de récréation. Et pourtant, les médecins, avec leur ton grave et mesuré, ressemblaient aux instituteurs. Autour de moi, une véritable petite équipe composée d'un neuropédiatre, d'un cardiologue, d'un pneumologue et d'un gastro-entérologue veillait sur ma santé. Chacun scrutait un organe, un souffle, un battement, comme on observe la surface d'une eau calme, à l'affût de la moindre ride annonciatrice d'un trouble. Chez le cardiologue, je regardais défiler les courbes sur l'écran, tout en écoutant les battements de mon cœur amplifiés par l'échographie. Avec le pneumologue, je pénétrais dans une cabine close, isolée du monde pendant un instant. On me tendait un tube dans lequel il fallait souffler avec force. À l'écran s'affichaient des ballons à éclater ou des bougies à éteindre, même quand ce n'était pas mon anniversaire. Les médecins nous expliquaient que ma maladie était bien moins grave que le syndrome de Werdnig-Hoffmann, initialement redouté. Elle n'était pas évolutive, et les examens le confirmaient. Il faudrait simplement veiller à maintenir mon tonus musculaire grâce à la kinésithérapie et rester attentifs aux signes de fatigue. Une visite chez un orthopédiste-orthésiste fut également recommandée. La faiblesse de mes muscles entraînait un affaissement progressif des chevilles, orientant la plante de mes pieds vers l'extérieur et mes genoux vers l'intérieur. Ce déséquilibre musculaire entravait aussi le développement harmonieux de mes os, entraînant une différence de longueur de plusieurs centimètres au niveau des jambes et un écart de plusieurs pointures entre mes deux pieds. Ces déformations osseuses et ligamentaires contribuaient à altérer davantage une marche déjà fragilisée. Des chaussures orthopédiques sur mesure me furent prescrites. Un moulage complet de mes chevilles et de mes jambes fut également réalisé, en vue de fabriquer des attelles de nuit censées redresser progressivement mes membres inférieurs. Ces bottes en résine bleues aux dégradés de beige et de blanc ressemblaient à une version moderne des attelles de *Forrest Gump*. Pour commencer, ma mère me les installa une nuit sur deux, malgré mes réticences et sa propre fatigue. Mais, très vite, elles sont devenues de véritables instruments de torture. La pression exercée sur mes chevilles provoquait une douleur insupportable qui m'empêchait de dormir. Il n'a pas fallu longtemps pour que ces bottes gagnent leur place, toute trouvée, au fond d'un placard.

Après chaque rendez-vous à Lille, nous laissions la voiture près de la station de métro du CHU, puis descendions sous terre, sans destination précise. J'avais une fascination pour le métro lillois, automatique et donc sans conducteur. Je me plaçais toujours tout devant, le front collé sur la grande vitre donnant sur les rails. J'avais l'impression de conduire ce métro, à défaut de pouvoir contrôler cette vie qui semblait déjà filer entre mes doigts. Nous faisions des aller-retour sur la ligne entière, simplement pour le plaisir. Il y avait un arrêt que j'aimais tout particulièrement, celui de la place Rihour. C'était le signal du déjeuner à l'Hippopotamus avec steak haché, frites et sauce béarnaise au menu, suivi d'un détour à la Fnac pour choisir une bande dessinée. Apprendre, c'était aussi cela, apprivoiser un rythme singulier, fait de douleurs et de joies entremêlées. Ces petits moments simples comptaient. Ils donnaient à ces journées médicales une part de légèreté, malgré l'angoisse sourde que la maladie puisse évoluer, telle une épée de Damoclès suspendue au-dessus de nos têtes. Ces moments m'enseignaient, à leur manière, qu'on peut composer avec l'épreuve sans renoncer à l'enfance.

L'enfance, c'est aussi se faire des amis. À l'école, je rencontrai Antoine et Matthieu. Très vite, nous sommes devenus inséparables, toujours prêts à faire les quatre cents coups, en classe comme ailleurs. Nos logements étaient séparés de quelques pas, entrecoupés de terrains de jeux. Il y avait là un terrain de basket, un toboggan et un petit coin de verdure que nous appelions le « terrain vert ». Là, je jouais au ballon, je grimpais, je tombais – plus souvent que je ne grimpais d'ailleurs. À force de chutes, j'ai accumulé quelques luxations aux doigts et plusieurs passages aux urgences. Dans un coin du terrain, des buissons remplis de poil à gratter devinrent le cadre idéal de mes premières bêtises. Les jours de pluie, maman nous préparait des crêpes entre deux dessins à la peinture à l'eau. Et comme il pleut souvent dans le Nord, nous avions souvent droit à des crêpes, pour notre plus grand bonheur. On dormait les uns chez les autres. On découvrait ensemble les jeux vidéo : Super Mario, The Legend of Zelda, Tony Hawk's, FIFA et, bien sûr, les Pokémon. Je collectionnais les billes, surtout celles qui brillaient ou qui avaient des pépites à l'intérieur, les Pogs, les petits soldats, les Playmobils et bien d'autres trésors. Je ne manquais de rien, Maman me gâtait beaucoup. J'avais aussi de la chance : les parents de mes amis m'ont toujours accepté tel que j'étais, sans poser de questions, sans faire de différences. J'étais simplement un enfant parmi d'autres. Un ami comme un autre. L'école fut aussi le théâtre de mes premiers flirts, de mes amourettes d'enfance. Dans ces moments-là, la maladie n'existait pas pour moi. J'étais un petit garçon parmi d'autres, les cheveux au vent, la dentition approximative, les genoux écorchés et le rire éclatant. Je vivais l'instant présent, l'insouciance de l'enfance, totale, précieuse, comme un moment suspendu. Ni plus ni moins.

Pendant que la maladie attaquait mes muscles, mon esprit, lui, s'évadait dans un autre monde, plus doux, plus juste peut-être. C'est avec cet état d'esprit que j'ai fait mes premiers pas à l'école. Ma mère avait insisté pour que je sois scolarisé dans un établissement dit « normal », un terme très en vogue à ce moment-là. Ce mot sous-entendait, sans doute, l'existence d'écoles « anormales » réservées aux enfants « différents ». Un vocabulaire révélateur d'une époque où le handicap restait profondément tabou, invisible et ignoré. Officiellement, on parlait d'écoles « spécialisées », mais ces mots édulcorés tentaient de masquer une réalité plus brutale, celle d'une ségrégation ordinaire, acceptée et institutionnalisée. À cette époque, aucun cadre législatif n'encadrait l'inclusion des enfants handicapés. Tout reposait sur le volontariat et le bon vouloir des chefs d'établissement. Durant toute ma scolarité, du primaire au lycée, je n'ai jamais rencontré un autre élève porteur d'un handicap physique lourd. Comme si la différence, lorsqu'elle devenait trop visible, devait rester cachée. Le fauteuil roulant n'avait pas sa place. Ma chance, à ce moment-là, fut peut-être de ne pas en avoir. Se faire une place dans ce monde qui n'était pas prêt relevait parfois de l'exploit. Ma mère, elle, refusait cette logique d'exclusion. Elle s'est battue pour que je grandisse parmi tous les autres enfants. À ses yeux, j'avais droit aux mêmes chances, ni plus ni moins. Dans les années quatre-vingt-dix, le personnel enseignant n'était ni formé ni préparé à accueillir un enfant handicapé. Il n'existait aucun dispositif d'aide, aucun accompagnement adapté. L'idée dominante, profondément ancrée, était que ces enfants n'avaient pas d'avenir professionnel, alors à quoi bon les éduquer ? Depuis, d'immenses progrès ont été réalisés. Mais nous sommes encore loin, très loin, des promesses d'une école réellement inclusive. On parle aujourd'hui d'« école pour tous », une formule généreuse en apparence, mais encore trop souvent démentie par les faits. Car des milliers d'enfants handicapés restent aujourd'hui privés de scolarité, faute d'accessibilité ou d'aide humaine. Sans doute devrions-nous, en attendant mieux, parler d'« école pour tous, un jour, peut-être ».

Cet envol dans l'insouciance ne durait souvent qu'un instant. À l'école, je me heurtais parfois à l'incompréhension. Certains enfants se moquaient de ma démarche, s'amusant à l'imiter entre deux éclats de rire étouffés. Il est vrai que je marchais lentement, d'une démarche dandinante et décousue. Mais, pour moi, il n'y avait rien d'étrange. J'avais appris à marcher ainsi. C'était ma façon d'avancer, c'était ma norme. Pour d'autres, c'était devenu ma différence. Et cette différence, à force de regards insistants ou moqueurs, pouvait devenir souffrance. Le soir, je rentrais parfois à la maison les larmes aux yeux. Je racontais à ma mère ce que certains enfants avaient dit ou fait, sans vraiment comprendre pourquoi. Je ne connaissais pas encore le terme « myopathie ». Je n'avais pas les mots pour me défendre. Ma mère, elle, me consolait avec douceur. Elle me disait que, parfois, le silence était la réponse la plus forte. Phœbus était là aussi pour me réconforter. Il ne me jugeait pas, il n'avait pas besoin d'explications. Il marchait à mon rythme et me comprenait. Pour lui, j'étais simplement moi.

Les quelques moqueries dont j'étais l'objet soulevaient une question plus vaste : qu'est-ce que la normalité ? Il n'existe pas, à mes yeux, de définition universelle. Comme la beauté, elle dépend de notre regard. Ce que l'un trouve beau, l'autre peut ne pas le voir. Et pourtant, tous deux ont à la fois raison et tort. Tout dépend de l'endroit où on place le curseur. En écrivant ces quelques lignes, je me souviens d'un autre épisode de mon enfance qui m'a également marqué. J'avais six ans lorsque ma mère m'inscrivit à des cours d'arts plastiques le mercredi après-midi, en dehors de l'école, une manière pour moi d'explorer ma créativité et de transposer mes pensées sur le papier. Un jour, alors que je venais de terminer un dessin, le professeur le qualifia de « laid », devant ma mère. Elle ne répondit rien. Elle prit simplement le dessin, l'encadra et l'accrocha dans notre appartement. Ma maman avait un don pour sublimer le laid en beau, et la différence en force. Ce dessin trône encore aujourd'hui dans son appartement, témoin d'un passé qui, par bien des aspects, continue de résonner dans le présent. Faisons un petit exercice d'imagination, si vous le voulez bien. Qu'est-ce qu'une vie sans handicap physique visible ? Pour ma part, je ne le sais pas. Je n'ai jamais fait une promenade sans douleur, sans fatigue, sans essoufflement. Je dois planifier chaque activité, non pas selon la météo, mais selon l'état de mon corps. Voilà ma norme. La vôtre est peut-être différente. Imaginons maintenant un monde peuplé presque exclusivement de personnes en fauteuil roulant. Dans ce monde-là, le fauteuil serait la norme et marcher deviendrait l'exception. Ceux qui marchent seraient-ils perçus comme différents ? Discriminés ? Très probablement. Vous avez sans doute compris où je voulais en venir. Le problème n'est pas ici la différence en soi, c'est le regard que l'on porte sur elle.

Ce regard, justement, doit s'éduquer. Et cela dès le plus jeune âge. Dès l'école maternelle, dès l'école primaire, les enfants devraient être exposés à la diversité sous toutes ses formes, y compris le handicap. À cet âge, ils apprennent encore à apprivoiser leur corps et à comprendre les règles sociales. C'est à ce moment-là, précisément, que se façonnent les premiers regards. L'inclusion n'est pas un concept administratif, c'est une culture, une valeur du vivre-ensemble. Et elle commence par la présence, la représentation, l'habitude, jusqu'à ce que naisse l'acceptation. Bien sûr, à six ou sept ans, je n'avais ni ce recul ni ces mots. Je ne comprenais pas pourquoi certains enfants riaient. Je savais juste que ça faisait mal. Ce n'est qu'avec le temps que j'ai compris : ce n'était pas de la méchanceté, c'était de l'ignorance. Une ignorance sincère, celle de l'enfance face à ce qu'on ne lui a jamais montré. La peur de l'inconnu est un sentiment naturel, un mécanisme de défense ancré dans notre instinct de survie le plus primitif. Ce sentiment a malheureusement des conséquences sociétales. Il n'y a qu'à prendre certains sujets d'actualité, comme celui de l'immigration. La peur de l'autre, la peur d'un peuple ou d'une culture que l'on n'a jamais rencontrés ou compris, se transforme parfois en rejet. Il en va de même pour le handicap. De cette incompréhension sont parfois nées la frustration et la colère. Frustration de ne pas pouvoir faire comme les autres. Frustration de ne pas réussir à mettre des mots sur ma maladie. Frustration de ne pas savoir exprimer cette douleur sourde en moi. Et cette frustration se transformait en colère, une colère qui s'est souvent retournée contre moi, parfois contre ma mère ou contre d'autres enfants. Je bouillonnais intérieurement comme une cocotte-minute. Ne trouvant pas les mots justes, je laissais parfois éclater mon malaise sous forme de crises, d'épisodes de colère que je ne comprenais pas moi-même. Cette incompréhension, aussi douloureuse fût-elle, fut le point de départ d'une nouvelle prise de conscience, celle de la différence que le monde m'avait imposée.

À l'école, j'aimais apprendre. J'étais un élève plutôt calme, timide, réservé, mais au regard toujours malicieux. J'étais curieux et j'avais de bonnes notes. Je finissais régulièrement dans les cinq premiers de la classe durant mes années de primaire, avec déjà cette faculté de retenir une quantité importante d'informations. Il m'était très facile, par exemple, de réciter une poésie ou de retenir des passages d'un livre. J'aimais aussi dessiner, modeler des formes avec de la pâte à sel ou de la pâte à modeler. Mon esprit regorgeait d'idées et de rêves que je transposais sur papier ou en volume. Lors d'une activité d'arts plastiques en classe de CP, je réalisai un petit personnage en pâte à modeler. Je m'appliquai pour qu'il tienne debout de lui-même. Inconsciemment, j'y voyais peut-être mon reflet. Dans mon esprit d'enfant, il courait. La maîtresse, impressionnée par ma dextérité, m'encouragea à poursuivre l'exercice en lui ajoutant des vêtements colorés. Ces activités étaient pour moi une véritable chance de m'exprimer, de libérer ma créativité dans toute sa richesse. Mais d'autres gestes m'étaient plus difficiles. À six ans, j'avais encore du mal à écrire mon prénom. Mes poignets, mes mains, l'extrémité de mes doigts manquaient de force. Tenir un stylo me demandait un effort réel, et l'écriture me prenait plus de temps qu'aux autres. La maîtresse, plutôt que de chercher à comprendre, me pointait du doigt devant les camarades. Elle me qualifiait parfois de « fainéant ». Durant les travaux pratiques, des ciseaux étaient mis à disposition des élèves. Ma mère m'avait acheté une paire adaptée à mes doigts faibles, plus facile à manipuler. Mais la maîtresse refusa que je la garde. Elle exigea qu'elle soit remise dans la boîte commune à la fin de chaque activité. Il n'était pas question, pour elle, que j'aie un meilleur outil que les autres enfants. « Tu dois faire comme tout le monde », me disait-elle. Ma mère, croyant d'abord que j'avais perdu cette paire, en racheta plusieurs. Ce n'est que plus tard qu'elle comprit que la disparition était due à l'enseignante. Un jour, elle me demanda de l'attendre dans la voiture à la sortie de l'école. Par la vitre, je la vis discuter avec la maîtresse. Le ton monta rapidement. Ce jour-là, ma mère lui a sans doute dit tout ce qu'elle avait sur le cœur et tout le bien qu'elle pensait d'elle. Peut-être que cette maîtresse me croyait paresseux à cause de ma fatigue, de mon visage peu expressif, figé par la faiblesse musculaire. Peut-être ignorait-elle que la maladie affectait aussi le développement de ma motricité fine, me gênant pour tenir un stylo, une paire de ciseaux, écrire comme les autres. Et que, au lieu de m'accabler, il aurait fallu m'accompagner. L'école, dans toute sa diversité, n'était pas familiarisée avec le handicap et le personnel n'était pas formé à ce genre de situation. À cette époque, je ne comprenais pas encore que j'étais malade. Je n'avais pas les mots pour l'expliquer. J'avais simplement six ans. Ma mère faisait de son mieux pour faire entendre ma réalité, avec ses mots de maman, pas de médecin. Mais cette maladie, elle aussi, était encore peu connue. Il fallait apprendre avec elle, au jour le jour. Certains symptômes apparaissaient soudainement. De nouvelles adaptations devaient être mises en place dans l'urgence. Pour la marche, par exemple. Le trajet à pied entre l'école et la nourrice durait une dizaine de minutes et ce parcours quotidien suffisait à révéler mes difficultés. Ma nourrice s'en aperçut vite, que ce soit après l'école ou durant la pause déjeuner. Les longues distances me coûtaient. Mais il existait une solution : une sortie située à l'arrière de la cour permettait de réduire drastiquement le trajet à une minute. Une évidence, pensais-je. Mais vous ne serez sans doute pas surpris si je vous dis que ma maîtresse ainsi que la direction de l'école ont d'abord refusé cette solution. Ce n'est qu'après des explications répétées de ma mère, et le retour d'un peu de bon sens, qu'ils finirent par céder.

Heureusement, tous les enseignants n'étaient pas ainsi. Certains faisaient preuve, au contraire, d'une véritable empathie. Ceux-là savaient, sans grands discours, me faire sentir que j'étais capable autrement. Sans jugement. Sans pitié. Sans humiliation. Je fis ma rentrée en classe de CM1 à neuf ans. Le maître annonça d'emblée qu'il voulait me faire participer à toutes les activités. Il n'y avait, selon lui, aucune raison que je sois mis sur la touche, pendant les cours de sport notamment. Courir était trop éprouvant pour moi ? Ce n'était pas un problème : il me confiait le chronomètre, me chargeait de relever les temps de chacun. J'avais ma place. Les sorties scolaires aussi furent l'occasion de m'inclure autrement. À l'époque, il n'était pas encore question de fauteuil roulant. Je marchais, mais à mon rythme, lentement. J'étais toujours un peu à la traîne, comme une brebis à l'arrière du troupeau, mais toujours là. Les enseignants et les parents accompagnateurs savaient que j'avais besoin d'une attention particulière. Il fallait un adulte à l'arrière du groupe pour me donner la main et repérer les signes de fatigue. Cela me rappelle d'ailleurs une anecdote lors d'une sortie au château de Compiègne, cette même année de CM1. La journée avait été longue, nous avions beaucoup marché et je peinais à suivre. Pendant la visite du château, mon maître obtint l'autorisation de notre guide pour que je m'assoie quelques instants sur une chaise. Je le revois me dire, avec un sourire : « La dernière personne à s'être assise ici était un roi de France. » Il ne m'en fallut pas plus pour oublier la fatigue. Ce jour-là, la maladie n'avait pas disparu, mais elle s'était faite discrète, parce que quelqu'un, d'une certaine manière, avait compris.

Ce chapitre de ma vie s'est écrit en marge des cahiers d'école. J'avais commencé par vouloir voler, j'ai appris à marcher autrement. À tenir debout, malgré tout. Et peut-être est-ce, au fond, la forme de courage la plus fidèle à l'enfance : croire encore aux histoires, même quand le corps les contredit.

Chapitre 4
À la force du cerveau

Le sable chaud, les rires complices entre cousins, les baignades prolongées jusqu'à la nuit tombée, le goût sucré des glaces au chocolat fondant sur les doigts, l'odeur de l'herbe fraîchement coupée, les cahiers de vacances commencés mais jamais achevés… Il est des étés gorgés de promesses où, l'espace de deux mois, le monde semble ralentir sa course. Les contraintes s'effacent et la vie s'allège. En écrivant ces lignes, je me replonge avec tendresse dans ces souvenirs d'enfance imprégnés d'odeurs, de rires et de la chaleur du soleil sur la peau. Des fragments d'insouciance, de joie pure, où l'on pouvait rêver à voix haute, espérer et croire que tout était possible.

L'été 1997 m'a offert, pour la première fois, cette promesse discrète d'un espoir. Ma santé, longtemps fragile, semblait enfin se stabiliser. Les séances hebdomadaires de kiné avaient œuvré en silence, tout comme les bons plats mijotés de maman. Mes bras, mes jambes, autrefois si frêles, gagnaient en volume. Et mes mots, bien qu'encore timides, osaient un peu plus. Il me manquait pourtant un ingrédient essentiel pour progresser davantage et franchir un nouveau palier dans ma vie d'enfant. C'était quelque chose d'à peine perceptible, que je ne trouvais ni à la maison ni dans la cour de récréation. Ce quelque chose, c'était la confiance. Non pas celle que l'on reçoit, mais celle que l'on bâtit en soi, pas à pas. Ce corps, cet esprit, incapables de suivre le rythme effréné que le monde semblait imposer, ne m'offraient aucun socle sur lequel bâtir cette confiance intérieure. Jusqu'à cet été 1997.

Ma mère, toujours attentive à mes silences plus éloquents que des paroles, décida de m'offrir un cadeau quelque peu singulier : des vacances, mes propres vacances, dans un monde totalement nouveau. Elle trouva un gîte dans une ferme, agréé par l'Éducation nationale pour les enfants de six à dix ans, près d'Hesdin, à un peu plus d'une heure de route de chez nous. J'y séjournerais durant la première quinzaine de juillet. Elle souhaitait m'accorder une parenthèse, un espace-temps rien qu'à moi, à l'abri du quotidien, des douleurs et de la maladie. C'était peut-être aussi une façon de desserrer ce lien invisible si fort qui nous unissait depuis ma naissance. Il me fallait un lieu différent, pour grandir autrement, à mon rythme. Un lieu pour apprivoiser ce que je n'arrivais pas encore à nommer et commencer à bâtir cette confiance qui me manquait.

Le jour du départ, ma valise semblait minuscule, mais mes émotions, elles, débordaient de toutes parts. Sur le chemin, j'avais le cœur serré, les jambes un peu flageolantes et une drôle d'excitation dans le ventre. Je partais seul, pour la première fois, loin de maman, loin de la maison. Je me sentais tout petit, et en même temps un peu plus grand. À notre arrivée, les yeux collés contre la vitre de la voiture, j'aperçus un grand corps de ferme à l'odeur mêlée de foin et de bêtes. Plus loin, des chevaux, des vaches, des moutons, des chèvres et des poules animaient le paysage, comme un livre d'images qui aurait soudain pris vie. Dans mes yeux d'enfant se reflétait un monde à part, presque magique, plus proche de Narnia que de la réalité. Et puis, il y avait tous ces visages, beaucoup de visages. Ils composaient une tribu entière, bigarrée et bienveillante : les arrière-grands-parents, les grands-parents, les parents et une petite fille de quatre ans. Chacun avait son coin, ses repères, mais tous se retrouvaient à table pour les repas, dans une chorégraphie bien rodée, faite de gestes familiers et de regards complices. Les jours de récolte, des tréteaux étaient dressés dans la cour pour accueillir les saisonniers, les voisins, tous ceux venus prêter main-forte. On pouvait être une vingtaine, parfois plus, serrés autour d'une même nappe. La nuit, je partageais un dortoir au premier étage avec sept ou huit enfants venus, eux aussi, passer des vacances loin de leurs parents. Moi qui venais d'un petit appartement feutré, je découvrais le tumulte joyeux d'un monde bruissant de vie.

Ici, je n'étais ni « le petit malade » ni « l'enfant à ménager », j'étais simplement un enfant parmi d'autres, avec ses limites, certes, mais avec sa place. Une vraie place. En amont, maman avait pris soin d'informer la famille d'accueil de mes besoins en cas de fortes chaleurs ou de grande fatigue. Rien de tout cela ne semblait les inquiéter. Il y avait ici un dénominateur commun : la différence. Elle ne posait pas de problème, elle était acceptée. Chaque obstacle semblait déjà avoir sa réponse, posée là comme une évidence. Pendant que les autres enfants partaient en balade à pied, j'avais droit à mes grandes virées en tracteur. De là-haut, le monde s'ouvrait à moi. Ces escapades devinrent un rituel. J'accompagnais un adulte lorsqu'il fallait déplacer les ballots de paille. On avançait lentement dans les champs, bercés par le ronronnement du moteur, le grincement des suspensions et le souffle chaud de l'été. C'est là que j'ai commencé à sentir en moi quelque chose de nouveau, une forme de légèreté, de confiance discrète. Comme si l'éloignement, le cadre naturel et l'attention tranquille des adultes m'autorisaient enfin à exister autrement. Sans effort. Sans regards inquiets.

Les journées s'écoulaient au rythme simple et joyeux des petits rituels. Le matin débutait par un délicieux bol de lait encore tiède, tout juste sorti du pis. Il avait ce goût brut, presque vivant, qu'on n'oublie pas. On partait ensuite ramasser les œufs dans le poulailler, tout en évitant de se faire pincer les doigts. Plus tard, certains montaient à cheval, d'autres partaient cueillir des petits pois dans les champs. L'odeur des cosses, la terre sèche sous les ongles, cette douce brise qui effleurait mes joues, tout cela me revient, intact, comme si c'était hier. La grange devenait notre terrain de jeu pour le reste de la journée. On grimpait sur les ballots de paille, on sautait, on se piquait les bras, on s'éraflait les genoux. Nos rires résonnaient entre les murs en bois. Dans ces instants-là, je n'ai pas souvenir de moqueries, juste des filles un peu taquines. Maman m'avait confié un appareil photo jetable pour figer ces éclats de vie. Je l'appelais chaque soir. J'avais tant à lui raconter. Ce séjour m'a aussi offert quelques instants singuliers, des moments où j'ai senti naître en moi une forme de fierté, comme un premier sentiment d'accomplissement. Le patriarche de la famille, un homme taiseux mais attentif, m'avait proposé un défi sur mesure : apprendre à rouler sur deux roues. Dans la cour en gravillons de la ferme, mes premières tentatives furent, disons-le, hésitantes, tremblantes même, et souvent interrompues par une chute. Mais chaque essai était accompagné de mots d'encouragement, de mains tendues et de petits « tu vas y arriver » murmurés avec patience. Et puis, un jour, j'ai réussi. Je me souviens parfaitement de ce moment. J'ai couru, haletant, jusque dans la maison pour l'annoncer à toute âme qui vive, la voix haute, pleine, un peu incrédule. Quand maman est venue me chercher, j'étais prêt à lui montrer. Fier. Debout. Un peu différent de celui qu'elle avait laissé quinze jours plus tôt. Ce séjour fut, pour moi, une forme de commencement. Celui où j'ai effleuré du doigt ce qui ne m'était pas vraiment destiné. Et puis, après tout, Superman aussi avait grandi dans une ferme. Lui aussi avait appris à tomber avant d'apprendre à voler.

Maman souhaitait, plus que tout, que ces étés deviennent des parenthèses salvatrices, comme une forme de récompense, après tout ce que nous avions enduré. Grâce à son nouveau poste d'agent d'entretien au lycée, elle avait enfin pu mettre un peu d'argent de côté. Elle économisait chaque petit sou, tout au long de l'année, pour nous offrir ces instants où la maladie n'était pas invitée – même si elle n'était jamais bien loin. À la suite de ces vacances à la ferme, maman trouva une location dans les Deux-Sèvres, au Grand-Chevreau, un hameau oublié de la commune de Vouhé. C'était un point minuscule sur la carte, quelque part au sud du Mans, au milieu de nulle part. C'était l'occasion de rendre visite à ma grand-mère maternelle : deux jours au parfum d'enfance, de confitures maison et de draps frais, où l'on reprenait doucement des forces avant de repartir. Le voyage me semblait à certains moments sans fin, mais je restais captivé par les nombreux paysages défilant sous mes yeux. Les forêts pouvaient céder la place aux champs, les champs aux plaines, les plaines aux villages aux toits rouges. Les odeurs, la lumière changeaient elles aussi à mesure que nous avancions. J'avais une passion un peu étrange, celle de lire les plaques d'immatriculation, une manière d'apprendre les départements et de voyager à ma façon. Nous avons fait ce trajet une petite dizaine de fois, avec toujours les mêmes étapes : Abbeville, Rouen, Alençon, puis Le Mans. Des villes repères, où l'on s'arrêtait parfois pour déjeuner. Et comme c'étaient les vacances, c'était moi qui choisissais le menu : McDonald's, évidemment. Et s'il y avait une aire de jeux, c'était encore mieux ! Ça ne coûtait pas grand-chose, juste quelques pleins d'essence et ces kilomètres avalés par notre vieille Ford Escort blanche – tellement vieille que, les jours de pluie, l'eau s'infiltrait dans l'habitacle. L'intérieur sentait la rouille et l'humidité, un parfum désagréable mais associé à tant de souvenirs. J'avais aussi le droit de choisir la musique. Je glissais dans l'autoradio des cassettes de Pierre Perret. Je ne comprenais pas encore tout, mais maman riait, alors moi aussi. Nous formions une bonne équipe. Certaines portions de route l'angoissaient, surtout les longues descentes bordées de vide. Espiègle à mes heures perdues, je lui disais alors avec un large sourire de regarder par la vitre, sachant très bien qu'elle avait le vertige. Et puis, entre deux rires, je finissais par m'endormir. Notre logis pour l'été était une maisonnette recouverte de lierre, rustique mais confortable, entièrement enveloppée de nature. Le calme y régnait, seulement troublé par le chant des oiseaux et, parfois, le souffle discret du vent dans les feuilles. Non loin de là, un étang où la baignade était surveillée attirait les familles des environs. Le lendemain de notre arrivée, nous sommes allés visiter une réserve de loups. Il fallait marcher, mais maman me portait souvent sur son dos. J'étais encore un poids plume à cette époque. Les loups étaient impressionnants. Certains, maigres comme moi, avaient des allures de créatures échappées d'un rêve un peu inquiétant. Leur hurlement me glaçait le dos. Le jour suivant, ce fut au tour des ânes, puis des chèvres. Le chevrier du coin vendait des fromages qu'il fabriquait lui-même. Maman adorait ça, moi pas du tout. J'aimais plutôt observer les bêtes. Les chèvres naines bondissaient dans tous les sens, comme animées par des ressorts invisibles. Certaines n'étaient pas plus grandes que moi. Je dormais bien. Le grand air me faisait du bien. Il faisait beau, sans chaleur excessive. C'était idéal pour passer du temps à l'étang du coin. Maman m'avait acheté un seau, une pelle, un râteau. Quand ce n'étaient pas les châteaux de sable, c'étaient les plongeons dans l'eau. Je pouvais y passer des heures. Maman, toujours prudente, avait tout vérifié. J'avais pied dans toute la zone surveillée et, en plus de cela, une bouée entourait ma taille.

Ce jour-là, il y avait beaucoup d'enfants. Ça criait, ça courait, ça se bousculait. On s'amusait bien. Maman, elle, m'observait toujours du coin de l'œil depuis sa serviette, vigilante. Soudain, elle bondit et courut vers l'eau. Elle venait de m'apercevoir dans une position étrange, immobile. La bouée ceinturait toujours ma taille, mais mon torse avait basculé par-dessus. Ma tête, inclinée vers l'avant, était entièrement immergée, tandis que mes jambes, inertes, flottaient à la surface. Mes muscles, trop faibles, ne parvenaient pas à me redresser. J'étais coincé, prisonnier d'un corps qui ne répondait plus, suspendu entre deux eaux, suffoquant en silence. Maman me sortit de l'eau en un éclair. Mon corps ne bougeait plus, mais mon cœur, lui, battait toujours, sans doute plus lentement que le sien. Le maître-nageur accourut quelques secondes plus tard. Il me prit dans ses bras, m'allongea sur la terre ferme et commença une respiration artificielle. Quelques secondes passèrent. Puis un filet d'eau s'échappa de mes poumons. Je revenais à moi, lentement. On me posa quelques questions. Ma première réponse fut : « C'était beau… Il y avait plein de couleurs… et des étoiles dorées sous l'eau. » Le maître-nageur expliqua que j'avais sans doute manqué d'oxygène pendant un bref instant. J'étais hors de danger. Mais de peu, de très peu. Ce jour-là, j'ai eu de la chance. Une bonne étoile brillait au-dessus de l'étang, et maman veillait, comme toujours. Un peu plus tard, elle me ramena à l'ombre, sur un coin de la serviette. On goûta ensemble, en parlant d'autre chose. Puis elle me prit la main : « Viens, on va tremper nos pieds. » Je n'en avais pas très envie. Mais elle a su trouver les mots pour me rassurer. On a avancé jusqu'au bord de l'eau. On a trempé d'abord nos pieds, frémissants sous la fraîcheur. Puis on s'est assis, côte à côte, les jambes dans l'étang. On a joué à s'éclabousser, on a ri, et puis on s'est relevés. Main dans la main, on a marché lentement, l'eau montant jusqu'à la taille. À chaque pas le rivage s'éloignait, et la peur aussi. Justement, elle ne voulait pas que je développe cette peur de l'eau. Alors, à notre retour, elle m'inscrivit à des cours de natation. Il m'a fallu trois étés, trois étés à recommencer, à m'accrocher, à lutter contre des muscles récalcitrants. « Il faut du temps pour certaines choses », disait-elle. À force de patience, de ténacité et d'un peu de courage, j'y suis arrivé. Au creux de ces étés insouciants se cachaient parfois des leçons que rien n'avait annoncées. Le courage fut l'une des premières.

Un autre été, maman avait loué une petite caravane dans un camping à la ferme, en Bretagne, pour huit jours. L'endroit était des plus sommaires. Les douches étaient communes et, pour les besoins, il fallait se contenter d'un pot de chambre rangé dans un coin. Mais tout cela avait peu d'importance. En contrebas, un tableau d'une valeur inestimable se déployait sous nos yeux. Depuis notre caravane, la mer se devinait à travers les herbes folles, comme un fil d'azur cousu entre ciel et terre. Le vent faisait danser les tiges, le soleil couchant déposait ses teintes dorées sur l'eau. Tout était beau, apaisant, presque hypnotique. On s'y sentait bien, vraiment bien. Nos huit jours furent rythmés par les après-midi à la plage et quelques escapades touristiques, comme la visite d'un superbe château aux jardins soignés et aux douves impressionnantes. Son nom nous avait bien fait rire : château de Bienassis. Pour quelqu'un qui fatigue vite, c'était tout trouvé ! Durant ces huit jours, nous avons fait un détour par la baie du Mont-Saint-Michel. Maman tenait absolument à me faire découvrir cet endroit majestueux. J'avais entendu des récits sur cette île encerclée par une mer capricieuse, dont les marées, disait-on, avançaient aussi vite qu'un cheval au galop, et sur ses sables mouvants, aussi redoutables qu'invisibles. J'étais fasciné, curieux, un peu inquiet aussi, mais prêt à découvrir ce lieu hors du temps. De loin, le mont semblait surgir d'un autre monde. Dressé entre ciel et mer, il trônait là, comme un mirage d'ardoise et de pierre couronné par la silhouette dorée d'un archange veillant sur sa cité. Comme à l'accoutumée, maman avait tout prévu pour cette visite, jusqu'aux billets coupe-file pour accéder aux musées et à l'abbaye sans attendre. Mais le mont, lui, n'avait rien prévu pour moi. Dès les premières côtes, mes jambes se sont alourdies, comme pétrifiées par l'effort. Les marches semblaient se démultiplier, inlassables, cruelles, dressant une muraille invisible entre le sommet et moi. À chaque palier, le sol se dérobait encore un peu plus, le souffle se faisait court, le cœur battait à contretemps. Toutes les cinq minutes, je devais m'arrêter, le corps vacillant et l'esprit engourdi. Mais autour de moi, rien : pas un banc. À un croisement, un petit café offrait quelques chaises. Elles semblaient nous tendre les bras, comme un mirage au milieu du désert. Mais il fallait consommer pour en profiter. Maman, sans un mot, s'y dirigea. Elle revint avec deux limonades, fraîches et pétillantes. Nous n'avions pas vraiment soif, mais c'était le prix à payer pour un instant de répit. Je me suis affalé sur une chaise, le corps à bout, l'âme en suspens. Nous étions à peine repartis, que je scrutais déjà les moindres recoins en quête d'ombre, d'un banc, d'un miracle. Mes yeux ne voyaient plus les remparts, ni les musées, ni les façades centenaires. Plus de majesté, plus d'émerveillement. Il ne restait que la fatigue, écrasante, injuste. Ce n'était plus une visite, c'était une traversée. Le mont, devenu enfer de pierre, me ramenait brutalement à mes limites physiques. L'archange dressé au sommet semblait veiller sur sa cité, mais pas sur moi. Nous avons fini par nous arrêter, pour de bon, à quelques encablures de l'abbaye. C'était là, ou nulle part. Le silence régnait, épais comme une prière inachevée. Au loin, un moine traversait lentement la cour d'un cloître ancien. Mais, pour moi, la messe était dite. Mon corps ne répondait plus. J'étais figé, tétanisé, vidé jusqu'à l'os. Le miracle n'a pas eu lieu. Ce jour-là, les larmes ont coulé. Ce n'étaient pas des sanglots, juste des larmes silencieuses. La douleur, la honte, la colère, tout se confondait. J'avais l'impression d'avoir échoué, de ne pas avoir été à la hauteur. Après tant d'efforts, je n'atteindrais pas le sommet. Je me sentais coupable. Coupable d'avoir gâché la visite. Coupable que l'argent dépensé n'ait mené à rien. Coupable, surtout, de ne pas pouvoir être « comme les autres ». Maman, attentive, ne m'a pas laissé sombrer. Elle m'a pris dans ses bras et, d'une voix douce, m'a murmuré : « Ce n'est pas grave. » Voyant passer un jeune couple, elle leur a tendu nos billets pour l'abbaye. « Combien vous doit-on ? demandèrent-ils. — C'est cadeau, répondit-elle avec un sourire. Il fait trop chaud et je suis fatiguée. » Ce jour-là, elle m'a fait comprendre qu'il y a parfois plus de sagesse à savoir lâcher prise qu'à vouloir tout conquérir. Le vrai courage, c'est parfois savoir reconnaître ses propres limites et accepter de s'arrêter. Renoncer n'est pas fuir. C'est reporter un rêve, pas l'abandonner. Il existe mille chemins pour atteindre un sommet. Celui-ci n'était simplement pas le mien. Dans la vie, les choses ne se déroulent pas toujours comme prévu. Il est parfois nécessaire de se réajuster, de composer avec l'imprévu. Il ne faut pas tout prendre à cœur, comme si chaque détour était une défaite. Au creux de cette tristesse éphémère, une promesse muette s'est élevée en moi : je reviendrai.

Au fil du temps, une lutte silencieuse s'est engagée entre la maladie et moi. Elle avançait ses pions, je refusais de céder du terrain. Chaque douleur était une provocation ; chaque chute, un appel à la révolte. Puisqu'elle s'acharnait, je voulais, à ma manière, lui opposer une résistance. L'été suivant, une course à pied fut organisée pour la fête de l'école, juste avant les grandes vacances. Les épreuves étaient réparties par tranches d'âge. Je m'étais inscrit pour la course des huit-neuf ans, bien décidé à l'emporter. Non pas sur les autres, mais sur ce corps devenu prison. Ma mère n'a rien dit. Elle m'observait. Elle savait. Elle savait, avec lucidité, comment cela finirait. La distance était pourtant dérisoire : deux petits tours du pâté de maisons devant l'école, à peine trois cents mètres. À sa grande surprise, je bouclai le premier tour, certes en queue de peloton, mais debout. Puis vint le second. Mon souffle se fit court, mes jambes devinrent comme de la pierre. Et soudain, la mécanique se grippa. Je m'effondrai à l'angle d'un mur, à l'abri des regards. Mes muscles venaient de tirer le rideau. Je restai là, assis, hébété, incapable de franchir la ligne d'arrivée. Autour de moi, plus un bruit, pas une âme. Il ne restait plus que moi et la maladie. Quelques minutes plus tard, une cérémonie fut organisée dans la cour. Chaque élève ayant franchi la ligne d'arrivée reçut une médaille. Mon nom ne fut pas appelé. Je ne fus pas convié à cette célébration. J'observais la scène depuis le bord de l'estrade, les mains vides. Le cœur aussi. Ce jour-là, il n'y eut pas de larmes, juste un sentiment d'inachevé, persistant, injuste. J'avais pourtant tout donné. Peut-être même plus que n'importe qui. Dans les jours qui suivirent, certains camarades me demandèrent pourquoi je n'avais pas terminé la course. Je baissai les yeux. Puis, d'une voix incertaine, j'inventai : « Quelqu'un m'a fait tomber. » C'était faux, évidemment. Mais plus facile à dire que d'admettre, une fois encore, que mon corps m'avait trahi. Avec le temps, j'ai compris qu'il existait des injustices qui ne se réparent pas. Elles vous façonnent, l'effort n'étant pas toujours récompensé à sa juste valeur. Malgré les grands discours, Pierre de Coubertin avait tout faux depuis le début. Aux yeux du monde, l'important n'est pas de participer : l'important, c'est de franchir la ligne d'arrivée.

La maladie m'inspirait autant de rage que de crainte. Une peur sourde, rampante, qui s'invitait partout. Elle s'imposait à moi à chaque détour, jusque dans les moments censés être légers. Certains étés n'étaient pas des pauses, mais des escales médicales déguisées en vacances. À l'été 2000, la neuropédiatre souhaita pratiquer une nouvelle biopsie musculaire. J'allais avoir dix ans. Il fallait s'assurer que la maladie n'évoluait pas et, peut-être, en apprendre un peu plus sur elle. L'opération était prévue dans un hôpital de Lille et ne devait durer qu'une trentaine de minutes. Un nouveau protocole d'anesthésie, plus léger, avait été mis en place. Les médecins étaient en effet très prudents. Chez les enfants atteints de myopathie, certaines anesthésies générales peuvent entraîner des réactions graves, comme une hyperthermie maligne ou un arrêt respiratoire. Dans la chambre d'hôpital, on m'appliqua une crème anesthésiante sur l'épaule, là où le prélèvement devait être effectué. Puis on m'administra une prémédication sous forme de suppositoire. J'étais allongé sur le lit, somnolent, quand l'infirmier vint me chercher. Avant que je ne parte pour le bloc, ma mère me fit un énorme bisou et un large sourire, comme pour me rassurer. Là-bas, tout bascula. L'anesthésiste pratiqua une sédation légère, comme le prévoyait le nouveau protocole. Mais mes yeux fermés ne suffisaient pas à me couper du réel. J'entendais tout. Je ressentais tout. Je percevais les voix des médecins, les bruits métalliques, les gestes de préparation sur mon corps. Je sentis que le chirurgien traçait une ligne sur mon épaule. J'étais piégé, prisonnier d'un corps qui n'avait pas basculé dans l'inconscience. Je m'agitai. Je résistai. Puis, soudain, plus rien. Je me suis réveillé dans la chambre d'hôpital. Le plus difficile semblait derrière moi. Je pensais rentrer bientôt pour, enfin, profiter des vacances. Dans un moment de lucidité, j'ai regardé mon épaule : rien, pas de pansement. J'ai ensuite tourné la tête vers l'autre : toujours rien. Les médecins m'expliquèrent que l'intervention n'avait finalement pas eu lieu. Le protocole n'avait pas fonctionné. L'équipe, estimant le risque trop grand, avait préféré renoncer. Le réveil fut brutal. Ce fut une explosion. Je hurlai que j'en avais assez, que je ne voulais plus qu'on me touche, que je voulais disparaître. Je renversai les chaises, les tables, tout ce qui me passa sous la main vola. Une force décuplée s'était emparée de moi, moi qui n'avais jamais eu de force. J'essayai même de soulever le lit, qui faisait quatre fois mon poids. Une crise, une tempête, une rage noire, viscérale, s'était invitée. Moi qui parlais si peu, j'avais décidé que le monde m'entendrait. Ma mère était terrifiée, impuissante. Dix minutes de chaos, dix minutes où je voulais faire trembler la terre avec ma colère. Ce jour-là, la bête était sortie. Mon regard était noir, meurtri, meurtrier. Ma mère demanda des explications. Les médecins lui expliquèrent que j'étais pris de panique et que, à cause de la sédation légère, je pensais être toujours sur la table d'opération. Quelques minutes plus tard, le calme revint enfin. Il fallait fixer un autre rendez-vous, cette fois-ci avec un protocole classique. Je ne voulais pas. Mais ma mère m'a convaincu. De toute façon, je n'avais pas le choix. La biopsie eut lieu quelques semaines plus tard. Elle révéla que la maladie n'avait pas évolué. Toujours ce même nom, myopathie congénitale avec disproportion des fibres musculaires. Ma peur, elle, ne cessait de grandir.

Gérer l'effort, apprivoiser la peur. Ma mère faisait ce qu'elle pouvait, avec les armes de l'amour et de la volonté. Mais certaines leçons échappent aux mots. Elles s'enracinent dans le silence, dans la répétition patiente des gestes. C'est une autre personne qui me les a transmises : Gilbert, mon kinésithérapeute. Vous vous en souvenez certainement. C'était lui qui venait déjà à la maternité pour tenter de redresser ce petit pied récalcitrant qui partait de travers. Notre rencontre s'était faite avant que je ne sache marcher, parler ou même tenir ma tête. Chaque jour, il massait, étirait, mobilisait ce pied, avec la patience d'un artisan et l'obstination d'un lutteur. Mes muscles n'étaient pas pressés de coopérer, lui, si. Presque dès le début, Gilbert m'a accompagné à chaque étape de ma vie et de ma maladie. D'abord dans notre appartement, puis chez la nourrice, à raison de cinq séances par semaine. Dès mon entrée à l'école primaire, ma mère me conduisait deux fois par semaine, aux alentours de cinq heures de l'après-midi, à son cabinet de Saint-Martin-au-Laërt, ville voisine de Saint-Omer. Semaine après semaine, mois après mois, saison après saison, année après année, cette relation a duré près d'un quart de siècle, jusqu'à sa retraite, avec plus de deux mille cinq cents séances consacrées à donner le plus de coups possibles à la maladie. Mais ces rendez-vous n'étaient pas seulement une routine médicale, ils étaient un apprentissage. Gilbert m'a aidé à comprendre ce corps tordu et cabossé, à distinguer ce qu'il pouvait faire et ce qu'il ne ferait jamais. À maîtriser l'effort pour mieux reprendre le contrôle de mon corps et de mes émotions. Il m'enseignait la rigueur, la discipline, la persévérance. Et, sans en avoir l'air, la dignité. Il était bien plus qu'un thérapeute, il était un allié, un protecteur, presque une figure paternelle. Chaque année, à Noël, j'avais droit à un petit cadeau de sa part, un geste simple, discret, mais qui disait beaucoup. Il me rappelait que j'étais plus qu'un patient à ses yeux. Je lui racontais mes douleurs, mais aussi mes petites victoires, comme une bonne note à l'école ou une anecdote de vacances. Il écoutait, toujours. Quand mes muscles ne répondaient plus, j'avais droit aux massages. Quand la maladie s'attaquait à mes poumons, il m'aidait à retrouver du souffle. Il savait panser les maux, il réparait sans bruit. Son cabinet était une grande salle commune, que mes yeux d'enfant voyaient plutôt comme un terrain d'entraînement militaire. Il y avait des tapis, des espaliers, des ballons, des poids, des poulies, des câbles, tout un arsenal pour défier l'inertie. Cuisses, bras, abdominaux, dos, cou, chevilles, muscles respiratoires, rien n'était laissé de côté. Chaque muscle devait être sollicité pour maintenir un minimum de force et retarder l'inévitable. L'objectif n'était pas de prendre du muscle, mais de ralentir la maladie. Elle avançait au pas de course. Il fallait la suivre, la freiner, la faire reculer si possible. Chaque séance durait entre une heure et demie et deux heures. C'était long, très long, surtout après une journée d'école. Quand les autres enfants jouaient, moi, j'étais là. Et après ça, il y avait encore le dîner à prendre et les devoirs à faire. Mais je n'avais pas le choix. C'était elle ou moi. Les exercices s'enchaînaient, lever de jambes, maintien de la posture, mouvements répétés. Gilbert me prêtait sa belle montre brillante. Je regardais les secondes défiler, pendant que mes muscles, eux, devenaient comme du feu. Entre deux exercices, je prenais des pauses, parfois plus longues que les exercices eux-mêmes. Gilbert me surveillait du coin de l'œil, puis, d'un ton doux mais ferme, me disait de retourner au charbon. Quand ce n'était pas lui, d'autres prenaient le relais : Fred, Antoine, Danielle, puis Magalie lorsque Gilbert prit sa retraite. Toute une petite équipe. Des coachs du muscle, des coachs de vie. Malgré l'intensité des séances, l'ambiance était toujours bon enfant. On riait, parfois même du handicap, avec bienveillance. C'est là, entre deux exercices, que j'ai appris à me décomplexer. À mettre en rire ce que d'autres taisaient, à apprivoiser mon corps avec les mots. Il y avait des habitués, des fidèles. Pour d'autres, ce n'était qu'un simple passage de quelques semaines. Il y avait cette odeur de camphre si particulière, des sourires, des silences, des mots simples. Il y avait beaucoup de respect dans cette salle. C'était un lieu de rencontre, un lieu de vie, parfois plus un bistro qu'un cabinet médical, où j'aimais parler foot avec tout le monde. Et puis, il y avait ce moment que j'adorais, « le parcours du combattant », nom tout trouvé pour moi. La salle se transformait alors en un champ de bataille, l'espace de quelques instants. Il y avait des chaises à franchir, des coussins à enjamber, des tunnels sous lesquels ramper. C'était drôle, et ça faisait travailler l'équilibre, la coordination et la mobilité. Et parfois, j'en profitais pour semer un peu le chaos. Je cachais les chaussures des autres enfants, je disparaissais dans un coin de la salle. Les kinés me cherchaient, affolés. Ma mère râlait. Gilbert soupirait. Et moi, je riais. Il y a eu aussi ces jours sans envie. Ces jours où je ne voulais pas y aller. Comme ce soir d'hiver où la neige se mit à tomber à la sortie de l'école. Je suppliai ma mère de m'accorder ce répit. Jouer dans la neige, plutôt que de lutter contre la maladie. Elle céda. Elle comprit. J'avais besoin, parfois, de redevenir un enfant, juste un enfant. Quand j'allais chez Gilbert, j'apprenais à canaliser mon énergie, à transformer la fatigue en discipline, l'épuisement en courage. Et, sans y prendre garde, je grandissais aussi. J'apprenais à comprendre que la maladie attendait, tapie dans l'ombre, et qu'un simple relâchement pouvait avoir de lourdes conséquences. À chaque exercice, je gagnais un peu de terrain. À chaque soupir d'effort, j'opposais un sursaut de volonté. C'était elle ou moi.

Au fil du temps, j'ai compris que la maladie imposait ses règles. C'était à moi de composer avec elles, d'en détourner les lignes. Mes muscles faiblissaient, mais ma tête, elle, tenait bon. La résilience est importante, mais elle ne fait pas tout. J'ai compris que, pour affronter mes peurs, mes limites, il me faudrait des alliés. On ne mène pas une guerre seul. Pas celle-là.

Chapitre 5
Au-delà des sommets

Il y a ceux qui avancent droit devant eux, sur des routes balisées depuis des générations. Et puis, il y a les autres, ceux qui doivent se frayer un chemin, là où aucun sentier n'existe, là où nul n'est encore passé. J'ai longtemps cru que j'étais perdu, que je faisais partie des égarés, de ceux qui peinent à suivre, toujours un pas de côté. En réalité, je traçais un itinéraire différent. Je faisais autrement. Sur ce chemin escarpé, chaque pas demande un effort supplémentaire. Certaines marches semblent taillées pour éprouver la moindre once de courage : plus hautes, plus dures, elles pèsent sur le corps autant que sur l'âme. On trébuche. On hésite. Puis on se redresse, parfois lentement, parfois avec rage, et l'on poursuit l'ascension. Certains gravissent ces marches à grandes enjambées. D'autres progressent à petits pas. Et puis, il y a ceux qui doivent s'arrêter, souvent, pour marquer une pause, reprendre un souffle qui, à vrai dire, n'a jamais vraiment existé. Ces pauses peuvent paraître anodines, mais elles sont précieuses. Elles invitent à regarder différemment, à percevoir ce que d'autres ne verront jamais. Au sommet, le goût de l'effort est récompensé par une vue imprenable. Face à l'adversité, atteindre le sommet a une autre saveur. Car, en avançant autrement, on apprend davantage que ceux qui filent tout droit sans jamais lever les yeux.

Ces quelques lignes pourraient résumer ma vie. Elles racontent aussi l'un des étés de mon enfance, lorsque je gravis, une à une, les deux cent vingt-quatre marches du phare de Chassiron, sur l'île d'Oléron. Là-haut, le soleil baignait l'instant d'une lumière dorée. Une brise iodée caressait mes joues avec douceur. Et le ciel, si proche, semblait suspendu au bout des doigts. Sur mon visage, jusque-là marqué par l'effort de l'ascension, se dessina l'émerveillement : un sourire franc, les yeux grands ouverts sur l'infini. Devant moi, l'océan Atlantique s'étendait à perte de vue. Au loin, on distinguait les reliefs discrets de La Rochelle, les contours de l'île de Ré et de l'île d'Aix, et la silhouette massive du fort Boyard, comme un mirage posé sur l'eau. Par temps clair, ce tableau laissait apparaître le phare d'Antioche, dressé au milieu des flots, à la merci des lames qui s'y brisaient inlassablement. Il se tenait là, seul et droit. Pour moi, il incarnait la lutte contre la maladie, malgré l'isolement et les éléments qui se déchaînaient. J'éprouvais une fascination pour ces phares. Ils symbolisaient à mes yeux l'adversité, la solitude, mais aussi une forme de plénitude. Vus de l'extérieur, ils semblaient inébranlables. Et pourtant, une fois là-haut, on se sentait si petit, si fragile face à l'immensité. Je collectionnais leurs répliques miniatures, peut-être parce qu'ils me rappelaient que l'on peut rester debout même dans la tourmente. Qu'il existe une autre manière d'exister, une manière d'être capable autrement.

Il y a des étés qui vous enseignent, et d'autres qui apaisent les maux en silence. L'île d'Oléron est associée à ces parenthèses rares où la maladie restait à quai. À l'été 1998, la France venait de remporter la Coupe du monde. Les rues vibraient d'allégresse, et nous partions, emportés par cette ferveur populaire. En chemin, une escale au Mans nous permit d'emmener mon cousin Yoann pour ces vacances. Il était un peu plus âgé que moi, et c'était pour lui aussi l'occasion de respirer un air nouveau. Maman avait déniché un gîte de France sur l'île, un ancien corps de ferme avec une vaste cour carrée, près de Saint-Denis-d'Oléron. C'était sommaire, sans télévision, mais il y avait tout ce qu'il fallait. Deux semaines modestes, payées en chèques vacances, l'équivalent d'une année d'économies, mais pleines de petits plaisirs et de souvenirs indélébiles. L'île était magnifique, encore un peu sauvage à certains endroits. Nous passions nos après-midi sur le sable chaud des plages de Boyardville ou du Grand-Village-Plage. Le calme était à certains moments joyeusement troublé par les vendeurs de chichis, de glaces ou de beignets, qui arpentaient les plages en criant à tue-tête. Maman nous glissait toujours une pièce dans la main, puis nous courions vers eux pour nous offrir un petit plaisir simple. Le Grand-Village, avec ses vagues immenses, était le paradis des surfeurs. Mon cousin avait passé une partie de son enfance à Tahiti et nous disait que cela lui rappelait un peu les rouleaux du Pacifique. Fort de son expérience, il m'apprit à jouer dans les vagues sans me laisser emporter. Le reste du temps, nous visitions les ports de pêche, les marais ostréicoles ou flânions aux marchés du coin. Le soir, une petite fête foraine animait la pointe de l'île. Tout prêtait à la détente. Il n'y avait qu'à savourer. Un jour, maman réserva des billets pour une balade en mer à bord d'un vieux gréement à deux voiles. Ce fut l'occasion d'apercevoir le fort Boyard d'un peu plus près, puis de contourner l'île d'Aix, et de nous initier, le temps d'une traversée, aux gestes de la navigation. Bercés par les vagues et le chant du vent dans la voilure, nous étions là, dans un moment suspendu hors du temps, à contempler ces paysages pittoresques. Notre dernière journée fut justement consacrée à la visite de l'île d'Aix. Connue pour ses fortifications érigées sur les instructions de Vauban, l'île abrite également un musée consacré à Napoléon. Elle fut sa dernière demeure avant son exil à Sainte-Hélène. Au-delà de ses pierres et de son histoire, cette petite île, à peine plus grande qu'un kilomètre carré, restait un écrin préservé, où la faune et la flore semblaient encore dominer. Les voitures y étant interdites, nous avions loué des vélos sur place pour en explorer les environs. Le loueur, bienveillant, me laissa garder le mien après la fermeture, nous proposant simplement de le déposer derrière la boutique, pour m'épargner la fatigue de la marche. À chaque virage, le paysage se réinventait. Impossible de résister à l'appel d'une crique pour se baigner ou à celui d'une petite terrasse pour y savourer une glace. La journée s'acheva par un dîner dans un restaurant de l'île. L'ambiance était festive, portée par les notes des musiciens et les bonnes odeurs de la cuisine. Au moment du dessert, les musiciens s'approchèrent de notre table pour entonner un *Joyeux anniversaire*. Je fus saisi, à la fois gêné et profondément touché. Ma mère et mon cousin, tout sourires, avaient tout organisé dans mon dos pour me faire cette surprise. Ces vacances s'achevèrent sur cette note de joie et de tendresse, grâce à cet instant où je me suis senti entouré et pleinement vivant.

Ces moments, je les appelle mes « sommets ». Loin de la maladie, plus près des nuages. Là où les rêves sont permis et où la pesanteur s'estompe. Ces instants étaient des tranches de vie vécues à cent pour cent, des bulles de plénitude qui prêtaient à l'évasion. C'était l'occasion de recharger les batteries et de faire une pause dans cette vie qui nous demandait tant.

Pendant une fraction de seconde, la maladie se taisait. On ne l'entendait plus, on ne la voyait plus. Maman veillait à ce que nous vivions ces moments pleinement. Car elle savait. Elle savait qu'ils ne dureraient pas, que la maladie rôderait toujours, prête à surgir.

Paris faisait partie de ces sommets. Maman avait une sœur, Betty, qui vivait en région parisienne, l'occasion toute trouvée pour nous d'explorer la ville depuis ses hauteurs, à l'aube de l'an 2000. Montmartre, l'observatoire de la tour Montparnasse, la terrasse de la Grande Arche à la Défense, le sommet de l'arc de triomphe de l'Étoile en haut des Champs-Élysées, le dernier étage de la tour Eiffel, tous ces lieux avaient un point commun, celui de tutoyer les cieux. De là-haut, les nuages semblaient à portée de main. Les rêves, eux, n'étaient jamais très loin. Maman me racontait ses souvenirs de jeunesse à Paris, les débuts de sa vie d'adulte et les promesses tenues. Là-bas, elle s'était sentie libre, affranchie de tout. Elle disait que Paris appartenait aux rêveurs, à ceux capables de flâner dans ses rues sans se soucier du temps – comme l'écrivait Julien Green : « Paris [...] rechigne à se livrer à ceux qui sont pressés ; elle appartient aux rêveurs [...] leur récompense est alors de voir ce que les autres ne verront jamais[1]. » Alors, moi aussi, je me

1. « *Paris, as I have said, is loath to surrender itself to people who are in a hurry; it belongs to the dreamers, to those capable of amusing themselves in*

mettais à rêver. Je rêvais que mes jambes devenaient des ailes, que les douleurs s'effaçaient, que la gravité m'oubliait. Là-haut, je m'imaginais oiseau, funambule de l'invisible, effleurant les toits de Paris. C'était un rêve d'enfant, bien sûr. Mais certains rêves, même irréalisables, vous tiennent debout. De là-haut, le monde paraissait immense et la vie, minuscule. Les passants devenaient invisibles. Et, avec eux, la maladie. Depuis ces sommets, je pouvais simplement être ce petit garçon que j'étais. Être moi, sans donner d'explications.

Ces moments ne se limitaient pas aux toits de Paris. Ils pouvaient surgir au creux de l'hiver, comme lors d'un voyage organisé à Morbier, dans le Jura. À notre arrivée, un épais manteau blanc recouvrait l'endroit. L'air était pur, vivifiant, comme neuf. Mon corps en sentait les bienfaits. Chaque bouffée d'air me faisait l'effet d'un remède silencieux. Le souffle devenait moins court, les jambes plus légères. L'altitude me faisait du bien. Avec maman, nous passions nos journées à glisser sur des skis de fond, à faire de la luge ou à construire des bonshommes de neige. Les rires fusaient. Ils étaient éclatants et communicatifs. Une après-midi, nous avons pris un téléphérique pour grimper encore un peu plus haut. Là-haut nous

---

its streets without regard to time… consequently their reward is to see what others will never see », Julien Green, Paris, 1985.

attendait une vue à couper le souffle sur le lac Léman, la Suisse et, plus loin encore, l'Italie. Le décor était somptueux. Et les rêves, eux aussi, prenaient de la hauteur.

Mais il fallait parfois redescendre. Quand nous ne partions pas en vacances, la plage de Calais devenait notre refuge. Elle n'était qu'à quarante minutes de route, une échappée simple, un rituel des beaux jours. Il nous arrivait d'y retrouver ma sœur et sa famille. En 1999, elle venait d'accueillir sa deuxième fille, Héléna. Je devenais tonton pour la seconde fois, un nouveau sommet, à sa façon. Les liens familiaux, eux aussi, savent élever l'âme. Sur cette plage de Calais, nous passions parfois la journée entière, du matin jusqu'au crépuscule, entre châteaux de sable, baignades et jeux improvisés. Lorsque les ferrys passaient à l'horizon, leurs vagues réveillaient la mer endormie et faisaient grandir notre joie. Le passage à la *Friterie des nations*, célèbre baraque à frites du coin, était une tradition bien ancrée. Au menu : frites craquantes, saupoudrées de sel, avec un filet de vinaigre, un vrai régal. Puis, forcément, un détour par le camion de glaces posté près du front de mer s'imposait. Ces journées imprégnaient la peau d'embruns, de sable fin et de crème solaire, et le cœur d'un sentiment difficile à nommer. Était-ce cela, le bonheur ? En tout cas, ça en avait le goût et l'évidence. La plage s'étendait en une large bande de sable blanc, changeante au gré des marées.

Par temps clair, on distinguait le cap Blanc-Nez, le cap Gris-Nez et, parfois, les côtes anglaises au loin. Et quand ce n'était pas l'Angleterre, c'était la Belgique et ses parcs d'attractions. Maman, inlassable, continuait de multiplier ces instants d'évasion, ces îlots de bonheur arrachés à la maladie.

L'évasion ne venait pas toujours des sommets, des horizons lointains ou du bruit des vagues. Elle se glissait parfois au creux d'une autre mélodie, celle de la musique. Très tôt, je fus fasciné par les quelques notes que mon beau-frère Tony faisait naître de sa guitare. Il y avait, dans la résonance de ses accords, quelque chose de magnétique. Je voulais faire comme lui, pour exister différemment et trouver ma place parmi les autres. J'avais cinq ans lorsque j'ai intégré le conservatoire de Saint-Omer. Après le jardin musical et le solfège, ma mère m'inscrivit l'année suivante à l'école de musique de Longuenesse pour apprendre la guitare sèche. Mon professeur, Jean, avait un petit accent du Sud. Sa voix, chaleureuse et chantante, sonnait comme une première note avant même que la musique ne commence. Il m'apprit à tenir l'instrument, à placer mes bras, mes doigts, à accorder patience et précision. L'apprentissage était lent, mais j'étais appliqué. Un jour, j'ai eu l'occasion de jouer *Au clair de la lune* lors d'une audition. Maman était fière. Moi aussi. Pour la première fois, j'étais valorisé pour quelque chose que d'autres enfants ne savaient pas faire. Mais, au fil du temps, le plaisir s'estompa. Tenir les accords me coûtait de plus en plus. Mes doigts et mon corps fatiguaient. Mon professeur s'impatientait, et moi, je me renfermais. J'avais atteint mes limites. C'est alors que j'ai découvert la percussion. J'avais environ dix ans. Jérémy, mon nouveau professeur, était passionné, patient, pédagogue. Il m'initia à toute une galaxie d'instruments : la caisse claire, le marimba, les timbales. Je commençai par les bases : tenir les baguettes, suivre le rythme. Et, surtout, je prenais du plaisir. Lorsque Jérémy quitta Longuenesse pour rejoindre l'école de musique d'Arques, je le suivis sans hésiter. Son remplaçant ne me convenait pas. J'avais besoin de ce lien-là, de cette manière d'enseigner. À Arques, Jérémy m'intégra dans un ensemble de percussionnistes. Nous étions parfois dix ou douze, chacun derrière un instrument. Je n'avais peut-être pas rejoint une équipe de foot, mais j'avais trouvé mon groupe. Dans un ensemble, chacun joue une partition différente, mais tous ont la même importance. Nous donnions parfois des concerts. Quelques minutes avant d'entrer en scène, une montée d'adrénaline m'envahissait. C'était exaltant, presque addictif. Je fixais les yeux et les mains de Jérémy, attendant son signal. Il avait ce petit rituel : la main sur la poitrine, il tapotait du doigt pour marquer le tempo. J'absorbais cette pulsation. Et la musique commençait. Les notes s'enchaînaient, les rythmes s'intensifiaient, tout vibrait autour de moi. Tous mes sens étaient en éveil. Mon corps, mon esprit, la musique ne faisaient plus qu'un. Ces instants me donnaient l'impression d'être en apesanteur. Une fois derrière l'instrument, je retrouvais cette sensation de légèreté, comme sur un sommet. J'avais trouvé ma forme d'expression au-delà des mots. Très vite, on repéra ma capacité à suivre le tempo à la milliseconde près. Un vrai métronome. Je n'étais pas toujours à l'aise avec les notes ou les techniques, mais j'avais ce don-là. C'est à cette période que j'ai intégré le petit orchestre réunissant les écoles de Longuenesse et de Saint-Omer. Les semaines étaient parfois bien remplies, entre les cours de percussions, les répétitions et les concerts certains week-ends, sans oublier la kinésithérapie. Une année, nous avons participé à un échange avec un orchestre belge. Certains parlaient français, d'autres flamand, néerlandais ou anglais. Dans cette diversité, je ne me sentais plus différent. Une autre année, je participai à un stage de percussions organisé à Arques. Il rassemblait des jeunes venus de toute la France. Nous avions une semaine pour nous connaître et monter un concert. Une vraie aventure humaine. Nous logions dans un petit château. C'était aussi une forme d'autonomie : pas de maman, juste moi, mes affaires, et les trois étages à gravir seul sans ascenseur. Plus tard, Jérémy me proposa d'intégrer un jazz-band. Une autre ambiance, un autre souffle, et beaucoup de rires. De professeur, il est devenu un ami. Et, pendant plus de quinze ans, il m'a montré qu'il existait d'autres façons d'avancer. Grâce à lui, j'avais trouvé ma pulsation intérieure, mon propre rythme, une autre manière de tenir debout.

La conquête de ce bonheur se résumait parfois à s'élancer vers des sommets fragiles. Plus on montait, plus la chute pouvait être brutale. Suite au décès de ma grand-mère maternelle en 1997, maman décida de placer la succession. Ce fut pour elle l'occasion de devenir propriétaire. Un rêve longtemps caressé qui prenait enfin forme. Son sommet à elle. L'héritage ne couvrait que l'apport, mais cela suffisait. Elle fit construire une maison de plain-pied à Serques, un petit village à une dizaine de kilomètres de Saint-Omer. Il y aurait un grand jardin et trois chambres. De quoi accueillir des amis le week-end. Elle avait vu grand, peut-être un peu trop. Les travaux prirent du temps. Certains furent mal réalisés. Et une fois les murs sortis de terre, tout restait à faire. Cela occupa ses soirées, ses week-ends, ses forces. Le jardin donnait sur un immense champ de maïs. Nous y passions nos étés, entre une petite piscine gonflable, des jeux, des feux de camp et des soirées passées à scruter les étoiles. Ce jardin fut le théâtre de nombreux anniversaires et de fêtes improvisées. Phœbus avait sa cabane en bois, décorée avec soin. Il courait, libre, heureux. Dans le village, je m'étais fait quelques copains. On sillonnait les rues à vélo, cheveux au vent. On tapait dans un ballon jusqu'à la nuit tombée et on jouait dans les champs. Peu à peu, mon regard se détachait des jeux pour se poser, plus doucement, sur les filles. J'y découvrais une forme de liberté, d'indépendance nouvelle. Je garde de ces années le souvenir d'une insouciance rare, comme une respiration entre deux combats.

Pour ma dernière année de primaire, j'exprimai le souhait d'intégrer l'école du village, pour être plus proche de mes nouveaux amis. Ma mère accepta. Mais rien ne se passa comme prévu. Dès les premiers jours, quelque chose clochait. Les regards, d'abord curieux, devinrent lourds. Les moqueries suivirent, puis les insultes. Ce n'étaient pas quelques élèves isolés, c'était tout un climat. Un rejet diffus, mais constant. Les enfants, et même les enseignants, n'avaient visiblement jamais été confrontés à un élève en situation de handicap. Chaque matin, je partais avec la peur au ventre, conscient du prix à payer pour franchir la grille de l'école. Les mots blessaient. Les gestes parfois suivaient. Mon esprit, déjà éprouvé, ne pouvait encaisser davantage. Le silence que ma mère m'avait d'abord conseillé se mua peu à peu en rage. Les premiers mots sortirent, les premiers poings aussi. Je ne voulais plus encaisser. Je répondais. Ce n'était plus une question de calme ou de dignité, c'était une question de survie. Mais cette réponse instinctive n'arrangea rien. Pire, elle attira davantage encore l'attention sur moi. À chaque mot rendu, à chaque geste de défense, c'était moi que l'on punissait. Les adultes détournaient le regard. Certains parents eux-mêmes encourageaient la moquerie, le mépris, la violence. Cette situation dura trois semaines. Trois semaines de terreur marquées au fer rouge. Jusqu'au jour où ma mère mit un terme à tout cela. Elle me réinscrivit dans mon ancienne école de Longuenesse, où la plaie put se refermer. J'avais simplement voulu répondre autrement que par le silence, trouver ma voie, affirmer ma place. Mais cela n'avait pas été un succès. Les choses n'ont plus jamais été pareilles dans le village. Être capable autrement, ce n'est pas toujours réussir autrement. Parfois, c'est simplement tenir bon, ne pas sombrer, résister. C'est tenir debout, autrement.

Les montagnes russes : c'était ça, ma trajectoire. Les hauts, je les chérissais. Ils me portaient et me donnaient l'illusion de vivre une vie sans entrave. Les bas, eux, me ramenaient à la réalité du corps, de la fatigue, de la différence. Quand ce n'était pas la maladie, c'étaient les autres qui me la rappelaient. Une remarque, un regard, un silence. Il y avait toujours quelque chose qui me rappelait que je n'étais pas tout à fait comme eux. Il fallait apprendre à conjuguer avec tout cela. Tenir l'équilibre entre l'élan et l'effondrement. Moi, tout ce que je voulais, c'était repartir. Vite. Vers mes sommets. Parce que, là-haut, au moins… je respirais.

Chapitre 6
L'art d'esquiver

J'avais onze ans lorsque je fis ma première rentrée au collège Blaise-Pascal de Longuenesse. Ce lieu m'était déjà familier. Bien avant de faire mes premiers pas, j'y accompagnais maman certains mercredis après-midi, faute de solution pour me faire garder. L'une de ses collègues venait elle aussi avec son fils, Clément. Nous avions le même âge, à peine un an. Les mots nous manquaient encore, mais les jeux suffisaient. À quatre pattes, nous explorions les couloirs comme deux petits éclaireurs en mission. Une amitié était née, simple et immédiate.

Lorsque je franchis à nouveau ces portes, cette fois en tant qu'élève, les lieux semblaient figés dans leur écrin d'origine. Le carrelage avait peut-être un peu jauni, les visages avaient changé, mais les souvenirs, eux, étaient restés intacts. Clément aussi faisait sa rentrée. Nous nous étions un peu perdus de vue, mais l'amitié avait résisté à l'épreuve du temps. Très vite, un ballon, une manette de jeu ou un simple regard suffisaient à rallumer la flamme de notre complicité d'antan. Le foot fut notre langage commun. Dans la cour de récré, dans la rue, ou devant FIFA ou Pro Evolution Soccer, nous rejouions les matchs durant des après-midi entières. Nos chambres étaient tapissées de nombreux posters de joueurs et nos débats sur la Ligue des champions n'en finissaient plus. Avec lui, je découvris les chants du stade Bollaert et la ferveur populaire qui animait chaque match du RC Lens. Plus tard, nous avons même eu la chance de visiter le Camp Nou, le stade mythique du FC Barcelone, lors d'un voyage en Espagne. Il y avait entre nous une grande complicité. Et des rires, beaucoup de rires. Très vite, deux autres figures vinrent compléter notre duo : Kim et Tiphaine. Dans la cour, on formait un quatuor inséparable. Il y avait entre nous une énergie particulière, une alchimie joyeuse et légère qui rendait les journées plus simples. On ne parlait pas seulement de foot, mais c'était souvent notre point de départ. Avec eux, je n'étais plus l'enfant fragile, ni celui qu'on pointe du doigt. J'étais juste Matthias, passionné du ballon rond, blagueur à ses heures et pas toujours très sérieux. Ces années-là, entre onze et treize ans, furent pleines de ces petits riens qui forgent une amitié. Les premiers fous rires, les discussions sur MSN après les cours, les débuts des portables, les échanges de CD gravés, les premiers secrets confiés. C'était l'adolescence qui pointait le bout de son nez.

Et, malgré les embûches, malgré ce corps qui parfois ne suivait pas, j'étais, à cet instant précis, bien entouré.

Pourtant, le collège restait un lieu d'exposition. Un endroit où le corps était livré au regard des autres, parfois curieux, souvent impitoyable. Certains regards insistaient, scrutaient, jugeaient. Très vite, les moqueries ont ressurgi. Ma démarche, mes chaussures orthopédiques… il ne fallait pas grand-chose pour devenir une cible. Mais quelque chose en moi avait changé. J'avais grandi. J'avais appris. J'avais compris qu'il valait mieux parfois garder le silence, mais qu'en même temps il ne fallait jamais laisser l'injustice s'installer. À la moindre remarque, j'allais prévenir les surveillants. Une manière de désamorcer sans m'exposer, de couper court tout en gardant la main. Il me fallait des alliés. C'était un équilibre à trouver : désamorcer sans m'effacer, me faire respecter sans provoquer. Et, peu à peu, les moqueries ont cessé.

Maman, fidèle à elle-même, prit les devants. Elle rencontra la direction pour expliquer ma situation, afin que les enseignants soient informés. Ma maladie ne progressait pas. Les médecins se disaient satisfaits de mes progrès. Mais je n'allais pas mieux pour autant. La faiblesse musculaire demeurait. La marche restait pénible, lente, imprévisible. Lors des sorties scolaires, je fermais toujours la marche, à la traîne, le souffle court, comme si chaque trajet se transformait en marathon. Mes chevilles vacillaient, mes genoux pliaient, parfois sans prévenir. Ces marches ressemblaient plutôt au parcours d'un funambule. Les séances de kiné étaient là pour recoller les morceaux. Sur les photos de classe, mon visage trahissait cette fragilité : traits relâchés, bouche entrouverte, comme si la fatigue avait un nom, un visage. Elle ne me quittait pas. Silencieuse, tenace, elle accompagnait chacun de mes gestes, s'immisçait dans les moindres instants, même les plus anodins.

Les journées s'enchaînaient, longues, éreintantes, rythmées par les changements de salle et un sac toujours trop lourd à porter. Maman me proposa un sac à roulettes pour ménager mon dos fragile. Mon refus fut catégorique : « C'est la honte », disais-je. Il en alla de même pour les chaussures orthopédiques, que je troquai, après de longues négociations, contre des baskets plus discrètes. Mais toute négociation appelait une contrepartie. J'acceptai certains aménagements : un casier à hauteur adaptée, un passage prioritaire à la cantine pour éviter les files interminables, une chaise avec dossier en cours de SVT à la place du tabouret standard. Ces dispositifs, bien que nécessaires, attiraient les regards. Moi qui cherchais à me fondre dans le décor, je les vivais comme autant de projecteurs braqués sur moi.

En classe, j'étais un élève discret, timide, peu bavard, toujours à traîner des pieds lorsqu'il fallait aller au tableau. À l'inverse, j'écoutais attentivement. J'avais aussi un petit côté espiègle, un goût pour les farces partagées avec mes camarades, mais toujours avec discrétion. Il ne fallait pas se faire prendre, Maman n'était jamais très loin. L'histoire et les sciences de la vie étaient mes matières de prédilection. J'étais une véritable éponge. Tout ce que j'entendais, je le retenais. En revanche, les mathématiques, l'anglais et toutes les disciplines qui exigeaient une pensée logique et structurée me semblaient plus opaques. Mon cerveau absorbait, mais rechignait à organiser. Je comprenais, sans toujours savoir comment l'exprimer. Les soirées étaient consacrées aux devoirs, en plus des séances de kiné. Je luttais parfois contre le sommeil, bâillant à m'en décrocher la mâchoire, la tête ballante au-dessus de mes cahiers. Mais j'étais méthodique, rigoureux. J'appliquais ce que les séances de kiné m'avaient enseigné : discipline, régularité, effort, une méthode presque militaire. Maman me le répétait souvent : « Le travail régulier paie. Si tu veux être parmi les premiers, c'est ce qu'il faut faire. » Elle restait attentive, même lorsque les programmes dépassaient ses connaissances. Quand je rapportais une mauvaise note, elle m'obligeait à refaire l'exercice, à comprendre mes erreurs. Elle était exigeante, intransigeante. Mais elle savait. Elle savait que mes jambes ne me porteraient pas très loin. À l'inverse, ma tête, elle, pouvait m'emmener très haut si je le voulais. Tous ces efforts m'ont permis de décrocher le brevet des collèges sans la moindre difficulté.

Les professeurs d'EPS faisaient preuve d'ouverture et m'intégraient autant qu'ils le pouvaient. Comment inclure un élève en situation de handicap dans un cours de sport, me direz-vous ? Ce n'est pas évident. Surtout quand l'Éducation nationale ne forme pas à ça. Alors chacun faisait de son mieux, à l'instinct. Dans les sports collectifs, on m'attribuait souvent le rôle de gardien, pour limiter les déplacements. Parfois, on m'élaborait des exercices adaptés, des ateliers plus courts ou plus ciblés. Il fallait improviser, ajuster, réinventer. Des années plus tard, j'ai recroisé l'un de ces professeurs. Il m'a confié qu'à l'époque les élèves rechignaient à m'avoir dans leur équipe. Je lui ai répondu, en riant, que les choses avaient bien changé depuis et que maintenant c'étaient les autres qui voulaient être dans la mienne. Une petite revanche, peut-être. Lors des épreuves d'endurance, j'étais souvent chargé de chronométrer les autres. C'était ma manière de participer. Jusqu'au jour où, sans prévenir, j'ai laissé tomber le chronomètre… et me suis mis à courir. Vingt minutes. Sans un seul arrêt. J'étais à bout de souffle. Mes muscles tremblaient, mes jambes ne répondaient plus. Mais, ce jour-là, j'en ai eu assez d'être un simple spectateur.

Je voulais faire partie du jeu. Être acteur de ma propre histoire. Lors d'une réunion parents-professeurs, le professeur d'EPS expliqua à ma mère : « Matthias n'en fait qu'à sa tête. Il se lance, donne tout dès le départ, puis s'effondre au bout de cinq minutes. Il faut qu'il apprenne à gérer son effort. Les grands champions, eux, savent faire ça. C'est ce qui les distingue. » Sur le moment, j'ai haussé les épaules. Mais, avec le temps, j'ai compris ce qu'il voulait dire. Gérer son effort, c'est une forme d'intelligence. Un marathon, ce n'est pas qu'une affaire de jambes. C'est avant tout une affaire de tête.

Pendant que mes journées se déroulaient au rythme du collège, des devoirs et des séances de kiné, la vie à la maison évoluait aussi. À Serques, les choses continuaient à se dégrader. Ce lieu qui devait être un refuge devint, peu à peu, un piège. Le voisinage devenait pesant, les tensions s'accumulaient et les mensualités de la maison s'avéraient plus lourdes que prévu. Maman, usée, commença à envisager un nouveau départ. C'est à cette période qu'elle fit la rencontre d'un homme, Jean-Pierre. Une entente naturelle s'installa entre eux. Quelques mois plus tard, elle annonça que nous irions vivre chez lui, à Campagne-lès-Wardrecques, un autre village situé à une dizaine de minutes de Saint-Omer. Je n'étais pas très enthousiaste, mais elle me promit que j'aurais ma propre chambre. La maison de Serques ne fut pas immédiatement vendue. Maman préférait prendre le temps, ne rien précipiter. Celle de Jean-Pierre, un peu vieillotte, avait les chambres à l'étage, mais les débuts se passèrent bien. Je me fis de nouveaux copains dans le quartier, des mordus de foot eux aussi. Cela facilita mon intégration. Mais, peu à peu, l'atmosphère changea. Jean-Pierre imposa ses règles, de plus en plus strictes, de plus en plus absurdes. Il m'interdit d'inviter qui que ce soit à la maison, sans la moindre explication. Même ma sœur n'était plus la bienvenue. Profitant de son absence, ma mère m'autorisa à recevoir un ami lors d'une après-midi. Malheureusement, Jean-Pierre rentra plus tôt que prévu ce jour-là. Quand il comprit la situation, son regard s'assombrit aussitôt. D'un ton effrayant, il se mit à hurler. Sans poser de questions, sans écouter, il jeta mon ami dehors comme s'il avait surpris un intrus. Il faut dire que Jean-Pierre avait un goût certain pour l'alcool : au bar, à la maison, et même parfois sur son lieu de travail, à la cristallerie d'Arques. Il rentrait souvent alcoolisé, les mots venimeux, les gestes imprévisibles. Il répétait que je montais ma mère contre lui. Il se moquait de ma démarche, comme les enfants à l'école, mais avec la cruauté froide d'un adulte. Il racontait partout dans le quartier que mon père s'était suicidé. Un jour, dans un accès de rage, il me lança que « c'était bien fait ». Ce jour-là, les larmes ont coulé sans que je puisse les retenir. Jean-Pierre n'était rien d'autre qu'un monstre, un porc. Parfois, je lui répondais, mais le plus souvent je me taisais. Il fallait encaisser, plier, faire le dos rond. Esquiver, encore et toujours. Il y avait parfois comme une justice divine ou spontanée qui s'exerçait, comme ce jour où, après avoir englouti un plateau entier d'huîtres à lui tout seul, il passa deux jours cloué aux toilettes. Cela me donna le sourire, mais ne changeait rien à l'essentiel. Nous étions prisonniers. Tout nous devenait interdit. Plus de visites, plus de télévision. Et pour ne rien arranger, la maison de Serques avait été vendue. Jean-Pierre exigeait désormais que ma mère paie les factures. Elle avait, un temps, baissé la garde. Par fatigue, par solitude, peut-être dans l'espoir de reconstruire quelque chose. Elle aussi devait composer, esquiver, tenir. Mais elle ne supporta pas longtemps qu'il s'en prenne à moi. Il y avait des lignes rouges à ne pas franchir. Un soir, elle le prévint : si son comportement ne changeait pas, elle ferait un signalement à la gendarmerie. Il ne répondit rien. Peut-être pensait-il qu'elle bluffait. Mais, dès le lendemain, elle se mit à chercher un nouveau logement. Deux semaines plus tard, nous avions déménagé. Elle avait trouvé une petite maison en location dans le quartier Verte-Écuelle, à Longuenesse, là où j'avais grandi. Retour à la case départ. Tout nous y était familier : les rues, les arbres, les visages. Et, surtout, mes amis pouvaient de nouveau venir à la maison. On respirait. Enfin.

Ce départ fut une délivrance, mais il ne suffit pas à tout réparer. Cet épisode laissa des traces profondes. Il fut traumatisant. Ma mère dut consacrer du temps, beaucoup de temps, à reconstruire, à recoller les morceaux, à me rassurer. À se rassurer, aussi. Je crois qu'à partir de là elle éprouva de plus en plus de difficultés à faire confiance aux hommes, même si, plus tard, elle tenta encore d'aimer. Quant à moi, une question me rongeait : est-ce que je prenais trop de place dans sa vie ? Est-ce qu'au fond j'étais prêt à la voir s'ouvrir à quelqu'un d'autre ?

À force de prendre des coups, on apprend à les esquiver parfois. Il ne s'agit pas toujours de se défendre, ni même de riposter. Parfois, il faut juste plier, céder, faire le dos rond. Apprendre à repérer le bon moment pour se mettre de côté, en retrait, à faire comme si de rien n'était, avant, peut-être, de porter un coup bien placé. C'est un art discret, silencieux. Un art que l'on n'apprend jamais volontairement. Comme le disait Muhammad Ali : « *Float like a butterfly, sting like a bee*[1]. » Ma mère et moi n'avions pas eu le choix.

Pendant un temps, tout le reste passa au second plan. Les rendez-vous médicaux s'espacèrent. Les suivis à l'hôpital se firent plus rares. Ma mère, épuisée

---

1. Vole comme le papillon, pique comme l'abeille.

par les événements, peinait à se recentrer sur ma santé. Ce n'était pas de la négligence, mais un essoufflement, celui d'une guerrière à bout de course. Sur la balance, les chiffres montaient. J'avais pris du poids, beaucoup de poids. Une consultation chez le gastro-entérologue, puis une diététicienne, confirma la nécessité de rééquilibrer mon alimentation. Il fallait changer nos habitudes. Mais, au fond de moi, je sentais que quelque chose avait changé. Je n'arrivais pas encore à l'exprimer, ni même à en prendre pleinement la mesure. Ce que nous venions de traverser n'était, en réalité, que l'arbre qui cachait la forêt.

Chapitre 7
Comme une évidence

La maladie isole. Elle vous écarte du reste du monde, parfois sans bruit, parfois avec fracas. Elle vous fait dévier des trajectoires ordinaires, vous installe à la marge, là où les regards sont fuyants et les mots hésitants. Elle vous rend invisible, et en même temps terriblement visible. On ne sait pas où vous placer. Alors, bien souvent, on préfère ne pas vous écouter. Pendant longtemps, je n'ai pas su décrire ce que je vivais. Jusqu'à mes sept ou huit ans, aucun mot ne venait vraiment nommer cette chose étrange qui m'accompagnait au quotidien. Le mot « maladie » ne faisait pas partie de mon univers d'enfant. Je ne me considérais ni comme « malade » ni comme « handicapé ». C'était une réalité encore trop floue, trop lointaine, pour m'appartenir. Quand d'autres enfants me demandaient : « T'es handicapé, toi ? », je répondais : « Non. » Je ne mentais pas. Je ne me cachais pas. Je vivais dans un monde d'utopie et de naïveté, un monde de petit enfant, avec sa logique propre et son regard sans jugement. Je ne comprenais pas ce que ce mot « maladie » voulait dire, ni pourquoi il dressait une frontière invisible entre le reste du monde et moi. J'étais juste un enfant un peu plus lent, un peu plus fatigué, un peu différent peut-être, tout comme d'autres portaient des lunettes, étaient plus grands, plus petits, plus minces ou plus ronds. On parle parfois des enfants qui ne se reconnaissent pas dans le genre ou le sexe qu'on leur assigne à la naissance. Moi, je ne me reconnaissais pas dans ce statut de « malade » que le monde me donnait. Comme s'il appartenait à un autre monde, un monde qui n'était pas le mien. Pendant des années, j'ai vécu dans cet entre-deux, en quête d'identité. J'étais ce petit garçon sans étiquette, sans case à cocher, mais dont la place semblait déjà assignée par la société.

Par chance, je n'ai jamais été seul dans cette quête d'identité. Certains ouvraient la voie, d'autres marchaient à mes côtés. Des éclaireurs, des compagnons de route. Vous vous souvenez forcément de leurs visages. Tous m'ont montré qu'un chemin était possible, juste là, sous mes pas. Parmi ces visages, il y avait celui de ma maman. Elle portait nos silences, défiait les regards, ouvrait les portes sans jamais détourner les yeux. Une navigatrice dans la tempête, seule face aux vents, seule face aux vagues, seule face à la pluie battante. Elle tenait fermement la barre, les mains crispées, le regard fixé droit devant, même quand les flots tentaient de lui faire lâcher prise. Et dans ce chaos, elle a su trouver les mots, les mots justes. Ceux qui protègent, qui rassurent, qui tiennent lieu d'abri. Des mots qui ont lentement dessiné les contours de la maladie, pour que je puisse enfin la nommer. Et puis, il y a eu Gilbert, mon kinésithérapeute. Présent quand les mots ne suffisaient plus. Il m'a appris à écouter ce corps, à en comprendre les limites et à en découvrir les possibles. Il m'a offert cette forme de liberté qui naît de la connaissance de soi, comme un coach distillant ses conseils au bord du ring. Enfin, il y a eu quelques enseignants bienveillants. Ils furent comme des guides dans la pénombre, une lampe à la main. De ceux qui ne s'arrêtent pas aux maladresses, qui devinent ce qu'on peut, malgré les pas incertains. Pour eux, j'étais capable, capable autrement.

Et puis, il y a eu l'AFM. Mais, avant de poursuivre, permettez-moi un bref retour en arrière. L'Association française contre les myopathies (AFM) est née en 1958, portée par le courage de quelques parents refusant la fatalité d'un diagnostic sans espoir. À une époque où les myopathies étaient encore méconnues et où aucune recherche structurée n'existait en France, l'AFM s'est donné une mission : informer, sensibiliser et briser l'isolement des familles. Grâce à cette détermination, les premières avancées sociales majeures ne tardèrent pas à voir le jour, comme la prise en charge des myopathies à cent pour cent par la

Sécurité sociale dans les années soixante, puis le remboursement partiel des fauteuils roulants électriques quelques années plus tard. J'ai d'ailleurs en tête une anecdote qui illustre parfaitement cet état d'esprit novateur et audacieux. Elle raconte l'histoire de Marcel Thorel, militant engagé de l'AFM, lui-même atteint d'une myopathie. Dans son quotidien, Marcel devait toujours compter sur quelqu'un pour pousser son fauteuil roulant manuel. Cette dépendance lui pesait. Il aspirait à une autre forme d'autonomie. C'est lors d'un voyage en Angleterre, au début des années soixante-dix, qu'il découvrit le fauteuil roulant électrique. À l'époque, c'était une véritable révolution. Avec un tel fauteuil, il n'aurait plus besoin de personne pour se déplacer. Pour lui, ce fut une évidence : il lui en fallait un. Seul obstacle : ces fauteuils n'existaient pas encore en France. À son retour, il décida d'en rapporter un en pièces détachées afin de contourner les douanes et la législation française, qui n'autorisait pas ce type d'importation, officiellement pour des raisons de sécurité et de normes électriques. À la frontière, un douanier lui demanda s'il avait quelque chose à déclarer. Marcel Thorel, avec un brin de malice, répondit : « Euh… non… Juste un fauteuil roulant électrique, peut-être ? » Le douanier, croyant à une plaisanterie, le laissa passer sans formalité. Le premier fauteuil électrique venait ainsi de poser ses roues en France, de façon tout à fait clandestine. Marcel Thorel prouva ce jour-là qu'aucun obstacle n'est infranchissable quand on avance avec conviction, audace et ingéniosité.

En 1987, l'association connaîtra l'un des tournants les plus marquants de son histoire : la naissance du Téléthon. Inspiré d'un concept américain, il fut importé et adapté en France par Bernard Barataud et Pierre Birambeau, tous deux pères d'enfants atteints de myopathie. L'idée semblait folle : diffuser un programme télévisé de trente heures sans interruption pour mobiliser la population et récolter des fonds pour la recherche. Et pourtant, la France répondit présente. Partout, des animations fleurirent, dans les villages comme dans les grandes villes, dans l'Hexagone comme à l'étranger. Des millions de personnes s'engagèrent. Comble : le compteur du tout premier Téléthon n'avait pas été prévu assez grand pour accueillir une telle générosité ! Les derniers chiffres furent ajoutés à la main. Depuis ce jour de 1987, le Téléthon revient chaque année, le premier week-end de décembre. De cette impulsion naîtront des structures de pointe : le Généthon, pionnier dans la cartographie du génome humain, et la thérapie génique ; l'I-Stem, dédié aux thérapies cellulaires ; et l'Institut de myologie, pour le soin et l'innovation dans les maladies neuromusculaires. L'AFM, aujourd'hui l'AFM-Téléthon, est un moteur unique au monde, capable de fédérer la société civile, les scientifiques, les familles et les institutions autour d'une même mission : guérir. Depuis, plus d'une dizaine de traitements innovants ont vu le jour. Ils ciblent non seulement des maladies du muscle, mais aussi des maladies rares du foie, du sang, de la peau, du système immunitaire et même certains cancers. Aujourd'hui, plus de quarante autres traitements sont en cours de développement dans ces laboratoires. Ce modèle français, qui allie engagement citoyen et excellence scientifique, demeure une référence mondiale. Peu de pays peuvent se targuer d'avoir su, grâce à la force de la solidarité, transformer la recherche fondamentale en médicaments pour des maladies rares autrefois jugées incurables. Au fond, ces médicaments ne sont rien d'autre que l'audace mise en flacon.

L'AFM-Téléthon, c'est aussi un réseau de services régionaux qui accompagnent les familles au quotidien. Très tôt, maman et moi avons été suivis par l'un d'eux, à Lille. Composés de professionnels du monde médico-social, ces services furent pour nous un repère dans les moments de tourmente. Quand les questions se bousculaient, quand l'inconnu faisait peur, quand plus personne ne semblait nous écouter, ils étaient là. Là pour briser l'isolement, écouter sans juger, répondre aux questions restées sans réponse. Ils furent un lien précieux dans un parcours semé d'embûches, entre notre réalité de famille et le tumulte du monde médical, administratif et scolaire. Ce qui me revient d'abord en mémoire, c'est le montage du dossier MDPH (Maison départementale des personnes handicapées), un passage obligé pour faire valoir ses droits : accéder aux soins, aux remboursements, obtenir des aides techniques ou humaines, une carte de stationnement ou la reconnaissance du statut de travailleur handicapé. Le service régional nous guidait pas à pas, ligne après ligne, dans ces formulaires saturés de jargon médical et administratif. Ce dossier, il a fallu le renouveler tous les cinq ans. À chaque fois, les mêmes justificatifs à fournir, les mêmes cases à cocher. Toujours la nécessité de démontrer, documenter, prouver qu'on est handicapé, comme si cela n'était pas évident au quotidien. Tout le monde le savait, pourtant : je n'aurais pas de traitement, ma situation ne s'améliorerait pas. Les pages de ce dossier détaillaient les failles de mon corps, les failles d'une vie. Une vie qu'il fallait mettre à nu pour que des inconnus, assis derrière un bureau, la lisent et décident de son sort. Cette démarche administrative prenait parfois des allures de mendicité. L'instruction durait des mois. Parfois, un document manquait. Parfois, un droit était refusé. Alors il fallait contester, faire un recours, recommencer. Ce dossier devenait vite une bataille épuisante, parfois inhumaine, mais toujours incontournable. Bien qu'invisible aux yeux du commun des mortels, cette réalité fait partie du quotidien d'une personne handicapée. Et toutes les familles vous le diront : le renouvellement de ce dossier reste un moment redouté, source de craintes et d'incertitudes. Avec le temps, les services de la MDPH se sont améliorés, mais le fond reste souvent le même. Mon dossier est à renouveler dans deux ans… peut-être qu'il finira par guérir avant moi !

Heureusement, à côté de ces batailles administratives, il y a eu des figures lumineuses. Des âmes bienveillantes qui faisaient oublier, un moment, le poids des démarches et des formulaires. Parmi elles, il y eut Lucette, ma nourrice du mercredi. Quand je rentrais chez elle à midi, le menu était toujours le même : steak haché, pâtes nappées de sauce tomate et une montagne de gruyère râpé qui débordait de l'assiette. Pour moi, c'était le repas des rois. Lucette connaissait ma situation, mes fragilités. Elle constatait, non sans une pointe de tristesse, qu'aucune initiative n'existait à Longuenesse pour le Téléthon. Alors, elle prit les choses en main. Elle retroussa ses manches, comme elle savait si bien le faire. Membre de l'APAQ, une petite association du quartier Verte-Écuelle, Lucette mobilisa tout son entourage pour lancer, au milieu des années quatre-vingt-dix, le tout premier Téléthon de la ville. Les couturières, les boulistes, les majorettes, les cyclistes, les coiffeuses… tout le quartier se mit en mouvement. Chacun apportait ce qu'il pouvait : du temps, de l'énergie, des idées. Et, très vite, ce fut bien plus qu'une simple collecte. Chaque année, début décembre, un loto familial ouvrait les festivités, suivi d'un repas dansant et de plusieurs animations. La salle du quartier débordait de monde ; il n'y avait plus une seule chaise de libre. L'ambiance était chaleureuse, bruyante, solidaire, résolument joyeuse. Mes amis du collège, Clément, Kim et Tiphaine, venaient aussi partager ce moment de fête. Un 14 juillet en hiver où la morosité se transformait soudain en action, l'ordinaire en espoir, les sourires en traitements de demain. La célèbre phrase du Pr Serge Braun, ancien directeur scientifique de l'AFM-Téléthon, prenait alors tout son sens : « On peut changer le monde en vendant des crêpes et des ballons[1]. » Il avait raison. Lucette, fidèle à sa tendresse un peu espiègle, me plaçait toujours sous les projecteurs. Je ne comprenais pas encore très bien ce qui se tramait, mais je me laissais porter par l'affection qu'elle me témoignait, par ce regard tendre qu'elle voulait que les autres aussi posent sur moi. J'étais devenu, malgré moi, une sorte de mascotte du Téléthon local, un enfant du Téléthon. Ce rendez-vous, né d'un élan du cœur, s'est mué en tradition. Il perdure encore aujourd'hui, désormais porté par d'autres organisateurs – Sylvie, Fred et la mairie.

Régis Trinez incarnait lui aussi cet engagement. C'était un homme profondément chaleureux, toujours souriant, passionné de maquettes et de peinture. Infatigable dans son dévouement, il occupait le rôle de délégué départemental de l'AFM-Téléthon dans

1. Du titre de son ouvrage paru chez Eyrolles, 2014.

le Pas-de-Calais. Lui-même atteint d'une myopathie des ceintures, il savait mieux que quiconque ce que représentaient les combats du quotidien. Régis mettait tout en œuvre pour offrir aux familles unies par la maladie des instants de répit, de fête, de complicité. Halloween, Noël, une visite au zoo d'Anvers, un vol au-dessus de l'Audomarois lors d'un baptême de l'air avec l'aéro-club de Saint-Omer : autant de moments où le souffle et la lumière renaissaient. Tout était pensé pour que chacun puisse participer, en fauteuil ou non. Il veillait aux moindres détails, s'assurant que l'inclusion ne soit pas qu'un mot, mais une réalité vécue. Ces instants de partage, de rires et d'amitié nous rappelaient que, nous aussi, nous avions droit au bonheur. Régis était également d'une aide précieuse pour les familles, les guidant dans les méandres des dossiers MDPH, des aides techniques, des recours, des droits. Sa seule présence suffisait à alléger bien des fardeaux. Régis nous a quittés en 2021. Mais son héritage demeure, dans chaque moment de joie partagée, dans chaque pas rendu possible, dans chaque combat poursuivi en son nom.

« J'ai de la chance. » J'ai murmuré ces quelques mots au détour d'une de ces journées de rassemblement. Je n'étais encore qu'un enfant, j'avais dix ans peut-être. Ce n'est pas tant l'instant que je retiens, que le poids inattendu de cette phrase. Elle m'a échappé, naturellement, comme une vérité trop grande pour rester muette. Maman, elle, ne l'a jamais oubliée. Autour de nous, il y avait des enfants en fauteuil, d'autres allongés sur des brancards. Certains portaient des sondes, d'autres une trachéotomie. Certains ne parlaient presque plus, tant leurs muscles étaient affaiblis. La vie semblait suspendue aux machines. Et pourtant, j'entendais des rires, je voyais des sourires, beaucoup de sourires, une joie discrète, une dignité immense. Et, plus forte que tout, une volonté farouche de vivre, coûte que coûte. Dans leurs yeux brillait une lumière que je ne comprenais pas encore. Une force silencieuse, brute, bouleversante. Peut-être celle que je cherchais moi aussi. Maman me regarda, un peu surprise : « Pourquoi dis-tu ça ? » Je lui répondis simplement : « Parce que je suis debout. Parce que je marche. » Avec mes yeux d'enfant, j'avais compris que d'autres livraient des batailles bien plus grandes. Des luttes silencieuses, menées depuis un lit, sous assistance, dans l'ombre des machines. Je mesurais la chance que j'avais : celle de tenir debout, d'avancer, de respirer sans entrave. Alors, au lieu de me plaindre, je pouvais, moi aussi, choisir de me battre. À ma manière.

Lors d'une assemblée organisée dans l'Arrageois, je rencontrai pour la première fois Bernard Barataud, alors président de l'AFM. C'était un samedi après-midi de printemps. Il faisait beau. Le ciel était d'un bleu clair et l'air sentait déjà un peu l'herbe coupée.

La petite salle communale, sans charme particulier, était pleine à craquer. Des chaises dépareillées avaient été serrées les unes contre les autres, et il fallait se faufiler entre les rangs pour trouver une place. Autour de moi, il y avait beaucoup de familles. Des parents fatigués, inquiets, mais aussi déterminés. Dans les murmures qui précédaient la prise de parole, j'entendais toujours les mêmes questions : à quand les médicaments ? Comment obtenir un diagnostic ? Comment savoir ce qu'a vraiment mon enfant ? Beaucoup étaient, comme nous, dans ce flou douloureux : pas encore de diagnostic génétique, pas de certitude, seulement l'attente. Puis Bernard est apparu. Il avançait d'un pas sûr, bien portant, les cheveux grisonnants, les lunettes relevées sur le front, le visage ouvert, marqué par la vie, mais lumineux. Il avait la stature de ceux qu'on écoute dès qu'ils entrent dans une pièce, la voix de ceux qu'on suit sans hésiter et le regard de ceux qu'on n'oublie pas. Il n'eut pas besoin de microphone. Sa voix portait naturellement. Grave, posée, elle emplissait la salle sans effort. Dans ses mots résonnait la force d'un père ayant perdu son fils face à la maladie et transformé sa douleur en combat pour les autres. Ses paroles étaient claires, directes, mais empreintes d'une infinie tendresse. Je ne comprenais pas tout, mais je percevais leur force. Elles réconfortaient et rassuraient. Elles rallumaient une flamme que je ne savais même pas posséder. Il y avait, dans sa manière de parler, quelque chose d'évangélique. Une grâce simple qui vous arrivait droit au cœur. Dans ses yeux brillait un espoir têtu, une foi presque indéracinable dans l'idée qu'un jour un traitement viendrait. Quelque chose dans sa présence imposait le respect, captait l'attention, ouvrait les consciences. Bernard semblait pouvoir non seulement gravir des montagnes, mais les déplacer. Par sa stature, son histoire, ses mots, il savait convaincre, rassembler, briser des chaînes. Il n'était pas simplement une voix qui portait. Il incarnait un cap, une force tranquille. Ce jour-là, il a ouvert un chemin que je me suis juré d'emprunter.

Je le revis une seconde fois lors des Journées des familles organisées à Évry, au cœur même des laboratoires du Généthon. C'était une de ces journées où l'air semblait chargé d'espoir et de curiosité mêlés. Le ciel était clair, le bâtiment imposant et lumineux. Dès l'entrée, j'ai été saisi par les paillasses alignées, les micropipettes rangées comme des instruments de précision, les écrans où défilaient des séquences et le ronron discret des incubateurs. Cette journée était consacrée à la découverte des lieux, à la rencontre avec ceux qui, dans l'ombre des laboratoires, traquaient la maladie. Les chercheurs nous guidaient de pièce en pièce, souriants, passionnés, expliquant avec des mots simples des choses si complexes. On me montra des cellules sous microscope, des vecteurs viraux, des cartes génétiques constellées de couleurs et de chiffres. On me parlait d'ADN, d'ARN messager, de mutation, de saut d'exon. Et moi, j'écoutais, captivé. J'avais quinze ans. Je regardais leurs gestes précis, j'observais les tubes alignés, les écrans illuminés de séquences mystérieuses. Les médecins m'avaient toujours intimidé. Non pas par manque de bienveillance, mais parce qu'ils portaient, malgré eux, les nouvelles que je redoutais. Les chercheurs, eux, incarnaient autre chose. Ils parlaient de possibles, de traitements. Ils exploraient des chemins incertains, mais porteurs d'espoir. À mes yeux, ils devenaient des super-héros ; la blouse blanche leur tenait lieu de cape. Ils ne guérissaient pas encore, mais ils cherchaient. Et cette quête, déjà, avait valeur de promesse. Ce jour-là, quelque chose s'est allumé en moi : une intuition, une étincelle, une vocation, peut-être. Je comprenais ce langage. Mieux encore, je voulais le parler, l'approfondir, le faire mien. Pour moi, pour les autres. La connaissance n'était plus seulement un outil pour expliquer. Elle devenait une arme, un levier, un moyen d'action contre l'injustice de la maladie. Une manière d'agir, autrement. Avant de partir, j'ai retrouvé Bernard Barataud. J'ai rassemblé tout mon courage et, le cœur battant, je lui ai dit : « Je veux devenir chercheur. » Il m'a regardé et a souri, avec cette chaleur qui redonne confiance : « On a besoin de chercheurs. Une fois ton diplôme en poche, appelle-moi, je t'embauche. » Je m'en souviens comme si c'était hier. Il fut, sans le savoir, le déclencheur d'une passion, d'une révolte, d'une autre manière, peut-être, d'asséner des coups à la maladie.

Ce fut comme une évidence.

Je voulais, moi aussi, devenir chercheur.

Chapitre 8
Je n'avais plus le choix

Tout a un prix. Le travail, la maladie, tout se paie, d'une manière ou d'une autre.

À la fin du collège, j'ai obtenu mon brevet avec la mention « très bien ». À force de persévérance, j'étais parvenu à exceller dans presque toutes les matières. Pour ce résultat, je reçus une bourse au mérite, un peu plus de mille euros par an pour les trois années de lycée à venir. Une fortune, à mes yeux. Pour la première fois, le travail était récompensé autrement que par de simples félicitations. Le travail, quand il est constant, rigoureux, finit par payer. C'est ce que répétait maman, inlassablement. Il y avait là une forme de justice qui me réconfortait. L'école m'avait longtemps appris à encaisser. Désormais, je commençais à récolter les fruits semés dans l'effort.

J'ai fait ma rentrée au lycée Alexandre-Ribot de Saint-Omer à l'âge de quinze ans. Un an plus tôt, ma sœur donnait naissance à son troisième enfant, Yanis. Je devenais tonton pour une troisième fois. Je grandissais. Au lycée, j'arrivais en terrain inconnu. Maman ne travaillait pas ici. Elle n'était plus là pour veiller discrètement, ni pour intervenir au moindre souci. Enfin… pas tout à fait. Le hasard voulait que mon beau-frère, Tony, travaille dans cet établissement, lui aussi comme agent d'entretien. Une silhouette familière dans un univers nouveau. Je savais que, en cas de coup dur, il ne serait pas bien loin.

J'arrivais au lycée avec de nouvelles ambitions. Fini les rêves de footballeur. Désormais, je voulais devenir chercheur. Je ne voulais plus être le simple spectateur de ma propre vie. Je voulais en devenir l'acteur, mettre des mots sur ce que je vivais, me forger des armes pour comprendre, pour lutter, pour avancer. Je voulais percer les mystères de ce corps, de cette maladie, de cette forme d'injustice qui pousse à murmurer : « Pourquoi moi et pas les autres ? » Dès l'année de seconde, maman et moi avons pris rendez-vous avec un conseiller d'orientation. Elle ne savait pas vraiment quelles études menaient à ce métier. Moi non plus. Le conseiller nous expliqua qu'il fallait suivre une filière universitaire : licence, master, doctorat, huit années d'études, un parcours long et exigeant. Mais l'idée ne me faisait pas peur. Les marathons, je connaissais. Cette même année, nous avons écumé les salons étudiants. J'avais à peine quinze ans. Les autres jeunes en avaient presque dix-huit et s'apprêtaient à passer le bac. Aux stands, on me répétait que j'étais trop jeune et qu'il fallait revenir dans deux ans. Mais nous savions que la maladie exigeait d'anticiper, de ne pas attendre, d'oser. Alors, on ne les a pas écoutés. Un samedi, nous sommes allés à une journée portes ouvertes de l'université de sciences et technologies, à Villeneuve-d'Ascq, près de Lille. Il y avait des bâtiments partout, deux stations de métro, des escaliers, des amphithéâtres, des couloirs sans fin. Tout me paraissait immense. Un peu intimidant, oui. Mais pas de quoi estomper mes envies, ni me faire reculer. Juste de quoi rêver un peu plus grand.

Au lycée, j'ai tissé quelques amitiés – Antoine, Guillaume, Nicolas, et d'autres. On partageait les mêmes emplois du temps, parfois les mêmes doutes. Une entente tranquille s'est très vite installée. Il suffisait d'une remarque, d'un regard en coin, pour que les rires éclatent, spontanés, légers. Les sciences de la vie et l'histoire restaient mes points forts. Je comprenais vite, retenais sans effort, et les contrôles ne me posaient guère de problème. Les mathématiques, en revanche, continuaient de me résister. Tout comme l'anglais. Au fond, rien n'avait vraiment changé depuis le collège. En seconde, j'eus un professeur d'anglais aussi singulier qu'attachant : Mr Hogg. Tout le monde le connaissait, au lycée. C'était une figure à part, presque une légende locale. Même ma sœur l'avait eu en tant que professeur quelques années plus tôt, c'est dire. Il parlait avec un accent écossais à peine déchiffrable, avait souvent les cheveux en bataille, et un humour *so british* qui donnait à ses cours une saveur particulière et inoubliable. Il était exigeant, mais profondément sympathique. Avec lui, on apprenait presque sans s'en rendre compte, entre deux éclats de rire et une expression intraduisible. Cette année-là, un échange scolaire nous mena jusqu'à Newcastle, au nord de l'Angleterre. Mon correspondant, Simon, partageait les mêmes centres d'intérêt : le foot, la musique, l'histoire. Il séjourna chez nous une dizaine de jours à l'automne, puis ce fut à mon tour de traverser la Manche au printemps. Dix jours de découvertes qui sont restés gravés dans ma mémoire, entre immersion dans un lycée anglais, visites de sites historiques, des lieux de tournage des films *Harry Potter*, et le goût inimitable du *fish and chips*. Tout avait un parfum d'ailleurs. Avant le départ, maman m'avait convaincu d'emporter un fauteuil roulant. « Juste au cas où », avait-elle dit. Je n'avais pas été franchement convaincu. Elle avait insisté : « Si tu es fatigué, utilise-le. Tu profiteras davantage. » Ce fauteuil n'était pas très reluisant. C'était une location de parapharmacie, un peu bancale, un peu terne. Mais je l'avais pris à contrecœur. Je l'ai utilisé, une seule fois. Et, contre toute attente, personne n'a rien dit. Pas de regards de travers, pas de moqueries. Des professeurs, des élèves, m'ont même tendu la main. J'étais surpris et soulagé. Je n'avais pas besoin de me justifier. Cette année-là, j'ai aussi pris l'option musique. Ce n'était pas une découverte, mais une évidence. On répétait à quelques-uns pour préparer certains concerts. L'ambiance était simple, détendue. Ce n'était ni une échappatoire ni un refuge. Plutôt un espace à part, un lieu où je me sentais à ma place. Pour le reste, j'étais un élève discret, silencieux en classe. Lors d'une réunion parents-profs, une enseignante d'anglais m'a même qualifié de « plante verte ». Maman l'a très mal pris. Moi, j'ai encaissé. Comme d'habitude.

Mes silences en disaient long, mais je crois que personne ne s'en doutait. En seconde, j'avais encore les épaules voûtées par les années passées, mais le regard déjà tourné vers l'après. Un monde nouveau s'ouvrait à moi, plus vaste, plus mouvant, plus impersonnel. Les bâtiments étaient immenses, les couloirs débordaient de visages inconnus. Dans cette foule, personne, ou presque, ne connaissait mon histoire. Et, d'une certaine manière, cela m'arrangeait. Je voulais me fondre dans le décor, passer inaperçu. Avancer à mon rythme, sans questions, sans regards, sans cette curiosité parfois maladroite. La maladie restait un fardeau à cacher, une gêne à dissimuler, presque une honte. Cela expliquait sans doute ma timidité, ma tendance à rester en retrait et cette confiance ébréchée. J'avais cette volonté viscérale de rester invisible, autant que possible. Ce corps-là, je le connaissais mieux que personne. Il n'aimait ni l'urgence ni l'improvisation. Il avait ses lenteurs, ses silences, ses arrêts impromptus. Il imposait son propre tempo, une partition souvent dissonante, difficile à faire entendre dans une société qui marche au pas cadencé. Mais il fallait composer avec et en devenir le chef d'orchestre, anticiper les fausses notes, ajuster les gestes, négocier avec l'effort. Dans ce nouvel environnement, l'adaptation fut immédiate, instinctive, presque animale. Chaque matin débutait par la traversée d'un épais nuage de fumée âcre provenant des cigarettes consumées à la chaîne par une foule de lycéens et certains professeurs. Puis venait l'ascension des quatre étages, sac sur le dos, muscles tendus, souffle court. Un détail pour les autres, une épreuve pour moi. Chaque marche me rappelait que mes jambes avaient d'autres priorités que l'arithmétique ou la conjugaison. Mais j'étais têtu. Je ne voulais ni aide ni pitié. Je refusais le sac à roulettes, tout comme les mains tendues. Je souhaitais être comme tout le monde, invisible, banal. Alors j'ai élaboré des stratégies. Je mémorisais les emplois du temps, l'emplacement des salles, les escaliers à éviter. Je traçais des itinéraires dans ma tête, comme un prisonnier sur le point de s'évader. L'échappatoire ne représentait rien d'autre que la survie dans mon scénario. Chaque détour devenait une variable. Chaque rampe, chaque marche, chaque couloir devenait un élément à intégrer. Même le poids du sac, même les trajets jusqu'aux toilettes. Il fallait tout planifier : savoir quand y aller, combien de temps cela prendrait, combien d'énergie cela coûterait. Je faisais ce que font les athlètes avant une course : la reconnaissance du terrain. Chaque matin, je répétais ces trajets dans ma tête. Non pour gagner du temps, mais pour économiser mes forces. Chaque marche évitée, chaque détour anticipé, chaque minute de répit grappillée, c'était un peu moins de fatigue en fin de journée. Tout était optimisé, calculé, anticipé, presque chorégraphié. Il ne s'agissait pas d'un simple plan d'adaptation scolaire. C'était un art de la survie discrète. Mon esprit, mon corps et ce lycée inadapté devaient s'accorder. Il fallait que je devienne ce stratège, pour passer entre les gouttes.

Mais cet art du camouflage ne dura qu'un temps. Très vite, maman reprit son rôle de vigie. À chaque rentrée, elle prenait rendez-vous avec les CPE, les infirmières et le médecin scolaire pour expliquer, et parfois réexpliquer, ma situation. Elle savait, d'expérience, que rien ne pouvait être laissé au hasard. Je fus rapidement convoqué à l'infirmerie. Une femme à la silhouette fine, aux cheveux courts, lunettes discrètes et tailleur impeccable m'ouvrit la porte. C'était le médecin scolaire. Son visage, ferme, presque austère, ne laissait transparaître aucune émotion, pas un sourire. Et pourtant, ses mots disaient tout le contraire. D'une voix douce et assurée, elle me dit : « Viens, entre, Matthias. Ici, tu peux venir en toute confiance. » Elle feuilleta mon dossier médical, aussi épais qu'un annuaire. Une vie entière résumée dans des bilans de santé, des diagnostics, des comptes rendus hospitaliers. Ses doigts s'arrêtèrent sur la dernière page. Elle releva les yeux, réajusta ses lunettes, puis me demanda d'une voix douce : « As-tu besoin de quelque chose qui pourrait t'aider au lycée ? » Je baissai les yeux. Un silence s'installa. Puis, presque à contrecœur, je murmurai : « Non. » Elle marqua un temps d'arrêt. Puis, d'un ton plus ferme : « Matthias, on regarde les gens dans les yeux quand on leur parle. Sinon, c'est un manque de respect. » Elle ajouta, plus doucement : « Si tu as besoin de quoi que ce soit pour suivre ta scolarité, dis-le-moi. C'est ton droit, et je ferai en sorte qu'il soit respecté. » Sous ses airs rigides, elle voulait être mon alliée. Grâce à elle, j'obtins une clé pour accéder à l'ascenseur du lycée, en réalité un vieux monte-charge grinçant, étroit et bruyant qui tremblait à chaque étage comme un vieux squelette rouillé. À chaque montée, je priais pour qu'il ne tombe pas en panne. Pas tant par peur d'y rester coincé, mais parce que je redoutais d'être vu, d'être remarqué, de devenir, malgré moi, un spectacle. Chaque utilisation était une petite honte à avaler. Mais je n'avais plus le choix.

À chaque rentrée, le médecin réunissait l'équipe pédagogique. Son message était clair, sans détour :

« Matthias fatigue vite. Il a besoin d'un accompagnement adapté. » Les journées pouvaient être particulièrement fatigantes. Mes doigts s'engourdissaient au point de lâcher le stylo. Des blancs entiers parsemaient mes prises de notes. Alors, je me concentrais, j'écoutais, je retenais autant que possible. On commença par me fournir les photocopies de certains camarades. Une aide précieuse, mais pas toujours suffisante. Le médecin demanda alors aux enseignants de me transmettre les cours à l'avance, de tenir compte de mes absences, de mes silences, de mes lenteurs. Beaucoup le firent, avec bienveillance. D'autres, moins. Un professeur de français, en particulier, fit de la résistance. Elle le recadra sèchement : « Si vous n'êtes pas capable d'adapter votre enseignement à des élèves ayant des besoins différents, c'est que vous n'avez rien à faire dans ce métier. » Ce jour-là, j'ai cru que les murs du lycée allaient s'effondrer. Peu après, on me proposa l'aide d'une AVS, une auxiliaire de vie scolaire. Elle m'aidait à porter mes affaires, à prendre des notes, à me ménager. J'avais du mal à l'accepter. Sa simple présence me rendait plus visible encore. Comme si l'on collait une étiquette dans mon dos. Mais il fallait s'adapter, encore, toujours. Je n'avais plus le choix. Cette demande figurait dans le dossier MDPH, à côté de celle pour un ordinateur portable et une imprimante. Des outils essentiels pour suivre correctement les cours. Une réunion fut organisée au lycée avec le médecin scolaire, le proviseur, le professeur principal, une représentante du rectorat, maman et moi. Dès les premiers échanges, le ton fut tendu. La représentante du rectorat haussa un sourcil, suspicieuse : « Un ordinateur ? Il n'en a pas besoin. Il va jouer avec. » Le professeur principal, sans hésiter, répliqua : « Il en a besoin pour suivre les cours. Et puis, à notre époque, tous les élèves ont un ordinateur. » Puis ce fut au tour du proviseur de remettre en question mes projets : « Pourquoi vouloir faire des études longues en sciences ? Un doctorat, c'est trop exigeant. Vous allez être trop fatigué. Il faudrait envisager une autre voie. » Je ne répondis rien. Mais je voyais la stupeur sur le visage de maman. En sortant, elle me dit d'une voix sèche, presque rageuse : « N'écoute pas ces idiots. Ils sont juste jaloux que tu aies plus d'ambition qu'eux. »

Pendant ce temps, ma santé déclinait, lentement mais sûrement. Et mes notes suivaient la même pente. La fatigue était devenue une compagne silencieuse, une ombre de plus en plus présente, plus oppressante chaque jour. Un poids invisible que je traînais comme une chaîne trop lourde, rendant chaque pas plus difficile que le précédent. Je m'endormais brisé, je me réveillais vidé. Les matins étaient brumeux, les soirs interminables. Mes mains, crispées, tremblantes, refusaient parfois d'écrire. Mon souffle se coupait après la moindre volée d'escalier. Mon cœur battait trop vite pour un effort trop minime. Mes forces m'abandonnaient sans prévenir, comme une marée qui se retire, me laissant seul sur la grève. Pour m'aider, on m'accorda des heures d'aide aux devoirs, des cours particuliers en mathématiques et en français. Mais ce double travail suscitait une double fatigue. Chaque soir, je rentrais chez moi vidé, les muscles en feu, l'esprit en apnée. Je tenais, par fierté, par entêtement, par peur aussi, peur d'admettre ce que mon corps criait de plus en plus fort.

Je le savais. Maman le savait. On ne pouvait plus attendre. La maladie, tapie dans l'ombre pendant des années, avait soudain décidé d'avancer au pas de charge. Elle s'invitait sans détour, sans pudeur, dans chaque geste, chaque souffle, chaque instant.

Il fallait un rendez-vous, un vrai. Un spécialiste. Un bilan complet.

Je n'avais plus le choix.

© DR

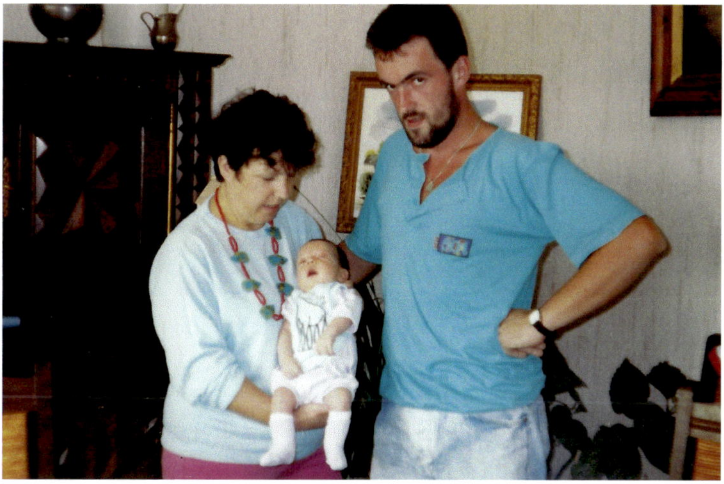

© DR

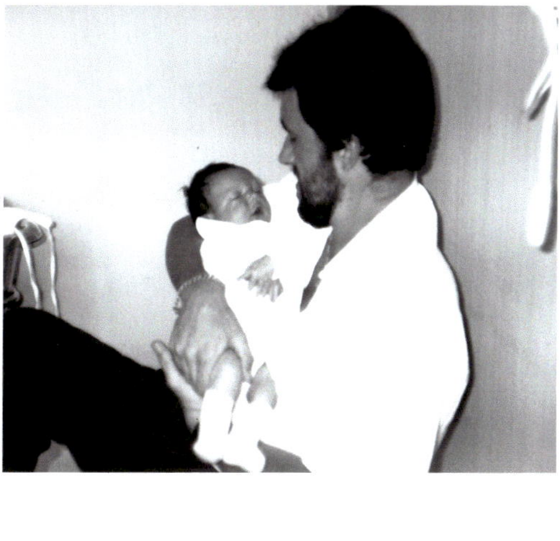

Été 1990.
Mes premiers jours, portés par l'amour de mes parents. Dans cette douceur s'esquissaient pourtant les prémices d'un combat, les signes discrets d'une maladie inconnue. Mon père ne connaîtrait pas cette histoire. Ma mère, elle, m'accompagnerait pour en écrire chaque page.

© DR

Années 1990. La myopathie marchait déjà à mes côtés, discrète mais tenace. Aux yeux des autres, rien ne paraissait. Mais en moi, la fatigue, les muscles fragiles, la marche hésitante. J'apprenais à vivre avec une inconnue. Dans mon esprit d'enfant, l'imaginaire m'offrait des ailes là où le corps peinait à suivre. Mais il y avait aussi le regard des autres, les préjugés, parfois plus difficiles à combattre que la maladie elle-même. À six ans, j'ai réalisé un petit dessin. Qualifié de « laid » par mon professeur, ce dessin fut aussitôt encadré par maman dans notre appartement, une façon d'affirmer que ma différence avait sa place. Une autre forme de combat.

© DR

2005. Tandis que la myopathie poursuivait sa progression en silence, une rencontre allait marquer ma vie : celle de Bernard Barataud, ancien président de l'AFM-Téléthon, dans les laboratoires du Généthon. Une étincelle naquit alors en moi, une envie, un nouveau combat : devenir chercheur. La connaissance, une arme face à la maladie.

© DR

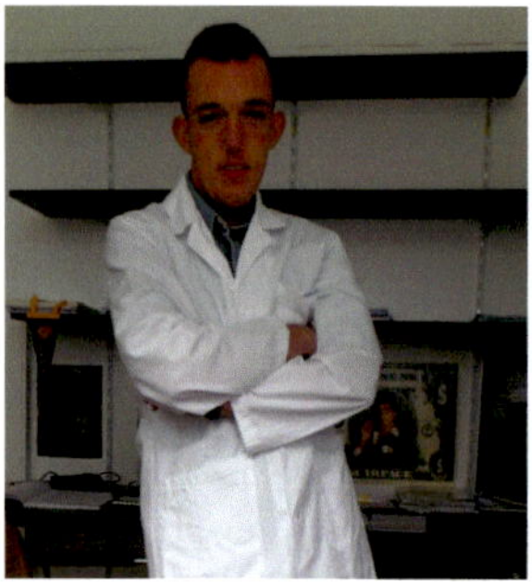

Années 2010. L'université de Lille, les premiers pas au laboratoire. Avec Vincent, médecin et collègue, je levais le voile sur le gène qui avait façonné ma vie. Un combat ne se mène jamais seul : il faut des alliés. J'étais encore un gamin, mais l'audace et l'élan des débuts me portaient plus loin que la peur. Le jour de ma soutenance de thèse, une photo avec ma mère scellait une victoire improbable, conquise sur la maladie. J'étais enfin devenu chercheur.

© DR

2017. Trois mois après ma thèse, je m'envolais pour Boston et Harvard. Vingt-six ans de vie entassés dans quelques valises. Le fauteuil, invisible sur la photo, voyageait lui aussi, témoin silencieux de ce nouveau combat. Dans le laboratoire du Pr Louis Kunkel, je traquais les myopathies sans relâche, jusqu'à créer mon propre laboratoire en 2022.

© DR

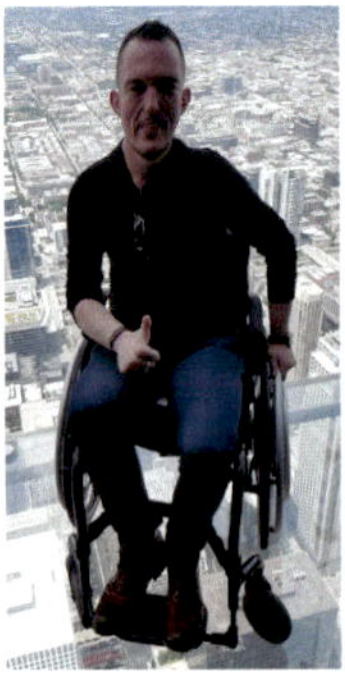

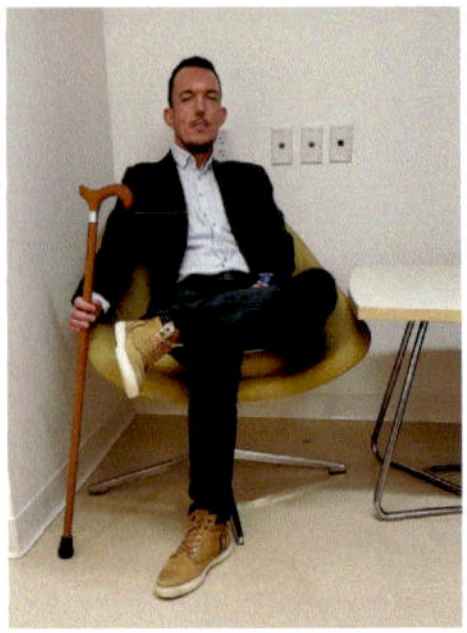

2018. La maladie avançait plus vite que la science. La nuit, mes poumons s'éteignaient, le jour, mes jambes peinaient à me porter. Mais à l'inverse, mes rêves, eux, ne cessaient de grandir. Voyager en faisait partie. Chicago, Montréal, New York, Los Angeles, Paris... Des horizons, des promesses, des instants de liberté. Le fauteuil, fidèle compagnon, me suivait desormais partout.

© DR

En 2019, une nouvelle page s'ouvrait avec la rencontre de Sara, une Américaine à l'accent français. Depuis, nous marchons côte à côte dans les joies comme dans les épreuves. Une alliée précieuse, avec qui je partage désormais mes rêves et mes combats.

© DR

2023. J'ai compris que ce combat dépassait ma propre histoire. Il est celui de milliers de vies. Alors j'ai choisi de partager, de témoigner et d'agir. Avec la création du Téléthon à Boston, un nouveau chapitre s'ouvrait : transmettre, éveiller, et donner à la nouvelle génération les moyens de continuer le combat.

Chapitre 9
Respire

Nous étions au début de l'année 2007. Mon état de santé se dégradait. J'avais pris du poids, beaucoup de poids. Chaque matin, je me réveillais avec d'intenses maux de tête, une douleur sourde et perçante, comme des lames plantées dans le crâne. Ça ne durait pas longtemps, dix minutes tout au plus. Mais cette douleur revenait, inlassablement, matin après matin, jour après jour. Au lycée, les longues journées devenaient une épreuve. Je fatiguais vite, trop vite, bien plus qu'avant. Les cours de sport étaient désormais hors de portée. Le médecin scolaire me délivra une dispense sans discuter. Quelque chose clochait.

Des analyses furent réalisées avec le neurologue. Un chiffre attira son attention. Un chiffre qui n'aurait jamais dû dépasser un certain seuil, celui du taux de dioxyde de carbone dans mon sang. Il était élevé, beaucoup trop élevé. « Hypercapnie » : c'est le mot qu'il prononça. Un terme médical incompréhensible pour maman et moi, mais qui sonnait comme un signal d'alerte. Le dioxyde de carbone s'accumulait dans mon organisme, faute d'être correctement évacué par mes poumons. Cette accumulation commençait à affecter des organes vitaux, comme le cerveau, le foie, le cœur. Une série d'examens fut programmée pour comprendre l'origine de cette défaillance. Des épreuves fonctionnelles respiratoires (EFR) et une polysomnographie (enregistrement complet du sommeil) révélèrent un syndrome restrictif pulmonaire, associé à de longues apnées nocturnes. Mon corps ne respirait plus comme il le devait. Mon diaphragme, ce muscle discret mais essentiel qui permet de faire entrer et sortir l'air des poumons, s'affaiblissait lentement, surtout la nuit. La mécanique respiratoire se grippait. Le dioxyde de carbone n'était plus correctement rejeté. Il stagnait, s'accumulait et empoisonnait petit à petit mon organisme. Mon corps s'asphyxiait de lui-même. Cette fatigue chronique, ces pertes de concentration au lycée, ces maux de tête… tout s'expliquait.

Une solution existait : la ventilation nocturne non invasive. Autrement dit un respirateur, un masque, de l'air sous pression pour suppléer mes poumons épuisés pendant la nuit. Une machine qui respirerait à ma place, pour que mon corps puisse enfin se reposer. J'étais curieux et plein d'espoir. Cette aide mécanique pourrait m'épargner une fatigue constante, améliorer ma concentration, mes journées. Une hospitalisation fut planifiée à l'hôpital Albert-Calmette de Lille, pendant les vacances de Pâques. On parlait de quarante-huit heures, quelques essais de masques et une ou deux nuits d'observation. Finalement, le séjour s'étira sur une semaine.

Nous étions arrivés avec nos valises un lundi après-midi. Maman et moi étions impatients. Je m'imaginais déjà repartir avec un traitement. Une fois les papiers d'admission remplis, on nous dirigea vers l'ascenseur, puis nous sonnâmes à une porte sécurisée. Un infirmier nous ouvrit et nous expliqua les consignes : « Vous devez déposer vos affaires dans une armoire fermée à clé, enfiler une blouse à capuche, mettre un masque, des chaussons en tissu et vous laver les mains. » C'était étrange. Nous avions fréquenté de nombreux hôpitaux, mais c'était la première fois qu'on nous imposait un tel protocole. Derrière cette porte, il y avait une grande salle à la lumière tamisée. Au centre, des claviers et des écrans disposés en arc de cercle clignotaient et sonnaient de façon intermittente. Tout autour, on apercevait des portes à demi vitrées. L'endroit avait quelque chose d'oppressant et mon visage trahissait déjà mon malaise. Nous étions dans le service de réanimation. Mon pneumologue en était le chef, et c'était ici que nous allions passer la semaine. Heureusement, maman avait obtenu l'autorisation de rester auprès de moi.

On nous conduisit jusqu'à la chambre. Un lit médicalisé, une chaise, une table, une petite télévision… et cette odeur persistante de désinfectant. Nous n'eûmes pas le temps de défaire nos valises. Le pneumologue vint aussitôt à ma rencontre. Il me posa quelques questions, puis nous expliqua le déroulement des prochains jours. J'allais devoir tester des masques de tailles et modèles différents, jusqu'à trouver celui qui s'ajusterait parfaitement aux courbures de mon visage. Le respirateur, lui, devait être réglé avec finesse : débit, pression, volume. L'équilibre était fragile. Trop d'air, et ma tête tournerait. Trop peu, et le dioxyde de carbone resterait prisonnier dans mon sang. Pour vérifier l'efficacité de la ventilation, des gaz du sang étaient nécessaires. Non pas une simple piqûre dans le pli du bras, mais un prélèvement dans l'artère du poignet, là où le pouls bat. Je redoutais cette idée, mais le médecin insistait : c'était le seul moyen d'obtenir une mesure précise du taux de dioxyde de carbone. Je ne pourrais rentrer à la maison qu'une fois les bons paramètres trouvés et les résultats jugés satisfaisants.

Le premier prélèvement eut lieu le soir même. Un infirmier entra dans la chambre, une longue aiguille à la main. Il s'approcha du lit, me demanda de tendre le bras gauche, puis posa deux doigts sur mon poignet. Sans un mot, il chercha le pouls et l'artère. Son visage était impassible. Il était concentré, presque figé.

Pendant ce temps, j'essayais de me préparer mentalement. Mais rien n'y faisait. Quelques secondes passèrent. Puis, tout à coup, il me dit : « Bon, j'y vais. Je pique. » Je n'ai pas eu le temps de réagir : l'aiguille avait déjà transpercé ma chair. Une douleur fulgurante me traversa le bras, comme une décharge électrique. Je retins un cri. « Ne bouge surtout pas. Sinon ce sera pire », murmura l'infirmier. Je restai figé. Les larmes coulèrent sans bruit. Maman me tenait la main de l'autre côté du lit, impuissante. Le prélèvement était déjà fini. Soulagement. L'infirmier revint avec les résultats quelques minutes plus tard : « J'ai pris la veine, pas l'artère. On doit recommencer. » Cette fois, ce fut le poignet droit. Même procédure, mêmes gestes. Mais je n'étais plus aussi coopératif. Je respirais mal, mon bras tremblait malgré moi. L'infirmier, lui aussi, semblait plus nerveux. Il peinait à localiser l'artère. Il tâtonna, piqua à l'aveugle, puis fit glisser l'aiguille sous la peau, à la recherche du bon point. Soudain, une douleur encore plus vive me traversa, remontant jusqu'à l'épaule. Le sang, d'un rouge éclatant, jaillit dans le tube. Il referma, puis sortit sans un mot. Je restai là, immobile, à guetter son retour. Lorsqu'il revint, il hocha simplement la tête. Cette fois, c'était réussi.

Un ergothérapeute arriva ensuite avec le respirateur. Une grosse machine grise, cubique, posée comme un bloc de pierre sur la table de nuit. Elle avait un nom : Éole. Il me montra les masques. Ils ressemblaient tous à ceux des pilotes de chasse et semblaient inconfortables. Certains ne couvraient que le nez, d'autres descendaient jusqu'au menton. Il fallait les tester un par un. Mais aucun ne semblait fait pour moi. À chaque tentative, quelque chose coinçait, grattait, me gênait. Le souffle de la machine était froid, mécanique, régulier, totalement dépourvu d'âme, comme un battement artificiel. Par instants, je n'arrivais plus à suivre. C'était elle qui décidait du rythme. Mes poumons ne m'appartenaient plus, désormais. Je devais m'y habituer. Laisser cette chose respirer à ma place. Je savais déjà que la nuit allait être longue. C'est maman qui m'appliqua le masque pour la première fois. Je retins mes larmes. Elle aussi, sûrement. Elle m'a regardé. Je l'ai regardée. On avait compris. La maladie avançait désormais au galop. Je voulais hurler, tout balancer, tout arracher. Mais je n'avais pas le choix. Et maman, elle, était impuissante. Le masque me faisait mal. Il me serrait le nez, comprimait mes joues et m'empêchait de bouger. Le souffle de la machine faisait énormément de bruit. Par moments, l'air arrivait trop fort et me réveillait en sursaut. D'autres fois, je manquais d'air, et la machine se mettait à sonner. Dans le couloir, les infirmières couraient d'une chambre à l'autre. À travers les cloisons, je percevais les alarmes, les respirateurs, les voix pressées. Certains luttaient pour leur vie. Et moi, j'essayais juste de fermer les yeux.

Je n'y parvenais pas. Maman non plus. Elle était là, allongée sur un lit d'appoint, à veiller. J'ôtai le masque plusieurs fois, excédé, incapable de le supporter. À chaque fois, maman me suppliait de le remettre : « Sinon les résultats ne seront pas bons et on devra rester plus longtemps », disait-elle. À l'aube, j'étais brisé, à bout de souffle. Et il fallait de nouveau tendre le bras.

Trois infirmières.
Trois essais.
Trois veines.
L'artère restait introuvable.

Je serrais le poing. Ma mère pouvait lire dans mes yeux toute la rage qui brûlait et la peur qui montait. Le pneumologue, mis au courant, commença à perdre patience. Il fit sortir les infirmiers : « Ça suffit, dit-il. Faites sortir tout le monde. Je vais appeler quelqu'un d'autre. » Quelques minutes plus tard, un grand blond aux cheveux longs entra dans la chambre. Il souriait. « On m'appelle le Chevalier blanc, plaisanta-t-il. Tu n'as pas à t'inquiéter. Je vais te mettre un peu de crème anesthésiante sur les poignets. Ce sera plus confortable. » Il me demanda de fléchir le poignet à quatre-vingt-dix degrés. « J'ai une technique un peu différente des autres. Mais elle fonctionne à tous les coups. » Tout en s'installant, il me parlait d'une voix calme et bienveillante, comme pour désamorcer la tension. Il semblait détendu et m'expliqua qu'il était content de discuter un peu : j'étais, me dit-il, le seul patient éveillé du service. Nos regards se croisèrent et, malgré l'atmosphère pesante, un sourire discret se dessina sur mon visage. L'espace d'un instant, l'air sembla plus léger. L'oppression s'était fissurée. Il trouva l'artère en quelques secondes et piqua. La douleur était là, mais plus légère, plus brève. Le prélèvement fut rapide. Il réussit du premier coup. Mais quand les résultats revinrent, tout bascula de nouveau. L'air s'alourdit, la tension retomba sur nous comme un couvercle. Les chiffres n'étaient toujours pas bons. Le masque que je portais ne couvrait que le nez. Et, pendant la nuit, ma bouche s'ouvrait, laissant filer l'air. Le pneumologue hésita un moment, puis trancha : « On va devoir passer au masque qui couvre à la fois le nez et la bouche. » Les essais reprirent. Et, avec eux, les mêmes nuits, encore et encore, sans sommeil. De nouveaux masques, de nouveaux réglages. Toujours les mêmes alarmes, la même odeur de désinfectant. Et des repas plus fades les uns que les autres. Les journées se succédaient et se ressemblaient, confinées dans ces cinq mètres carrés. Au petit matin, le même rituel : un nouveau gaz du sang. Mes bras n'étaient plus que des champs de bataille, bleus, tuméfiés, endoloris. Chaque poignet portait les stigmates d'une vingtaine de tentatives. Certains infirmiers s'en sortaient mieux que d'autres. Beaucoup étaient jeunes et, je l'appris, encore étudiants, envoyés là pour s'exercer. J'étais devenu leur terrain d'entraînement, leur cobaye. Chaque matin, je posais la même question : « Est-ce que je peux rentrer à la maison ? » Et chaque matin, la même réponse : « Non. Les réglages ne sont pas encore bons. » Je n'étais plus qu'un prisonnier, prisonnier d'une chambre, d'un corps récalcitrant, d'une vie qui m'échappait. Dans ce lieu censé me redonner un souffle, je suffoquais un peu plus chaque jour. En fin de semaine, maman prévint le pneumologue : « On va passer une dernière nuit, pas une de plus. » Je n'en pouvais plus. Et, de toute façon, il n'y avait plus un millimètre de poignet disponible pour piquer. Pour ce dernier jour, le Chevalier blanc fit son retour, comme un ange tombé du ciel. « Salut, Matthias, me dit-il avec un sourire. Je suis revenu juste pour toi. J'étais dans un autre service mais, comme tu rentres demain, je tenais à faire les derniers gaz du sang… et à t'annoncer les résultats moi-même. » Cette fois, ils étaient bons. Le dioxyde de carbone était redescendu à des niveaux acceptables durant la nuit. La délivrance. Une bouffée d'air. Je pouvais rentrer à la maison.

Le retour à la maison fut des plus difficiles. Chaque soir, je tentais. Chaque soir, j'abandonnais au bout de cinq minutes. Le masque me brûlait le visage. La machine imposait son rythme, sa respiration, étrangère à la mienne. Je suffoquais d'être ainsi prisonnier de cet air mécanique. Les résultats des examens trimestriels à Lille parlaient d'eux-mêmes : le dioxyde de carbone s'accumulait encore et toujours. Le pneumologue insistait. Maman murmurait : « Il faut laisser du temps au temps. » Il m'a fallu deux ans. Deux années entières pour apprivoiser celle qui partagerait désormais toutes mes nuits. Pour toujours. Le respirateur était réglé sur dix-huit respirations par minute. Dix-huit battements d'air que je n'avais pas choisis, dix-huit négociations silencieuses entre mon corps et cette machine. Au début, je ne tenais que cinq minutes, puis une heure, puis deux. Jusqu'à ce que, un soir, je connaisse de nouveau une nuit complète de sommeil. Depuis, elle est là, fidèle, inflexible. Mon souffle de secours. Vingt années ont passé, vingt années à composer avec ce souffle emprunté. Parfois, je rêve encore d'une nuit sans elle, juste une. Une seule nuit pour retrouver, ne serait-ce qu'un instant, le goût oublié d'une respiration libre, la mienne, dans le sommeil. Mais elle me rappelle, chaque fois, que ce n'est pas possible. Depuis mes dix-sept ans, ma condition respiratoire s'est aggravée. Quand je m'endors sans elle, mes poumons cessent de bouger. L'air manque. La vie se suspend. En un instant, tout pourrait s'arrêter. Et parfois, au creux de ces pensées nocturnes, je me demande : ce serait peut-être mieux ? Un endroit où la douleur n'existe pas. Où le combat s'achève enfin. Mais non. Car, sans elle, je ne serais plus là. Ni vivant, ni là pour vous confier ces mots, ni là pour raconter cette histoire.

À la sortie de l'hôpital, je croyais avoir laissé le plus dur derrière moi. Mais la réalité me rattrapa au détour d'une radiographie. Ma colonne vertébrale présentait deux courbures de quarante degrés : une double scoliose. Un « S » majuscule se dessinait sur les clichés. Le « S » de Superman, sans la force, ni la gloire. Pendant l'adolescence, mes muscles, trop faibles, n'avaient pas suivi le rythme effréné de mes os en pleine croissance. Incapables de soutenir ma colonne, ils avaient laissé la scoliose s'installer, puis progresser, jusqu'à venir comprimer mes poumons. Mon surpoids naissant avait masqué ces déformations. Et depuis l'épisode douloureux de Campagne-lès-Wardrecques, les rendez-vous médicaux s'étaient espacés, trop espacés. Il devenait urgent de reprendre le contrôle et de redresser la barre, littéralement. Un rendez-vous avec un chirurgien fut fixé sans délai. Le verdict tomba, implacable : je devrais subir une arthrodèse, une intervention chirurgicale destinée à redresser ma colonne à l'aide d'une longue tige métallique. Cette tige, m'expliqua le médecin, s'étendrait du cou jusqu'au bas du dos. L'opération durerait cinq heures sous anesthésie générale, suivie de huit jours d'hospitalisation et de trois mois de rééducation. Le chirurgien ne m'épargna rien : la procédure serait lourde, la douleur postopératoire bien réelle, la rééducation longue et exigeante. Les risques ? Rares, mais présents. Puis il conclut, sur un ton pressant, presque autoritaire : « Réfléchis, mais pas trop longtemps. Il faut faire cette opération. Il me reste des créneaux en juillet. Sinon, après, ce sera trop tard. Tu vas tout perdre. » Tout se mélangeait dans ma tête. Ce que je retenais, c'était qu'on allait m'ouvrir le dos pour y glisser une tige, et que je risquais de rester droit comme un piquet. J'étais terrifié. Après la machine, voilà qu'on voulait m'offrir un dos de fer. C'était trop, trop d'un coup, trop pour un seul corps. Je manquais d'air, de nouveau. Les médecins m'avaient répété pendant des années que la maladie ne progressait pas. Que tout allait bien. M'avait-on menti ? Je ne savais plus. Je ne faisais plus confiance. Et certainement pas à ce chirurgien. J'allais sur mes dix-sept ans. J'avais des rêves plein la tête. À cet âge, on pense plutôt à sortir, à passer son permis, à flirter, à croquer la vie. Moi, on me parlait de chirurgie lourde, de métal dans le dos, de souffle à sauver. Comment allais-je poursuivre le lycée ? Quelle serait ma vie après ? Mes rêves de chercheur étaient-ils déjà brisés ? Je n'étais pas prêt à répondre à toutes ces questions. Maman contacta le service régional de l'AFM pour recueillir des témoignages de personnes ayant vécu des situations similaires, dans l'espoir d'y voir plus clair. Pendant tout le printemps 2007, je pesai le pour et le contre. Je doutais, j'hésitais. Je réclamais du temps. Mais l'horloge tournait. Et puis, un jour, j'ai tranché. Contre l'avis du chirurgien, j'ai décidé de ne pas me faire opérer. Ni ce jour-là ni le lendemain. Je disais même : « Il faudrait un accident de voiture, que quelqu'un d'autre décide à ma place. » Mais, ce jour-là, cette décision fut la mienne. J'ai regardé la maladie dans les yeux et je lui ai dit non. Cela n'avait rien d'un acte héroïque. J'étais un gamin de dix-sept ans terrifié, terrifié à l'idée de souffrir avec un dos qui ne serait plus le mien, terrifié de voir mes rêves se briser, terrifié de voir la vie s'arrêter. J'avais accepté la machine, mais je refusais ce dos métallique. J'avais fait un choix. Mon choix, ma bataille. À la place, j'ai choisi de doubler les séances de kiné et de muscler mon dos. C'était ma manière, à moi, de résister, de me battre, de vivre ma vie comme je l'entendais. J'avais besoin de me redonner un second souffle. Et ce souffle, je comptais bien l'arracher à la maladie, jour après jour.

Ces batailles, je les avais longtemps gardées secrètes. Elles restaient confinées entre les murs de la maison, invisibles aux yeux du monde. Jusqu'au jour où un article parut dans la presse locale, à l'occasion du Téléthon. La une de *L'Indépendant* titrait : « La volonté comme un rempart à sa maladie ». Pour la première fois, mes épreuves sortaient de l'ombre. Elles étaient partagées avec le plus grand nombre. Et ce fut un tournant. Au lycée, des élèves vinrent vers moi. Certains me disaient qu'ils étaient admiratifs. D'autres avouaient que, s'ils avaient su, ils m'auraient tendu la main plus tôt. D'autres encore m'encourageaient : « Continue à te battre. » Les moqueries d'hier s'effaçaient, remplacées par des paroles bienveillantes. La maladie, soudain, était mise en lumière. Et elle ne semblait pas aimer ça. Car j'avais trouvé de nouveaux alliés. Peut-être ai-je compris ce jour-là qu'une des façons de résister était justement de la dévoiler, de la nommer, de la dénoncer et de montrer au monde ce qu'elle pouvait faire. Pour mieux la combattre.

C'est dans cet état d'esprit que je partis une semaine en Auvergne, pour un séjour « géo-sport » organisé avec la classe de sciences du lycée. Une semaine au cœur de la nature, à étudier les roches, les reliefs, les volcans. Les sommets me faisaient toujours autant de bien. De là-haut, on respire mieux. Nous logions au château de Theix, dans une ambiance à la fois studieuse et joyeuse. Quelques jours avant le départ, une CPE était venue à la maison pour comprendre le fonctionnement de la machine. C'était elle qui allumait la machine et m'aidait à mettre le masque avant de dormir. J'avais également emporté le fauteuil, un peu à contrecœur, pour ne rien changer. Un jour, nous devions gravir un volcan. Le chemin était impraticable pour les roues du fauteuil. Mais notre professeur de sciences eut une idée improbable : deux barres de douche, une chaise de jardin, et me voilà hissé à bout de bras, tel un roi, par mes camarades pour atteindre le sommet ! Quelle aventure ! Et quels souvenirs ! Cela me réchauffait le cœur de voir qu'on m'avait inclus dans cette ascension, malgré tout. Je retrouvais peu à peu le goût de vivre. Ce nouveau souffle que j'attendais, il était là, au sommet, dans l'air pur, dans les bras de ceux qui m'avaient porté.

Cette même année, je commençai la conduite accompagnée, puis vint le moment du bac de français. L'oral ne se passa pas comme prévu. Mon rendez-vous était fixé à treize heures, mais je ne fus appelé qu'à dix-sept heures. J'étais le dernier de la journée. L'examinateur, visiblement pressé d'en finir, n'était même pas au courant que je bénéficiais d'un temps supplémentaire pour les examens. Je lui tendis le document officiel. Il le parcourut brièvement, haussa les sourcils, puis lâcha : « Je n'ai jamais fait ça. » Devant moi, il appela le rectorat, sans discrétion, juste pour se couvrir. Dix minutes plus tard, il finit par m'accorder ce temps supplémentaire… en soupirant bruyamment. Il avait l'air hautain. Et, pour être honnête, il ne sentait pas très bon. Son attitude me déstabilisa. Toute la confiance que j'avais accumulée jusque-là s'effondra en un instant. Mais, une fois encore, je ne dis rien. J'encaissai. Oui, le souffle ne tient qu'à un fil.

L'année de terminale se passa plutôt bien. Je récupérais peu à peu des forces et, avec elles, un soupçon de confiance. Hélas, pas encore assez pour oser approcher les filles. Je n'étais pas vraiment inclus dans les soirées du lycée, souvent un peu à l'écart. Et, il faut bien l'avouer, je n'étais pas très doué pour les petits pas de danse. Une forme de marginalité que j'attribuais autant à ma timidité qu'à mes différences.

Le bac approchait. Avec lui, le moment de formuler des vœux d'orientation. Je n'en mis qu'un seul : la faculté des sciences et technologies de Villeneuve-d'Ascq, pour y faire une licence de biologie. Je savais ce que je voulais. Je le savais depuis longtemps. J'avais mes plans. Peu importait ce que la maladie pouvait me faire subir, j'avais un cap à tenir. Petit message aux plus jeunes qui liraient ces lignes : ne faites pas comme moi, surtout. Ne mettez jamais un seul vœu sur Parcoursup. Multipliez les options, gardez-vous des portes ouvertes. Mais j'étais têtu. Je croyais en ma bonne étoile. Et j'ai été accepté. Certains professeurs continuaient à remettre en cause mes ambitions. « Tu veux être chercheur ? Tu sais que ce n'est pas comme dans *Les Experts*, hein ? Et puis avec ta santé… » Oui, oui. Je connaissais la chanson. Je n'écoutais plus. J'avais déjà appuyé sur « avance rapide ». Les dernières semaines furent entièrement consacrées aux révisions. Je passais des heures entières, des soirées complètes, assis à mon bureau, concentré, méthodique, comme un petit moine-soldat. Une petite voix me soufflait intérieurement : « C'est ton cerveau qui te sauvera. Pas tes jambes. » C'était la voix de maman.

Le jour des résultats arriva. Je revois encore cette matinée étouffante de juillet. Le bitume qui brûlait sous les pieds. L'air sec, lourd. Les volets fermés des maisons alentour. Le lycée envahi de bruits : des cris, des pleurs, des rires qui s'entrechoquaient.

Je m'approchai du panneau d'affichage, lentement. Chaque pas semblait peser une tonne. Mon souffle était court, haché. Mon cœur battait à tout rompre. Mes mains tremblaient légèrement. Je sentais la sueur perler dans mon dos. Le stress me nouait l'estomac. Et si j'avais tout raté ?

Je me frayai un chemin dans la foule, écartant doucement les épaules, les sacs, les regards pressés. Mes yeux couraient sur la liste, affolés. Et puis je le vis.

Mon nom.
« Mention bien. »

Un cri monta de mes entrailles, un cri que je ne pus retenir, un cri mêlé de rires et de larmes. Mes yeux se brouillèrent. Je respirais pour de bon. L'air semblait plus frais, plus léger. Je sentais un souffle nouveau. Je restai là, immobile, quelques secondes, les yeux rivés sur ce nom, comme pour m'assurer qu'il ne s'effacerait pas. Autour de moi, le vacarme continuait, mais je n'entendais plus rien. C'était mon instant. J'aperçus au loin maman qui me regardait, un sourire tremblant sur les lèvres, les yeux brillants. Je fermai les yeux une seconde, juste pour sentir le soleil sur mon visage. Le monde reprenait des couleurs. Je vivais.

Puis, doucement, le bruit me revint. Les rires, les cris, la vie autour de moi. Et, en sortant du lycée ce jour-là, j'ai levé les yeux vers le ciel, juste pour le voir, juste pour le respirer. Dans la foulée, je passai le code, puis le permis. Il me fallut deux tentatives, mais qu'importait. J'étais prêt, je partais à la fac. Vers mes rêves, vers mon Everest, vers ce sommet que moi seul pouvais gravir.

Un souffle nouveau s'offrait à moi.

Respire.

Chapitre 10
Une double vie, un double souffle

Je vous ai longuement parlé de mes sommets, ceux que l'on gravit sans cordée, avec pour seuls appuis les rêves et la volonté, ces lieux où la maladie semblait s'effacer, ne serait-ce qu'un instant. L'entrée à l'université représentait pour moi bien plus qu'un projet. C'était un rêve obstiné, une promesse, la promesse d'un chemin menant vers la personne que j'aspirais à devenir : chercheur. Devant moi se dressait un autre sommet : mon Everest, intimidant, irrésistible. Sa silhouette me fascinait. Je ne voyais plus mes jambes fatiguées, ni les signaux d'alerte que mon corps m'envoyait. Mon regard était fixé plus haut. Vers le sommet, vers l'avenir.

L'été 2008 fut mon camp de base. Le dernier souffle avant l'ascension. Nous avions quitté le Nord, ses briques rouges, pour rejoindre Sanary-sur-Mer, dans le Var, au sud de la France. Un sommet en soi, après ceux de l'île d'Oléron. Là-bas, l'air sentait le sel, le pin brûlé, la lavande. La chaleur, sèche et écrasante, avait ce goût particulier des vacances qu'on aimerait retenir un peu plus longtemps. La maison de ma tante Betty débordait de vie. Cousins, amis, voisins : elle bruissait de rires et de voix. On partageait nos journées entre le sable brûlant de Bandol, la piscine, les marchés nocturnes où flottaient les odeurs de grillades et de chouchous. Le soir, on traînait sur la terrasse, on discutait, on riait, sans se soucier de l'heure. La nuit, les fenêtres restaient grandes ouvertes. L'air tiède entrait, chargé du chant obstiné des cigales, ce bruit familier dont l'absence laisse un vide une fois les vacances finies. Ces odeurs, ces sons, ce goût de fête et de liberté… je savais déjà, au fond, qu'ils ne dureraient pas. Dans cet élan, je rêvais d'autres voyages. Un jour, j'ai dit que j'aimerais découvrir la Corse. On m'a répondu : « Ce n'est pas pour toi, pas adapté. » Comme si j'avais parlé de la traverser à pied. Cette phrase m'est restée. Il y avait toujours quelqu'un pour me rappeler que certains sommets ne m'étaient pas permis. Mais moi, je refusais de les écouter. D'autres sommets bien plus grands m'attendaient.

Je m'apprêtais à quitter le foyer maternel pour rejoindre l'université. Une ville inconnue, un rythme à construire, un quotidien à bâtir de toutes pièces. Le souci n'était pas tant l'université, que tout le reste. Villeneuve-d'Ascq était à plus d'une heure de route de la maison. Faire l'aller-retour chaque jour ?

Impensable. Il fallait vivre sur place. Mais comment ? Mes mains ne savaient rien faire. Je ne savais ni cuisiner, ni faire la lessive, ni faire les courses, ni gérer un appartement. Maman faisait tout depuis toujours. J'étais ce genre d'alpiniste qui part à l'assaut d'un sommet sans savoir faire bouillir de l'eau. Et mes muscles n'étaient pas vraiment taillés pour les tâches du quotidien. Verser de l'eau dans un verre sans inonder la table relevait déjà, certains jours, du numéro d'équilibriste. Il fallait un kiné, un logement, un moyen d'aller en cours. J'avais le permis, mais pas encore la confiance. Avant même que j'aie posé un pied sur la montagne, la liste des obstacles semblait déjà interminable.

Heureusement, une solution s'était frayé un chemin. Mais elle avait demandé du temps et de l'anticipation. Pendant mon année de terminale, tandis que je formulais mes vœux d'orientation sur Parcoursup comme tous les autres, je préparais en coulisses un autre dossier : celui de la MDPH. Un autre type de parcours, moins visible, plus exigeant, pour espérer intégrer un institut médicalisé à Villeneuve-d'Ascq. L'Institut d'éducation motrice Jean-Grafteaux, rebaptisé depuis Christian-Dabbadie, se situait dans un lotissement résidentiel calme, à quelques encablures du campus. Il s'agissait d'un internat médicalisé pour des jeunes de douze à vingt ans atteints de handicaps moteurs sévères. On y trouvait des services de kinésithérapie, d'ergothérapie, un soutien psychologique, un encadrement éducatif au quotidien. Un lieu pensé pour nous aider à grandir, sans renoncer à nos ambitions. Enfin, sur le papier. Après plusieurs mois d'attente, ma candidature fut acceptée. Je fis mes rentrées en septembre : celle de l'institut, celle de la fac. Deux rentrées, deux univers, deux récits à écrire.

L'institut ressemblait à une petite communauté. Une soixantaine de jeunes y logeaient en semaine, entre soins, études et vie partagée. Tout m'était étranger, mais l'inconnu ne m'effrayait plus vraiment. Enfin… sauf sur un point. J'étais l'un des rares à me déplacer sur mes deux jambes. Ici, le handicap prenait mille visages : myopathies, paralysies cérébrales, lésions de la moelle épinière, sclérose en plaques, traumatismes crâniens. Certains étaient en fauteuil, d'autres parlaient difficilement, d'autres encore percevaient le monde à travers un prisme que je ne comprenais pas toujours. Et, pour la première fois, les rôles s'inversaient. Mon handicap, si visible ailleurs, se devinait à peine. J'étais celui qui avait, pour une fois, un peu plus de force, un peu plus d'aisance que les autres. Et je ne savais pas trop quoi en faire, ni où me situer dans cette nouvelle configuration. Ma chambre se trouvait au premier étage du secteur adulte. Cinq mètres carrés sommaires, meublés de l'essentiel : un petit lit, une chaise, un bureau, une armoire, un lavabo. Une cellule presque monacale. Pour rompre l'austérité des murs blancs, j'avais accroché quelques posters de Bob Marley. Des couleurs, des vibrations, un peu de liberté. C'est là, sous le regard tranquille du roi du reggae, qu'allait naître la magie : celle des nuits studieuses, des pages cornées, des connaissances engrangées.

Chaque matin, je quittais cette chambre étroite pour un autre monde. Sac sur le dos, je rejoignais le van qui attendait dans la cour de l'institut. Il m'emmenait jusqu'au campus, cet ailleurs fait de promesses, de savoir, mais aussi d'incertitudes. Là-bas, la maladie redessinait les contours de ma différence. Ce qui était ordinaire la nuit à l'institut redevenait l'exception le jour. Le handicap se voyait à nouveau. Le regard des autres pesait différemment. J'avais l'impression de mener deux vies en parallèle. Deux existences qui ne se croisaient jamais vraiment.

Alors je retrouvai mes vieux réflexes : apprendre par cœur la carte du campus, repérer les bâtiments, les couloirs, les détours. Il me fallait ces repères. Il me fallait aussi des alliés. Le relais handicap fut le premier. Un point minuscule sur la carte, mais un lieu d'aide et d'écoute essentiel. Des expressions comme « économiser un pas », « aménager un parcours », « faciliter un repas » relevaient ici du langage commun. Grâce au relais, je fis la rencontre d'Anne-Sophie, la secrétaire pédagogique de la licence de biologie. Elle veilla à ce que mes cours soient regroupés dans les mêmes bâtiments, pour éviter la fatigue inutile et redonner au bon sens la place qu'il mérite. Certains jours, je partageais un repas au restaurant universitaire avec le personnel du relais. D'autres jours, un sandwich avalé à la hâte dans un amphithéâtre vide ou assis contre un mur suffisait lorsque les cours étaient trop éloignés. Il fallait anticiper chacun de ces déplacements. Ils me coûtaient déjà trop. Quand des camarades me proposaient de les suivre, je prétextais, non sans un pincement au cœur, que j'étais occupé. En réalité, mes jambes décidaient pour moi. Elles fixaient les conditions. Encore et toujours. Parfois, je ne pouvais pas éviter certains trajets à pied entre les bâtiments. La maladie reprenait ses droits. Elle me coupait des autres, elle me coupait le souffle. J'arrivais en cours épuisé, à bout de forces. Les dix premières minutes, je les passais à essayer de retrouver ma respiration comme on cherche un appui sur une paroi trop raide. Certains me demandaient si ça allait. Je répondais toujours : « Oui, ça va. » Je ne me plaignais pas. Au fond, j'étais vidé. Ici, pas d'AVS, pas de maman pour m'aider. J'étais seul. Je devais prendre les devants. Avec les professeurs, je le fis dès la rentrée : j'expliquais mes besoins, mes limites. Nombre d'entre eux me donnèrent de précieux conseils. Les journées s'enchaînaient à une vitesse folle, rythmées par les cours magistraux et les travaux pratiques. Les cours me passionnaient. Les chromosomes, Escherichia coli, les benzènes : j'aimais ce langage. J'étais dans mon élément. Méthode, rigueur, concentration : je retrouvais mes repères. Ma mémoire photographique travaillait sans relâche. Les résultats suivaient. Je faisais partie des premiers de la promotion. Sur les bancs de la fac se tissèrent mes premières amitiés : Sylvain, Aurélia, Sofien, Julie, Vanessa, Alban, Alexandre. Les soirées étudiantes ? Je les fuyais. La vérité, c'est que je n'osais pas mêler ces deux vies. Chaque soir, le van m'attendait devant le bâtiment de biologie SN1. Il me ramenait à l'institut. Je redevenais cet autre moi, quelque part entre Docteur Jekyll et Mister Hyde.

Le soir venu, je retrouvais l'internat, ses visages familiers, ses rires, ses luttes. Les lieux communs comme la salle télé et la salle à manger furent le théâtre de nouvelles rencontres : Jérémie, l'autre Jérémy, Louis, Aurélien, Julien, Karim, Wail… Des prénoms, des histoires, des maladies, des handicaps différents, mais une même passion pour le foot. Une très belle amitié était en train de naître. Malheureusement, certains ne sont plus là aujourd'hui pour en témoigner. Je me souviens de certaines discussions, le soir, dans la salle à manger ou devant la télé. Parfois, l'un d'eux me glissait à demi-mot : « Quand tu seras chercheur… tu nous trouveras un traitement, hein ? » Ils me voyaient écourter les films ou les matchs pour retourner réviser dans ma chambre. Ils savaient : je voulais comprendre, trouver, agir. J'étais en train d'apprendre la recette secrète des médicaments. Mais pour certains il était déjà trop tard. En l'écrivant, ma gorge se noue et la colère fait trembler mes doigts. On est si souvent désarmé face à la maladie. Elle ronge, elle détruit, elle prend. Elle ne se contente pas de fragiliser les corps. Elle vous vole des êtres chers. La maladie est cruelle, lâche. Mais il y a bien une chose qu'elle ne me prendra jamais : ces souvenirs merveilleux, ces éclats de vie, ces rires. Des rires dont je ne comprenais pas toujours la signification au début. Un tic de langage, une maladresse, une posture, un défaut… tout était matière à moquerie. Les blagues fusaient, parfois crues, parfois piquantes, jamais méchantes. Il y avait beaucoup de bienveillance dans nos mots. C'était une manière de désarmer le handicap, de le mettre à nu, sans honte ni détour. De lui faire un doigt d'honneur, collectivement. Valide ou non valide, tout le monde était logé à la même enseigne. La morosité n'était pas la bienvenue à table. Et puis, à quoi bon se morfondre ? Ces rires m'ont beaucoup appris. Ils m'ont aidé à apprivoiser ce handicap que je peinais encore à accepter. Le rire peut être une réponse à bien des choses. Peut-être, même, une réponse à tout. C'est là, dans ces murs, que j'ai entendu le plus de rires au mètre carré. Une densité de vie que je n'ai retrouvée nulle part ailleurs. À côté, le monde extérieur paraissait fade, trop sérieux, trop raide, trop coincé. Je le disais souvent en riant : « Dehors, il y a beaucoup de gens coincés du cul. » À croire que la norme empêche de respirer, d'oser, de lâcher prise. Ici, au contraire, on riait pour exister, pour écarter les murs, pour remettre les priorités à leur place, pour se rappeler, malgré tout, qu'on était vivants. Et justement, la vie, c'est peut-être ça : ces tranches de rires partagées autour d'un repas, quand la maladie, même présente, passait au second plan.

Les rires ne dissimulaient pas tout. Il y avait aussi les incompréhensions, les agacements, les frustrations. Des adultes souvent à contretemps, qui semblaient ne pas comprendre la maladie, ni ses exigences. Les séances de kiné annulées sans prévenir. Les transports en retard ou refusés, sous prétexte que j'étais seul et que cela coûtait trop cher à l'institut. Et ces rares soirs où la nourriture était tout simplement immangeable. C'était parfois la réalité de l'institut. Je tentais de m'exprimer. Mais je n'y parvenais pas. Je me sentais démuni, incompris. Maman intervenait, ce qui, bien souvent, ne faisait qu'envenimer mes relations avec la direction. Une direction qui semblait presque prête à facturer l'air qu'on respirait pour équilibrer ses comptes. Je n'ai pas toujours été tendre avec les éducateurs – Aïcha, Lacen, Michel… Ma crise d'adolescence est arrivée un peu tard, comme une vague qu'on n'attendait plus, avec mes premiers « non », mes premières tentatives de briser le cadre imposé. Un matin, Aïcha entra dans ma chambre. Elle me regarda droit dans les yeux : « Si tu veux te faire entendre, il faut le faire sans ta maman. » Je ne compris pas tout de suite. Parce que, au fond, l'indépendance, ce n'est pas seulement savoir faire cuire des pâtes ou repasser ses chemises. C'est aussi savoir trouver ses mots, sa voix, sa place. Les débuts furent chaotiques. Je n'avais pas les codes. Je ne connaissais que ceux de la maladie: taper quand ça résistait. Mes mots, mes gestes, étaient souvent trop brusques. On me remit à ma place. J'en remis certains à la leur. J'ai appris l'indépendance comme on apprend à marcher: avec des chutes, des hésitations, des victoires.

J'ai mené cette sorte de double vie pendant mes deux premières années de fac. Deux vies séparées, qui ne se mêlaient pas. Ces deux années furent les plus denses de mon existence. J'y appris l'indépendance, l'affirmation, le pouvoir du rire, la connaissance. Deux années où la vie et la mort semblaient se frôler chaque jour. Une école de la vie.

À l'aube de l'été 2010, j'ai visité quelques logements étudiants. Il était temps de prendre mon envol, de trouver enfin cette indépendance que j'appelais de mes vœux, vers une nouvelle inconnue, une nouvelle étape dans cette ascension. Je croyais être prêt. Mais tout ne s'est pas passé comme prévu. Phœbus, mon chien, n'était pas au mieux. Il était épuisé. Ses muscles le trahissaient, lui aussi. Il ne quittait presque plus son panier et me regardait avec ces yeux qui disaient tout: la fatigue, la douleur, le renoncement. Et moi, je voyais cette tristesse, cette souffrance, sans pouvoir les apaiser. Cette douleur m'a traversé de part en part. Je perdais, à mon tour, de l'énergie. Je sombrais. Cet été-là, je n'avais plus la force de lutter. Des crises d'angoisse m'empêchaient de sortir. Chaque pas était un effort. Chaque souffle, une épreuve. Cet été-là, il n'y aurait pas de sommet. Seulement un gouffre.

Et puis, Phœbus est parti.

J'ai beaucoup pleuré. Ce compagnon qui m'écoutait, qui m'aimait sans condition, qui ne jugeait jamais mes failles, était parti. Nous avions partagé tant de choses pendant plus de douze années : des rires, des secrets, des silences pleins de sens. Il était mon confident, mon ami, mon roc. Et, sans lui, tout me semblait plus lourd et plus vide. Maman n'arrivait pas à me consoler. Je n'avais plus goût à la vie. Je ne me l'expliquais pas. Inconsciemment, j'avais peut-être peur de prendre mon indépendance. Peut-être avais-je l'impression que maman m'abandonnerait aussi ? Je ne sais pas, même encore aujourd'hui. La rentrée à la fac pour ma troisième année de licence s'est faite avec ce sentiment. J'avais trouvé une chambre PMR (pour personne à mobilité réduite) dans la résidence CROUS Gustave-Eiffel, située sur le campus de l'université. Maman m'avait aidé à décorer ce petit studio de vingt-cinq mètres carrés et à le réaménager selon mes envies. Et puis, un jour, elle a pris la route, direction Saint-Omer. Je me suis retrouvé là, seul dans ce studio, sans personne à qui parler. Il restait juste mes pensées, qui ressassaient cet été difficile. J'ai sûrement raté la moitié du semestre. Il m'était impossible d'aller en cours. Je ne voulais plus me battre. L'envie m'avait quitté. Le moteur était à sec.

Cette double vie n'était devenue qu'une seule : celle où la maladie avait pris le dessus, entièrement. Dans toute ascension, il y a des passages plus difficiles, des pentes escarpées, des glissements de terrain. J'étais dans l'un de ces passages. Et puis, dans la détresse, il y a parfois une main qui se tend, une main qui vous sauve…

Chapitre 11
Une main tendue

Il y a des rencontres qui sauvent une vie sans prévenir. Ce matin d'octobre 2010, j'entrais dans un autre monde, celui du service de neurologie adulte. Fini l'enfance. Fini ses repères. Fini ses illusions. Tout avait changé : un nouvel hôpital, de nouveaux tests, de nouveaux visages. Parmi eux, une âme qui allait marquer ma route : un neurologue, Vincent.

Pourtant, tout avait très mal commencé. Je n'espérais rien de ce rendez-vous. Je ne voulais pas être là. L'idée de sortir m'épuisait d'avance. Une sueur froide me collait à la peau, la lumière m'agressait, ma tête vacillait, mon estomac se nouait. Je ne songeais qu'à une seule chose : rentrer et retrouver le silence de ma chambre. Mais maman veillait. Patiente, elle insistait. La consultation se déroulait à l'hôpital Swynghedauw, à Lille. L'endroit avait cette austérité familière, propre à tous les hôpitaux : lumière blafarde, murs sans couleur et cette odeur d'antiseptique qui flottait, comme un mauvais souvenir qu'on croyait oublié. La salle de consultation se résumait à trois choses : un bureau, deux chaises, un lit d'examen. Un décor froid, terne, sans vie. Mes yeux cherchaient une issue. Au détour d'un regard, je vis une silhouette passer la porte : Vincent, le neurologue. Il me tendit la main pour se présenter, puis prit place derrière le bureau. Il resta un instant sans parler. Son regard tentait de percer les mystères de ce corps et de cet esprit que je n'osais dévoiler. Il me fit lever, m'examina, reprit un à un les tests de motricité. Il voyait quelque chose de plus douloureux que les muscles fatigués. Les yeux plongés dans les miens, il tentait d'en saisir la nature, sans un mot. Puis sa voix brisa le silence : « Que fais-tu à l'université ? Quels sont tes projets ? » La question me déstabilisa. Je ne comprenais pas ce qu'elle venait chercher en moi. Il était là pour mes muscles, pas pour sonder ma vie. Ma voix hésita : « Je fais une licence de biologie… pour devenir chercheur. » Et, dans un souffle : « Je n'en ai plus trop envie… Enfin, je ne suis plus très sûr. Je dois trouver un stage en laboratoire pour ma troisième année. » Le silence retomba, plus dense encore. Les larmes me montèrent aux yeux, comme si j'avais avoué une vérité trop lourde. J'étais là, impuissant, sur ce lit d'examen, avec des rêves en suspens et aucune force pour les saisir. Il m'observa un instant. « Tu sais, je fais aussi partie d'un labo qui travaille sur le muscle. Ils font des choses vraiment intéressantes. Le labo est sur le campus. Tu devrais envoyer ton CV. Je crois vraiment que ça te plairait. » Je séchai mes larmes d'un revers de la main et hochai la tête. Je ne savais pas si c'était un « oui », un « peut-être », ou juste un geste pour clore l'échange. Je sentais que ma voix m'aurait trahi si j'avais tenté un mot de plus. Il griffonna quelques notes dans mon dossier, puis me tendit une ordonnance : un antidépresseur, à faible dose. « Juste de quoi ralentir un peu ce qui tourne trop vite là-haut », dit-il avec un sourire presque imperceptible. Je ne le savais pas encore, mais il venait de rallumer en moi une étincelle que je croyais éteinte. Une brèche s'ouvrit dans le brouillard. Une lumière timide filtrait à travers mes pensées en désordre. La confiance revenait, fragile, vacillante, mais bien vivante. Dans son compte-rendu, Vincent ne décrivait pas une maladie qui avançait. Il parlait d'un esprit épuisé, à bout de souffle depuis des mois. Peut-être depuis des années. Un esprit qui, jusque-là, avait tenu bon. Un esprit qui avait tout porté, tout contenu, sans jamais plier. J'avais passé des années à esquiver. À composer avec la douleur, à avancer malgré tout. Mais cette fois, je ne luttais plus. Je restais là, sans défense. Je ne rendais plus les coups. Je les encaissais, un à un, de plein fouet. En pleine figure. Tout allait trop vite. La vie. La maladie. Le monde. Et moi, je suffoquais. On ne parle pas assez de l'emprise psychologique qu'une maladie peut exercer sur nous. Comme pour les soldats au front, il peut exister une lassitude des combats.

Et, à ma manière, j'avais choisi de déserter. *Un esprit sain dans un corps sain* – mais dans un corps abîmé, que devient l'esprit lorsqu'il vacille à son tour ? Le mien avait toujours été mon moteur. Ma dernière ligne de défense. Mon cap. Sans lui, je n'étais plus qu'une carcasse fatiguée. Et Vincent, ce jour-là, avait compris ce que beaucoup n'avaient jamais vu. Il m'avait tendu la main. Et dans ce geste discret, presque anodin, il m'avait offert une chose que je n'attendais plus : la confiance. Une évidence. Celle où le monde pouvait s'ouvrir à moi, si j'en faisais le choix. À cet instant, la pièce me parut moins froide, l'air plus léger. Le soir venu, j'ouvris mon ordinateur. Je restai figé, les yeux fixés sur mon CV. J'hésitai. Longtemps. Puis je refermai l'écran, incapable d'aller plus loin. Le lendemain matin, d'un geste simple, presque mécanique, j'appuyai sur « envoyer ».

L'ascension avait repris.

Il suffit parfois d'une main tendue pour retrouver un cap. Pas à pas, je repris les cours. Au début, chaque matin était un combat, chaque soir une délivrance. Les semaines passaient. Je retrouvais peu à peu un souffle, le goût de certaines choses. Un jour, au détour d'un travail pratique, une professeure s'approcha. Elle posa sur moi un regard bienveillant et, d'une voix douce, me dit : « J'ai reçu ton CV et ta lettre de motivation. Elle est bien écrite. Si tu veux, on a de la place pour un étudiant pour le stage de janvier. » C'était le laboratoire du muscle. Une proposition inespérée. Cette flamme intérieure que je croyais éteinte venait, soudain, de s'embraser. Et, contre toute attente, je réussis mes partiels du semestre. Pour Noël, maman m'offrit une blouse de laboratoire, soigneusement pliée dans son papier de soie. J'en aurais besoin pour la rentrée. Souvent, je la sortais de sa pochette, juste pour la regarder, pour vérifier qu'elle existait vraiment.

Le laboratoire Activité Physique, Muscle, Santé (APMS) se nichait au rez-de-chaussée du bâtiment SN4, à deux pas des amphithéâtres. La façade semblait fatiguée, comme abîmée par les années. À l'intérieur, les couloirs d'un jaune et d'un bleu criards paraissaient figés dans une autre époque. Une odeur âcre de vinaigre imprégnait l'air. J'apprendrai plus tard qu'il s'agissait de l'acide acétique utilisé pour certaines expériences. Les toilettes vétustes ajoutaient une dernière touche à ce décor oublié des architectes. Mais qu'importait. J'avais hâte d'enfiler ma blouse. Le stage durerait trois semaines. Une première immersion dans le monde de la recherche. Et, grâce au relais handicap, j'avais obtenu un passe pour stationner sur le parking des professeurs. Un détail minuscule aux yeux des autres, mais essentiel pour rendre ce stage possible. Le sujet de recherche portait sur l'O-GlcNAcylation. Vous avez bien lu… enfin, essayé ! Moi, j'ai mis trois semaines avant de pouvoir prononcer ce terme sans trébucher. L'O-GlcNAcylation est un petit ajout chimique qui se greffe sur les protéines et peut en modifier la fonction. Ce détail minuscule peut transformer la façon dont une cellule agit. Notre objectif était d'en comprendre les répercussions sur le muscle. Caroline, mon maître de stage, était une jeune docteure en biochimie qui, depuis près de dix ans, s'attaquait à l'étude du muscle et des maladies musculaires. J'avais trouvé en elle un mélange rare de rigueur méthodologique, d'empathie sincère et de douceur dans les gestes comme dans les mots. Elle m'a tendu la main, discrètement, mais toujours au bon moment, pour m'aider à franchir les seuils de ce nouvel univers. Mais, avant de manipuler, il fallait apprendre la théorie. Caroline m'apporta une pile d'articles scientifiques à lire. Je comptais sur mon atout secret : cette mémoire affûtée au fil des années, quand mes mains refusaient d'écrire. Les pages défilaient. Je lisais, je retenais. Ce que d'autres mettaient des jours à assimiler, je l'absorbais en quelques heures. Très vite, je rejoignis la paillasse. Les débuts furent hésitants, un peu brouillons. Mes pouces peinaient à presser les pipettes, mes bras tremblaient lorsqu'il fallait transférer les liquides d'une éprouvette à une autre. Caroline était attentive, patiente, bienveillante. Elle observait puis me montrait les bons gestes à employer. Rien ne s'est fait en un jour. Je tenais bon. Je complétais cet entraînement avec la kinésithérapie pour renforcer un peu plus chaque jour mes bras et mes épaules afin d'apprivoiser ces gestes nouveaux. Un double travail invisible aux regards des autres. Mes muscles, eux aussi, devaient apprendre. Au labo, il m'arrivait de passer des heures entières dans une pièce obscure, les yeux collés au microscope, à observer des coupes de muscle, à traquer ce que l'œil nu ne pouvait voir. L'infiniment petit semblait tout proche, presque à portée de main. J'étais captivé. Autour de moi, les paillasses, les pipettes, les tubes à essai, les éprouvettes étaient les témoins muets de mes premières découvertes. Le temps filait, trop vite. Déjà, il fallait regagner les bancs des amphithéâtres. Mais j'en voulais davantage. Je ne voulais pas que ça s'arrête là. Alors je pris mon courage à deux mains et demandai : « Est-ce que je pourrais revenir cet été, même bénévolement ? » Caroline accepta sans hésiter.

Maman m'avait trouvé un kiné à deux pas de ma chambre d'étudiant. Avant même mon arrivée, elle avait tout anticipé. Elle avait dressé la liste des cabinets du coin, passé des appels, pris des notes. Elle fonctionne au feeling, vous la connaissez. Et c'est Guillaume qu'elle choisit. Un grand jeune homme au regard franc lui ouvrit la porte de son cabinet. Elle lui parla de moi, de ma pathologie, des soins dont j'avais besoin, de mon emploi du temps entre les cours et le labo. Elle lui laissa mon dossier médical, épais comme un bottin, au cas où il voudrait en savoir plus. Guillaume proposa aussitôt un rendez-vous pour me rencontrer. Encore un fan de foot. Forcément, le courant passa d'emblée. Les séances avaient lieu les lundis et jeudis soir, à dix-huit heures, après les longues journées de cours ou au laboratoire. D'abord trente minutes, puis une heure. La première partie se composait de gestes précis, rigoureux, presque chorégraphiés, consacrés aux étirements. Ensuite venait le vélo, oreillettes branchées, la musique en fond pour accompagner l'effort et le souffle. À chaque séance, je reproduisais le même rituel. Je plaçais les écouteurs, je choisissais ma playlist comme un boxeur ajuste ses gants. Souvent, c'était *8 Mile* d'Eminem. Le rythme montait, les paroles cognaient. Une bulle se formait autour de moi. La salle disparaissait. J'étais seul face à moi-même, face à la maladie. Chaque coup de pédale devenait une riposte, un uppercut lancé à ce corps qui résistait. Cinq minutes au début, puis dix, quinze, vingt, parfois trente. Les progrès se faisaient sentir. Petit à petit, je grappillais sur la maladie. La force de vaincre me revenait au fil de ces séances. C'était presque un défouloir. Une forme d'ivresse. Un exutoire silencieux. Guillaume avait ce don pour encourager. Et celui, plus rare encore, de panser les maux quand le corps fatiguait. Parfois, le vélo restait de côté. La lampe chauffante prenait le relais, suivie des massages. Il savait écouter un corps meurtri, entendre ses failles, ses blessures. Au fil des semaines, une véritable amitié se tissa entre nous. Six ans, un peu plus de cinq cents séances au compteur. À nos anniversaires respectifs, le cabinet se muait en un petit bar clandestin le temps d'une séance. Entre les massages et les électrodes sur les jambes, une bière à la main, on refaisait le monde en grignotant saucisson et cacahuètes. L'odeur du camphre se mêlait aux éclats de rire, dans un joyeux désordre que je n'oublierai jamais. Avec un petit sourire, il ne cessait de répéter : « On a les patients qu'on mérite. » Guillaume ne se contentait pas de soigner les corps. Il savait, au bon moment, tendre la main qui aide à rester debout.

Les cours, le laboratoire, le kiné. Peu à peu, un chemin plus apaisé se dessinait devant moi. La confiance refaisait surface. Il me fallait rattraper le temps perdu, retrouver cette jeunesse que j'avais laissée derrière moi. Au printemps 2011, je découvrais mes premières soirées étudiantes. Celles où l'on boit, où l'on rit à en perdre la voix, où l'on s'oublie un peu. Au début, j'y allais d'un pas hésitant, presque furtif. L'envie de vivre ces instants se mêlait à la crainte de ne pas savoir comment y trouver ma place. Maman me déposait parfois devant un bar ou chez des amis. Elle veillait, comme elle l'avait toujours fait. Et puis, au fil des soirs, elle s'effaça doucement, le cœur rassuré de me voir enfin prendre mon envol. Elle me voyait m'affirmer, devenir celui que je voulais être. Bientôt, la peur laissa place aux rires et aux complicités naissantes. Avec Alex, Alban, Julie et quelques autres amis de la fac, Le Zeppelin, rue Solférino, était devenu notre repaire des jeudis soir. La fameuse « rue de la soif », que personne ne prenait la peine de rebaptiser. Les bières belges coulaient à flots, les *shots* de tequila et de chartreuse s'enchaînaient. Trop, sans doute. Mais on était jeunes, insouciants, un peu idiots. Les rires voyageaient d'un bar à l'autre, d'une boîte à l'autre. Les soirées s'étiraient jusqu'au bout de la nuit, parfois jusqu'au petit matin, un kebab tiède à la main comme ultime bouée de sauvetage. Et puis, au milieu de ces nuits sans fin, il y avait les regards tentés, les mots lancés au hasard, les tentatives souvent maladroites pour séduire. J'avais la ferveur des débutants, et l'adresse qui allait avec. Les râteaux s'enchaînaient comme des perles, les drames prenaient des allures de tragédies… jusqu'à ce que je comprenne qu'on s'en remet toujours. Les blessures d'amour à vingt ans cicatrisent plus vite qu'on ne le croit. Mais, sur le moment, elles semblaient être la fin du monde. Je découvrais aussi la comédie des sentiments.

Comment aimer, quand s'aimer soi-même semble impossible ? Quand le corps s'épuise sous le poids de la maladie, quand l'esprit se lasse de batailles perdues d'avance, l'estime de soi paraît s'éloigner, hors d'atteinte. Ces derniers mois avaient été tissés de doutes, de peurs, de nuits sans fin. Et puis, il y avait eu ces rencontres. Ces mains tendues, venues quand je n'attendais plus rien. Dans leur paume, j'avais trouvé une clé pour briser mes chaînes.

Chapitre 12
La revanche sur le monde

Il y avait eu la peur. Le doute. L'épuisement. Et puis, peu à peu, l'élan était revenu. Je renaissais à la manière d'un sphinx rescapé de ses flammes. Mon regard s'ouvrait de nouveau sur le monde. Oser vivre, oser aimer, oser exister : cette fois, je ne voulais plus me contenter de survivre. Quelque chose en moi s'était réveillé. Un feu nouveau.

J'avais passé tant d'années à dissimuler, à faire comme si… Comme si la maladie ne faisait pas vraiment partie de moi. Comme si elle n'avait pas sa place dans le récit. Mais je ne voulais plus de cette double vie, où le handicap restait relégué en arrière-plan, comme une ombre qu'on tolère à condition qu'elle se taise. C'était une forme de coming-out. Un dévoilement. J'ai commencé à le dire. À le montrer. À témoigner. À prendre la parole dans les médias, lors du Téléthon. Pas pour inspirer. Mais pour dire vrai. Pour montrer ce qu'est le handicap :

dans sa vérité nue, dans ses complexités, dans ses paradoxes. Et pour affirmer aussi que la société se trompait lourdement en croyant pouvoir nous définir à notre place. Il n'y avait, en réalité, aucune case faite pour nous. Alors il nous fallait les inventer. Peu de personnes atteintes de myopathie s'étaient engagées dans une carrière de chercheur pour les comprendre de l'intérieur. Ou alors, ces histoires-là, personne ne me les avait racontées. J'ai voulu en écrire une. La mienne. Tracer une voie. Avec ma propre voix. C'était le moment de prendre ma revanche sur le monde.

Cette revanche avait pris plusieurs formes. Quelque chose en moi avait changé. La retenue d'hier laissait place à une parole assumée. Et peut-être que tout cela, au fond, c'était aussi une manière de faire un doigt d'honneur au monde. De le mettre face à ses œillères, à ses idées préconçues. Une révolte par les mots, une révolte par l'attitude. Désormais, je m'exprimais sans détour. Pas avec les codes lisses du monde académique ni les pirouettes sociales des débats policés. J'avais mes propres codes, ou plutôt ceux forgés par la maladie : bruts, directs, parfois abrupts. Ma parole était parfois trop nue pour certains, mais elle m'appartenait. Je n'arrondissais plus les angles. Je disais les choses telles que je les ressentais. Et souvent, ça dérangeait. Volontairement. J'aimais secouer les consciences, comme on secoue un cocotier, pour faire tomber des idées neuves, bousculer les certitudes, réveiller ce qui dort. Le débat, même frontal, m'attirait. Il fallait que ça vive, que ça claque, que ça pense. Un désaccord honnête valait toujours mieux qu'un encéphalogramme plat. J'avais du mordant, de la repartie. Quand on me lançait une pique, je renvoyais la balle sèchement, le long de la ligne. J'aimais frapper avec les mots. J'aimais marquer les esprits. Pas pour blesser, mais pour laisser une trace, un peu comme le fait la maladie. J'étais une bête blessée par les épreuves, affamée de vie, de sensations, de vérité.

J'ai même cru bon d'appliquer cette méthode aux flirts. Avec la même frontalité. La même maladresse. Ça n'a évidemment pas marché. Trop rentre-dedans, pas les bons codes, un sens du timing parfois… disons, décalé. Je pensais que l'honnêteté brute suffirait, mais visiblement, « Salut, moi c'est Matthias. J'ai une myopathie et je fais de la recherche » n'était pas une formule magique. J'en ai voulu à mon manque de tact, à mon enthousiasme mal ajusté. Et puis j'ai fini par en sourire. On ne se refait pas. Et à défaut de séduire, j'étais fidèle à moi-même.

Au labo, comme dans la vie, cette attitude pouvait passer pour de la prétention, de la naïveté, ou une fougue un peu adolescente. Les adjectifs ne manquaient pas. Mais je n'y prêtais guère attention.

Ce besoin de parler, de prendre position, venait de loin. D'un temps où je devais me contenter d'écouter. On m'a souvent lancé: « Tu crois toujours tout savoir. » Peut-être. Mais ceux qui disaient cela n'avaient aucune idée de ce que c'était, vivre avec une maladie qui, elle, ne doute jamais. Ce franc-parler contrastait avec les éclats de rire qui fusaient à tout bout de champ. Des rires vrais, sans cynisme, sans stratégie. J'aimais apporter de la légèreté, de la chaleur, même dans l'univers froid des paillasses ou des bancs de la fac. J'avais appris ça à l'institut médical, on peut rire même quand le corps souffre. Peut-être même qu'on le doit. Pourquoi faire la tête quand d'autres luttent bien plus durement ? Ce serait presque irrespectueux de ne pas sourire. Mon regard sur la vie s'était retourné, à 180 degrés.

Dans mes éclats comme dans mes confrontations, les gens pouvaient être sûrs d'une chose, ma sincérité. Ces rires, ces coups de gueule, c'était aussi une forme d'armure. Moi qui revendiquais le droit de montrer la maladie, je le faisais encore à demi-mot. Sur la pointe des pieds. Les blagues masquaient la chose quand elle devenait trop lourde. Elles couvraient aussi une forme de lucidité brute, de sensibilité à vif – face aux injustices, aux décalages, à l'immensité du chemin qu'il restait à parcourir pour entendre nos voix, nos corps, nos colères. C'était ma façon à moi d'être militant. D'être vivant.

L'été 2011 marquait un nouveau départ. Après trois années de licence, je prenais la voie d'un master recherche en biologie. Les bancs des amphithéâtres laissaient peu à peu place aux paillasses du laboratoire. J'avais choisi de poursuivre mes stages de recherche dans ce même institut, là où le muscle dévoilait ses secrets un peu plus chaque jour. Je partageais désormais le bureau des étudiants, entouré de doctorants et de postdoctorants. Mon espace se résumait à une planche de bois posée sur des tréteaux, décorée de quelques posters et gardée par un Sheldon Cooper en carton grandeur nature, scientifique fantasque de la série *The Big Bang Theory*. Entre ces murs, je rencontrai Julien, doctorant toujours prêt à lancer une blague, Barbara, postdoc au rire communicatif, et Samir, Julie et Amandine, étudiants comme moi. Ensemble, nous formions une petite tribu, un petit monde à part, parfois trop bruyant, souvent trop vivant. On nous rappelait à l'ordre, un sourire au coin des lèvres. Difficile alors de retrouver notre sérieux… C'était ça aussi, la vie du labo. Dans la salle de culture cellulaire, je passais de longues heures à empiler les boîtes de Petri comme les pièces d'un puzzle dont l'image restait encore à deviner. Caroline, guide fidèle, continuait de m'enseigner la rigueur, la méthode, la patience. J'apprenais que la science ne s'offrait jamais d'emblée, qu'elle exigeait des tentatives, des échecs, des recommencements.

Ces deux années de master furent rythmées par les journées au laboratoire, les séances de kiné, les soirées à n'en plus finir et les cours de percussions en fin de semaine. Les week-ends marquaient une parenthèse, un souffle. Je rentrais chez maman, les sacs remplis de linge sale. Elle s'occupait de tout, de la lessive, du repassage, et préparait de bons petits plats que j'emportais pour la semaine. Deux jours pour souffler, se ressourcer, dans une vie qui filait à cent à l'heure. Le dimanche soir, nous reprenions souvent la route ensemble direction Lille. Ma petite chambre d'étudiant se transformait alors en camping improvisé le temps d'une nuit, avec un matelas pneumatique ajouté pour elle. Je crois que cela la rassurait de se savoir près de moi. Elle en profitait pour m'aider à nettoyer la pièce et remettre un peu d'ordre. Le lendemain matin, elle repartait en métro jusqu'au siège de la Région, puis prenait le train vers Saint-Omer en fin de journée. Je la reverrais le vendredi soir.

Maman était toujours là pour me prêter main-forte. Conduire une heure, descendre une valise, porter des sacs, faire les courses, préparer un repas, passer l'aspirateur… des gestes banals en apparence, mais de véritables défis pour moi et mes muscles. Avec le temps, les séances de kiné, les petits aménagements du quotidien et une confiance nouvelle transformèrent la donne. Un siège haut devant l'évier, un ouvre-bocal électrique, des astuces toutes simples m'aidaient à avancer. Je repartais de plus en plus souvent seul le dimanche soir, fier d'être au volant de ma voiture. Cette voiture remplaçait le fauteuil. À la fac, je m'en servais pour aller d'un bâtiment à l'autre, parfois espacés de seulement quelques mètres. La maladie restait intransigeante, il fallait toujours tout planifier autour d'elle, dans le moindre détail. Cette autonomie nouvelle se construisait pas à pas, à un rythme sans doute plus lent que pour les autres, mais avec une constance à toute épreuve. Maman répétait toujours : « Lentement, mais sûrement. » C'était un peu le concept. Et pourtant, je n'étais jamais complètement à l'abri. Un jour, un simple rhume m'avait trop affaibli. J'avais dû prévenir maman, qui m'avait emmené chez le médecin du campus. Mon oxygène était tombé à un niveau inquiétant. Malgré cette confiance retrouvée, il fallait que je reste sur mes gardes. La maladie pouvait frapper fort, sans prévenir. J'apprenais que l'épanouissement et la force naissent aussi de cet équilibre fragile. Je voyais bien qu'avec la tristesse mes forces s'étiolaient, mais qu'avec le bonheur elles se décuplaient. Alors j'essayais d'être toujours heureux. J'apprenais à gérer l'effort, dans le corps autant que dans la tête.

Le repos, la récupération, la gestion de l'effort… ces trois alliés m'ont été essentiels durant ces deux années de master. Les journées au laboratoire pouvaient sembler interminables. Quand ce n'étaient pas les soirées entre amis, c'étaient celles passées à réviser, à préparer des présentations, à affiner des résultats. Je ne comptais plus les heures, souvent épuisé devant mon bureau. La fin approchait. Il fallait rendre un manuscrit, se préparer à l'oral. J'avais gardé la même méthode d'apprentissage, désormais appliquée à l'analyse des données et à la rédaction d'un mémoire scientifique : organisée, quasi militaire. Je faisais confiance à ma tête, capable d'emmagasiner des quantités astronomiques d'informations… encore fallait-il les utiliser à bon escient. Ce fut le cas : je terminai troisième sur soixante-dix. Une place sur le podium. Le travail, l'effort, ces heures passées à retenir, classer, comprendre, avaient, une fois de plus, porté leurs fruits. Dans la foulée, j'obtins une bourse de thèse du ministère de l'Éducation nationale et de la Recherche, réservée aux étudiants en situation de handicap. Le handicap, ce vieux camarade encombrant, venait enfin de me filer un coup de main. On n'est jamais mieux servi que par son handicap ! Pour les trois années de doctorat à venir, je choisis de rester fidèle au même laboratoire, au même sujet de recherche. Caroline et Bruno, le chef du labo, allaient m'accompagner dans cette dernière étape, la plus haute, la plus décisive : celle qui ferait de moi un chercheur. Nous nous donnions rendez-vous en septembre pour écrire ensemble la suite de l'histoire.

Une confiance nouvelle, une énergie retrouvée… j'avais l'impression que des ailes me poussaient de nouveau vers les sommets. Avant de me plonger dans ma thèse, il me fallait un dernier souffle d'audace. La maladie ne semblait plus m'enfermer. Le sentiment d'être dans mon corps comme dans une prison laissait place à une soif immense d'ailleurs. Je voulais tourner le dos à la frustration, ne serait-ce qu'un temps, et goûter à chaque émotion comme à un cadeau, vivre chaque moment comme une fête. L'entrée en thèse avait le goût de l'euphorie, et chaque soirée apportait son lot d'histoires. J'en voulais encore plus, comme un addict avide de ces nouvelles sensations. Avec Alex nous était venue une idée lors d'une de ces soirées où nous refaisions le monde. « Et si on partait aux États-Unis cet été ? » Une idée devenue une évidence. Officiellement pour intégrer une école d'anglais, en vérité pour goûter à la liberté. Les billets et l'école furent vite réservés… direction Los Angeles. Ah, la Californie… son soleil, ses palmiers, ses plages à perte de vue. Je m'imaginais déjà dans ce décor.

Maman s'était retrouvée un peu prise de court. Elle avait accepté de me laisser partir si loin, même si je lisais dans ses yeux une inquiétude qui ne la quittait pas. Elle pensait sans doute à ces onze heures d'avion qu'il lui faudrait pour me rejoindre en cas de besoin… autant d'heures passées à s'inquiéter.

Au fond, elle voyait bien que je prenais mon envol et qu'il n'y avait plus vraiment de moyen de me retenir. Et elle ne voulait pas briser cet élan. Peut-être étais-je en train de couper doucement le cordon, sous prétexte de cours d'anglais. Partir loin n'avait rien d'anodin. Il fallait prévoir la machine, celle de secours, les consommables, l'adaptateur électrique, et ce fauteuil roulant que maman avait tenu à glisser dans mes bagages. Finalement, je ne l'ai pas utilisé. Cette fois, mes ailes m'avaient porté.

Alex et moi avons décollé fin juillet de l'été 2013, aux premières lueurs du jour, depuis Bruxelles. Mon premier vol sur un avion de ligne. Je me revoyais petit garçon, lorsque j'étais parti à la ferme, loin de la maison, loin de maman, le cœur battant d'appréhension et d'excitation. Là, au-dessus des nuages, j'avais l'impression de toucher les sommets, plus hauts que jamais. Les heures défilaient, et Los Angeles se rapprochait peu à peu. Le nez collé au hublot, j'observais la ville qui s'étirait à perte de vue. Les rues formaient un quadrillage parfait, les gratte-ciel accrochaient les reflets du soleil et, tout au bout, l'océan Pacifique venait refermer ce vaste décor. Le sol se faisait de plus en plus proche. Le train d'atterrissage toucha la piste dans un léger frisson. En entrant dans l'aéroport, mon regard fut immédiatement happé par un immense drapeau américain suspendu sous la lumière éclatante des néons. Cette fois, on y était pour de vrai.

À la sortie, un chauffeur aux cheveux grisonnants et au fort accent russe nous attendait, adossé à sa Lincoln noire, l'air impassible. L'air était sec, chaud, chargé d'une odeur de bitume brûlant. Ce qui me frappa d'abord, ce fut le ciel d'un bleu pur, vif, un bleu que je n'avais jamais vu ailleurs. La lumière elle-même semblait plus forte, presque crue, comme si tout brillait un peu plus ici. Ou peut-être était-ce les neuf heures de décalage qui accentuaient chaque sensation. Je ne sais plus. Nous logions sur Kelton Avenue, en plein cœur du quartier de Westwood, dans un appartement comprenant le strict nécessaire, à deux pas de l'université UCLA. Key, un Japonais un peu timide mais toujours souriant, partageait notre colocation avec Vlad, un Ukrainien haut en couleur, massif, grande gueule au cœur tendre, fidèle à sa tasse de bourbon quotidienne à seize heures précises. Deux univers opposés, mais l'entente fut immédiate. Les premiers soirs eurent un goût d'insouciance. On montait sur le toit de l'immeuble pour retrouver d'autres étudiants de l'école d'anglais Kaplan. Une bière à la main, les pieds dans la piscine, on regardait la ville s'allumer peu à peu. La brise tiède, les rires, les lumières de Los Angeles… tout semblait possible.

Le lendemain, je suis allé louer une voiture, une Chevrolet Cruze. Mes économies y ont laissé des plumes, mais je n'avais pas vraiment le choix. Le handicap a un prix, même financier. Cette voiture serait mon fauteuil pour les cinq semaines à venir, mon passeport vers la liberté. Je revois encore le sourire amusé d'Alex quand j'ai bredouillé ma demande à l'agent de location dans un anglais plus qu'approximatif. Les routes, larges, droites, bordées de palmiers qui défilaient comme dans un film, semblaient taillées pour l'aventure. Les places de stationnement étaient immenses, les accès handicapés nombreux, pensés pour que personne ne se sente à l'étroit. Ici, la différence se fondait dans la foule. Ma démarche incertaine n'était qu'une nuance de plus dans ce patchwork d'origines et de styles.

Le matin, à quelques rues de l'appartement, les cours à Kaplan rassemblaient des nationalités des quatre coins du monde. Des jeunes de notre âge venus d'Europe, d'Asie, du Moyen-Orient, d'Afrique, d'Amérique du Sud… jamais je n'avais vu autant de cultures réunies au mètre carré. Tout le monde apportait quelque chose de nouveau. Je découvrais des langues, des histoires, des saveurs. Je me sentais bien dans ce mélange où la différence n'était pas un frein, mais une richesse. L'après-midi, la ville devenait notre terrain de jeu. Santa Monica et son Pier, Venice Beach et ses bodybuilders en plein air, les plages dorées de Malibu, le *downtown* et ses tours de verre, Hollywood Boulevard et ses étoiles sous nos pieds, la Third Street Promenade et ses vitrines animées, le campus de l'UCLA, le zoo, les studios de Warner

Bros. et d'Universal, Beverly Hills… et même un match mythique de base-ball entre les Dodgers et les Yankees de New York, histoire de vivre l'Amérique à fond. Je filmais, je photographiais, je m'émerveillais. À chaque coin de rue, une image à saisir, un souvenir à figer. Une après-midi, poussé par la curiosité, je suis parti seul explorer le *downtown*. Je marchai longtemps, jusqu'à l'épuisement, m'arrêtant régulièrement pour reprendre mon souffle. Mais la fascination l'emportait sur la fatigue. À chaque carrefour, c'était un nouveau décor, un autre monde. Un simple passage pour piétons, et je quittais Chinatown pour entrer dans le quartier mexicain, comme si la ville m'invitait à un voyage sans fin. Ma démarche devenait parfois hésitante lors de nos sorties, mais Alex s'adaptait. Après tout, il n'avait pas vraiment le choix. Il avait signé pour ça aussi lorsqu'il avait réservé ses billets. Il s'éloignait, revenait, respectait mon rythme. Moi, je me laissais porter par Los Angeles, avide de tout découvrir. Le soir, on élisait domicile au *O'Hara's*, bar étudiant de l'UCLA, repaire des amateurs de *beer pong* et de Budweiser à la saveur douteuse. Entre deux lancers de balle dans un gobelet rouge, on refaisait le monde avec des inconnus devenus compagnons d'un soir. L'endroit était bruyant, un brin collant, mais c'était notre quartier général. À nos yeux, nous étions les petits *Frenchies* qui avaient la cote… ou du moins, nous aimions le croire. Après ces soirées un peu trop arrosées, ma machine respiratoire se muait en éthylotest improvisé. Pendant mon sommeil, elle se mettait à sonner, dénonçant sans pitié mes excès. Alex s'en amusait : « Avec ta machine, j'ai pas fermé l'œil de la nuit ! » Oups... ! Et puis, le temps d'un week-end, il y eut Las Vegas. Six heures de route à travers la Death Valley, ce nom étrange qui collait parfaitement à la chaleur étouffante. La ville surgit du désert, immense, tapageuse, comme un parc d'attractions pour adultes où tout invitait à l'excès : casinos, hôtels, clubs. Nous avions parié sur un succès auprès des filles... au bout du compte, c'est le barman qui a fini par nous connaître par cœur, à force de nous servir des Jack & Coke. Et puis, ce qui se passe à Vegas, reste à Vegas, comme on dit. Ces cinq semaines furent inoubliables, mêlées de découvertes, de rencontres et d'une liberté réelle, vécue intensément à chaque seconde. C'était un sommet duquel je n'avais aucune envie de redescendre. Los Angeles m'avait offert des ailes que je n'étais pas prêt à replier. Il fallait pourtant reprendre l'avion. D'autres horizons m'attendaient.

J'avais osé vivre, osé partir, osé défier la maladie. J'avais aussi osé aimer, mais sans retour, sans écho. Peut-être n'étais-je pas prêt. Peut-être fallait-il d'abord que je prenne ma revanche sur le monde, avant de laisser une place au cœur. La thèse avait commencé tambour battant avec ma première présentation scientifique. J'avais eu la chance de présenter mes recherches à Salzbourg, en Autriche, dans le cadre de l'European Muscle Conference. La ville était magnifique, et l'ombre de Mozart flottait à chaque coin de rue. J'étais parti avec mes deux codirecteurs de thèse, une collègue et mon duo habituel : machine respiratoire et fauteuil roulant. Tout ça était presque devenu banal désormais, au point de ne plus vraiment m'encombrer. Mes directeurs étaient toujours là pour m'épauler… et pour me pousser, au sens propre comme au figuré. Je me souviens de l'adrénaline qui était montée juste avant de prendre la parole devant cette assemblée de chercheurs aguerris. Comme un petit air de déjà-vu, avant les concerts. J'avais compté les pulsations, ralenti mon rythme cardiaque, inspiré profondément… et foncé avec le courage des débutants. La présentation s'était plutôt bien passée. Les questions ? On repassera pour le brio. Mais j'étais content. Fier, surtout, d'avoir franchi cette étape. L'essentiel était d'avoir osé. Le soir même, nous fêtions cette grande « première » dans un restaurant de la ville. Mais la fête fut écourtée par le patron du restaurant, nous disant de partir précipitamment, car le fauteuil ne lui plaisait pas. Il y avait, dans ce monde, toujours quelque chose ou quelqu'un pour me faire redescendre sur terre…

Avec la thèse venait aussi mon premier vrai salaire. J'en profitai pour casser ma tirelire et offrir à maman un petit week-end à Paris. Comme un cadeau, un remerciement, une façon de lui montrer que mon rêve prenait forme. Ensemble, nous avons vibré devant quelques matchs à Roland-Garros. Je la revois encore, fascinée par Nadal et ses mimiques au bord du court. Paris, pour nous, c'était une bouffée d'air frais, un refuge où tout semblait plus léger. Pour rendre ce séjour inoubliable, je l'emmenai dîner dans le restaurant d'un chef passé par *Top Chef*, dans le 16e arrondissement. Un petit plaisir que nous avons pleinement savouré. Les plats étaient délicats, presque des œuvres d'art, servis avec une attention rare. Pour clore la soirée, le chef lui-même nous fit l'honneur de nous accueillir dans ses cuisines. Un moment simple et chaleureux, qui rendit ce week-end encore un peu plus magique.

Cette même année, une nouvelle présence est venue illuminer notre quotidien : Sheldon, un golden retriever débordant de vie. Inutile de préciser l'origine du nom… Cette fois, Sheldon n'était plus un simple personnage en carton-pâte au labo ! Il était bien là, en chair, en poils, avec ses oreilles trop grandes, ses pattes maladroites, et ce regard débordant d'amour. Il apportait avec lui une dose de joie pure, de rires spontanés, de tendresse à profusion. Maman avait bien droit, elle aussi, à ce petit bonheur au cœur immense.

Au laboratoire, les mois passaient, rythmés par la thèse, les expériences et les heures de travail minutieux. Un jour, un détail attira mon attention : les muscles de ma main droite semblaient plus fermes, un peu plus marqués, tandis que la gauche restait fine et fragile. Sans doute l'effet des heures passées à manier la pipette, toujours du même côté. C'était un signal discret, mais encourageant : mes muscles pouvaient encore progresser, si je leur en donnais les moyens. Cette prise de conscience fit naître une nouvelle envie. Avec Samir, étudiant en STAPS (Sciences et techniques des activités physiques et sportives) du labo et fidèle des salles de sport, nous avons commencé à fréquenter la petite salle réservée aux étudiants de l'université. Je soulevais des poids, modestement, à mon niveau. Les progrès étaient lents, mais bien réels. Samir répétait : « Mange bien et dors bien pour compléter les séances. » Je m'y astreignais avec sérieux. Je cumulais désormais deux séances de sport et deux séances de kiné chaque semaine. Les courbatures étaient au rendez-vous, les muscles tiraient, le corps protestait. Mes muscles n'étaient pas taillés pour ça, et chaque lendemain apportait son lot de douleurs. Quand j'y repense, je ne sais pas comment mon corps faisait pour tenir cette cadence. Mais, à force de sueur, je progressais. Pour la première fois, mes examens de force respiratoire se stabilisaient, voire montraient un léger mieux. Ces séances étaient bien plus qu'un simple entraînement. C'était une façon de relâcher la pression, de penser à autre chose que la thèse, de me sentir inclus. Et, surtout, c'était oser combattre la maladie sur son propre terrain. Un duel sans fin : à chaque séance, je lui portais un coup ; elle m'en rendait un le lendemain. Et on recommençait. Je la regardais droit dans les yeux, comme on fixe un punching-ball. À force de frappes, elle reculait. Pas à pas. Millimètre après millimètre. Mon corps ne résistait plus à mon esprit et ses envies.

Et dans ma tête une idée commençait à germer, obsédante : et si, cette fois, je mettais la maladie définitivement K.-O. ? Avec la thèse, les expériences sur le muscle, les lectures d'articles scientifiques, je m'intéressais de plus en plus à ma propre maladie. À ses secrets, à ce qu'elle cachait depuis toujours, comme un adversaire rusé qui vous défie sans jamais se dévoiler. Je voulais comprendre. Je voulais savoir. Au début de l'année 2015, j'ai pris mon courage à deux mains et j'en ai parlé à Vincent, le neurologue… et collègue du labo. Je lui ai exposé ce que j'avais découvert au fil de mes lectures. Des patients atteints d'une myopathie dont les symptômes ressemblaient étrangement aux miens avaient tous en commun ce paradoxe : ils marchaient encore, mais avaient besoin d'une assistance respiratoire. Chez eux, les muscles respiratoires étaient les premiers à céder. Et sous le microscope, leurs biopsies révélaient la même disproportion des fibres musculaires. Dans plusieurs de ces études, des gènes fautifs avaient été identifiés. Alors, je lui ai demandé : « Et si on vérifiait ces gènes chez moi ? » Peut-être que l'un d'eux détenait la clé de mon histoire. Je lui remis une courte liste de trois suspects, trois noms dans l'immensité du génome humain qui contient vingt mille gènes. Cette quête ressemblait plutôt à la recherche d'une aiguille dans une botte de foin ! Un prélèvement sanguin est parti au séquençage. Et puis, la vie a repris son cours, le labo, le kiné, les soirées, la musique… jusqu'à ce jour où tout a basculé. Un simple message, quelques mots : « Viens en consultation. Je crois qu'on a trouvé quelque chose. » Vingt-cinq ans de brouillard, vingt-cinq ans à avancer à l'aveugle, à chercher sans jamais trouver. Des dizaines de gènes déjà passés au crible, des dizaines de pistes explorées, mais toujours les médecins s'étaient heurtés à une impasse. Cette fois… Vincent me regarda droit dans les yeux : « Matthias, tu avais raison. Le gène *TPM3* est défectueux. On a identifié une mutation qui correspond à celle observée chez d'autres patients. » Je venais de toucher la cible, avec la précision d'un tireur d'élite. Vingt mille gènes, et j'avais pointé du doigt le coupable. Le gène *TPM3*… celui qui code pour une petite protéine clé dans la contraction des fibres musculaires lentes. Ces fameuses fibres qui font de certains des marathoniens. Et moi, j'avais repris la course, j'avais dépassé la maladie. Mon cœur battait à cent à l'heure. Une chaleur montait en moi, un frisson d'adrénaline. J'avais réussi. J'avais porté le coup final. J'avais arraché le masque de la maladie. On en connaissait enfin la cause. Et c'était moi qui avais déclenché l'assaut. J'avais l'impression de lui avoir infligé un K.-O. magistral, un crochet à la Mohamed Ali contre Sonny Liston. Un tourbillon d'émotions m'envahit. Et, soudain, une image surgit, inattendue, poignante : celle de mon père. Je ne l'ai vu qu'une fois. Mais, ce jour-là, dans mon esprit, c'était comme s'il avait veillé. Comme s'il avait été là, juste assez longtemps pour assister à cette victoire. Et je me suis demandé : si ce diagnostic avait été posé à ma naissance… ma vie aurait-elle été différente ? J'avais vécu vingt-cinq ans, prisonnier d'une brume épaisse, à errer dans un labyrinthe sans issue, les yeux bandés. Vingt-cinq ans sans connaître mon véritable ennemi, sans savoir contre qui je menais cette lutte. À présent, le brouillard s'était dissipé. Je respirais enfin, libre, soulagé.

Ce jour-là, j'écrivis :

« *Dans une vie, il y a certains jours qui vous paraissent personnellement historiques : nos premiers pas, un 3-0 face au Brésil, le premier flirt, l'obtention du permis, un échec douloureux, un mariage, puis un divorce ou encore la naissance d'un enfant… Non, je ne vous annonce pas que je suis papa. En ce jour du 2 juillet 2015, on m'a appris que le gène à l'origine de ma myopathie a été découvert. Sur le coup, on ne sait pas trop quoi en penser. J'avais toujours vécu avec cette chose que je ne connaissais pas, celle finalement qui me donnait l'envie de toujours aller plus loin, de me dépasser, pour moi et pour les autres, pour éviter qu'elle ne nous écrase définitivement. Mais aujourd'hui je sais ! Je sais que je n'aurai plus cette incertitude sur la nature de l'adversaire contre lequel je me bats. Une étape de ma vie vient donc de se clôturer, et un nouveau combat vient de commencer. On connaît le gène coupable, à moi maintenant de le faire taire ! Cette maladie, qui est beaucoup plus qu'une mutation sur un gène, a fait de moi celui que je suis aujourd'hui et a forgé mon état d'esprit. À l'heure actuelle, quarante familles porteuses d'une anomalie sur ce gène ont été recensées dans le monde, dont deux personnes qui portent la même mutation que celle qu'on m'a décrite aujourd'hui. Bref, je suis officiellement un X-Men, et un X-Men assez rare. Mon pouvoir ? Certainement de faire rire et de prendre les choses du bon côté. Il aura donc fallu attendre vingt-cinq ans… J'aurais aimé apprendre cette bonne nouvelle à certaines personnes qui ne sont plus là aujourd'hui, mais, après tout, vivons le présent. L'histoire retiendra que cette découverte a été faite au cours de ma thèse et par un membre du labo suite à une de mes propositions. Je commence vraiment à croire qu'il n'y a pas de hasard. Je ne sais pas de quoi sera fait l'avenir, mais je sais néanmoins que ma vie sera désormais différente.* »

L'adrénaline n'eut même pas le temps de retomber. Cet été-là, grisé par la découverte, porté par cette énergie nouvelle, je repartais aux États-Unis. Même ville, même école, mais des rêves multipliés par cent. Los Angeles m'attendait encore et, cette fois, j'y allai seul. Sans Alex. Seul maître à bord. Sur place, les rencontres ont été comme des évidences : Alessandro, l'Italien au verbe chantant, Katja et Mélanie, deux Allemandes au naturel désarmant. Quatre semaines à ne presque jamais nous quitter. Quatre semaines à savourer une liberté totale. Aucune peur, aucun frein. Pour dire… lors d'un week-end à San Francisco, ma machine respiratoire est tombée en panne : trois jours sans sommeil, soixante-douze heures à tenir debout comme je pouvais. Mais qu'importait. J'étais porté par les ailes de la liberté, grisé par l'ivresse d'exister. Je me sentais invincible, porté par une liberté que je n'avais jamais osé imaginer.

En septembre 2015, je me lançais dans ma dernière année de thèse, bien conscient de la tâche immense qu'il me restait à accomplir. Il fallait boucler les expériences, publier les résultats dans un journal scientifique, écrire le mémoire et, bien sûr, décrocher un poste de chercheur. Mais, fidèle à mes valeurs, j'ai choisi de bousculer l'ordre des choses. Je voulais un poste avant même d'avoir terminé ma thèse.

Vous vous en doutez, rester en France ne me tentait guère. J'avais encore soif d'évasion. Je voulais partir. Pourquoi pas Los Angeles ? Et puis, la langue de la science, c'est l'anglais. Il me fallait un pays anglophone. Pendant des semaines, j'ai listé les laboratoires travaillant sur le muscle et les myopathies, analysé leurs thématiques, épluché leurs publications, pesé le pour et le contre. Mon CV en anglais prenait forme, peaufiné avec l'aide d'un collègue américain du labo voisin. Avec un culot certain, j'ai envoyé ma candidature spontanée par e-mail à une trentaine de laboratoires en Australie, en Angleterre et aux États-Unis.

À ma grande surprise, les réponses ne se firent pas attendre. J'obtins cinq entretiens, tous avec des laboratoires américains. L'un des directeurs me proposa un rendez-vous lors du congrès Myology, à Lyon, en mars. Son laboratoire était en Floride. Il voulait que je lui présente mes résultats des trois dernières années en cinq minutes chrono. Ce jour-là, je me présentai en fauteuil, un détail que je n'avais pas mentionné dans mon CV. Mais ça n'a choqué personne. Je me suis lancé dans un anglais hésitant, mais sans trembler. Un bref silence suivit… avais-je été si mauvais ? Puis il sourit : « Très bien. Viens en juillet. Nous organisons une conférence, tu visiteras le labo. » Mon sourire répondit au sien. J'acceptai sans l'ombre d'une hésitation.

Entre-temps, un autre labo à Boston m'avait contacté pour un entretien en visioconférence. J'avais une semaine pour préparer une présentation en anglais. La veille, une terrible grippe me terrassa. Je fus contraint d'annuler. Je crus que tout était perdu.

Mais ils me proposèrent de reporter à la semaine suivante, ce qui fut un immense soulagement. À la suite de l'entretien, eux aussi me donnèrent rendez-vous à cette fameuse conférence en Floride.

Un problème d'ordre financier se posa très vite. Billets d'avion, hôtel, voiture de location : le tout frôlait les trois mille euros pour espérer décrocher ce poste. L'école doctorale m'accorda une aide de sept cents euros. Maman, avec ses maigres économies, paya deux nuits d'hôtel. Quant à mon laboratoire de thèse… rien. On m'expliqua que cela ne rentrait pas dans les lignes budgétaires. J'essayai d'argumenter, de rappeler que ce poste représentait l'aboutissement de plusieurs années de travail, qu'il ferait rayonner le laboratoire à l'international. Mais personne n'écoutait. Pire encore, je n'ai reçu aucun encouragement de la part de la direction. Alors, comme toujours, quand on ne me suit pas, je trace. Ma directrice de thèse, outrée par les choix de la direction, m'a dit qu'elle m'aiderait si elle le pouvait. Je lui dis de ne pas s'en faire. Le monde est injuste et j'en avais l'habitude. Mais sa réaction me donnait raison. Je n'étais pas seul à y croire. J'étais déterminé. J'ai pris mes billets. Réservé l'hôtel. Et je suis parti. Le compte presque vide, mais l'espoir plein les poches. Début juillet, je montai dans un avion pour Atlanta, puis un second pour Gainesville, en Floride. Il me restait quinze jours. Quinze jours pour finir de rédiger ma thèse, quinze jours déterminants pour mon avenir. Soit je repartais avec un contrat, soit je rentrais les mains vides. À la sortie de l'aéroport, un vent brûlant m'enveloppa. L'air collait à la peau. Une chaleur moite, presque étouffante. La chef du labo m'attendait. Le lendemain, je découvris les locaux, rencontrai l'équipe. Des gens bienveillants, un labo séduisant. Mais, dehors, un campus immense, isolé au milieu de nulle part, et des drapeaux Trump aux fenêtres et sur les voitures. Ce n'était pas ce que j'avais imaginé. Le soir, je m'enfermais dans ma chambre. J'écrivais jusqu'à l'épuisement, envoyais les derniers écrits de mon mémoire de thèse à Caroline. Les nuits étaient courtes, les journées interminables. Deux jours plus tard, je pris la route pour Orlando. La conférence approchait. Je retrouvai le labo de Boston, des visages ouverts, des échanges francs, bienveillants. Je rencontrai Louis Kunkel, une figure que j'admirais depuis longtemps. Trente ans plus tôt, c'était dans ce même laboratoire que son étudiant d'alors, Anthony Monaco, avait découvert le gène de la dystrophine, responsable de la myopathie de Duchenne. Être là, assis à la table de Kunkel et de son équipe, avait quelque chose d'irréel. Pendant le déjeuner, une postdoc brisa la solennité du moment en m'adressant un sourire complice. Elle sortit une pièce de sa poche et, en riant, la tendit vers moi : « Pile, c'est Boston. Face, c'est la Floride. » J'attrapai la pièce. Je la lançai sans un mot, le regard fixé sur ce petit objet dérisoire qui allait juger de mon avenir. Elle tomba : pile. Le hasard semblait déjà choisir à ma place. Puis je recroisai l'équipe du labo de Floride. Et, là, tout changea. Un étrange ballet de regards se mit en place. Quand je parlais aux uns, je sentais les yeux des autres braqués sur moi. Et inversement. Les sourires étaient polis, les mots mesurés, mais la tension était palpable. Une forme de compétition silencieuse se jouait, là, devant moi, en temps réel. Pour moi ? Contre moi ? L'avenir seul le dirait. Je repris l'avion pour la France, le cœur plein d'espoirs et de doutes mêlés. Mais aucun des deux labos n'avait fait d'offre sur place. L'histoire restait à écrire.

De retour en France, je n'avais pas une seconde à perdre. Je devais me remettre au travail pour finir de rédiger ma thèse. La course contre la montre reprenait. J'écrivais sans relâche, jour et nuit. Chaque heure comptait. La dernière nuit fut un marathon, sans un instant de repos. J'alignai les mots, les phrases, jusqu'au point final. Le 12 juillet, à huit heures du matin, c'était fait. Un manuscrit d'un peu plus de trois cents pages, épais comme une bible. À dix heures, je pris la direction de l'imprimerie. Et là, bien sûr, le fichier a planté. Panique. Le temps filait. Quelques réglages, quelques sueurs froides et, enfin, c'est passé. Le lendemain, à la dernière minute, je déposai mon manuscrit à l'école doctorale. Je croyais pouvoir enfin respirer. Mais le destin veillait encore. Ce jour-là, un e-mail fit basculer mon histoire. « Matthias, j'aimerais te faire une offre pour un postdoctorat dans mon laboratoire. » L'expéditeur ? Louis Kunkel, de Harvard. Je le relus, encore et encore. J'appelai ma mère : « Viens voir. » Elle regarda, haussa les épaules : « Je ne comprends pas l'anglais. » Cette fois, les planètes étaient alignées. Une bonne étoile avait veillé sur moi. Le labo de Floride tenta une contre-offre. Mais, au fond de moi, j'avais déjà pris ma décision. Harvard vous tend la main une fois, pas deux. Onze jours plus tard, je signais. Le jour de mes vingt-six ans.

Il me restait deux mois pour préparer ma soutenance : quarante minutes d'oral et deux heures de questions face à un jury dont l'unique but, je le savais, serait de me tester, de me déstabiliser, de vérifier si j'étais digne de porter le titre de chercheur. Le reste de l'été fut consacré à peaufiner mes diapositives PowerPoint et à reprendre les séances à la salle de sport. Je demandai à ma mère de me préparer des plats équilibrés. Il fallait que je sois prêt. Dans ma tête et dans mon corps. Je répétai mon oral avec mes deux directeurs une bonne dizaine de fois, peut-être plus, jusqu'à frôler la nausée. Je ne pouvais pas me permettre d'être approximatif. Tout devait être parfait. Ma présentation devait avoir lieu dans un amphithéâtre, fin septembre, devant un public. La veille, Caroline, m'apporta une boîte entière de ses fameux sablés faits maison. De quoi me donner encore un peu plus d'énergie. J'étais prêt. J'avais invité tous ceux dont les mains tendues, un jour, m'avaient aidé à avancer : ma mère, ma sœur, mes kinés, mes professeurs de musique, les bénévoles du Téléthon, quelques enseignants du lycée, mes amis. Tous étaient là. La salle était pleine. Ce jour-là, j'avais laissé la blouse de côté et enfilé un costume sur mesure. Tout était prêt, millimétré. Et puis, comme toujours avant un grand moment, dans le silence, je comptai mes pulsations. Au loin, j'aperçus Jérémy. Dans ma tête, je revis ses doigts marquant le tempo. Mon cœur ralentit. La musique pouvait commencer. Je n'ai pas vu passer les quarante minutes. Je me sentais en osmose avec mes mots, en pleine possession de l'instant. J'avais l'étrange impression de flotter, presque de m'écouter de l'extérieur. Je savais que je récitais ma partition à la perfection. Ou peut-être était-ce l'effet des bétabloquants que j'avais pris trente minutes auparavant pour contrôler ma nervosité. Les deux heures de questions filèrent. J'en aurais voulu davantage. Ma dernière diapositive montrait Boston. Comme un clin d'œil sur la vie, comme pour montrer aux gens présents que j'avais réussi mon pari. Le jury se retira quelques minutes, puis revint. Et, dans un élan, je fus proclamé docteur en biologie avec les félicitations du jury. L'amphithéâtre éclata en applaudissements. J'ai improvisé un petit discours, comme un cri du cœur. J'étais reconnaissant de tout ce soutien reçu et des personnes qui m'ont un jour tendu la main, ma maman bien sûr, mes amis, les professeurs, les kinés, et ce laboratoire qui m'a ouvert ses portes pour réaliser ce rêve. Ce jour-là, je voulais partager ce moment de joie avec tout le monde. Au fond de moi, je ressentis une fierté profonde, la satisfaction du travail accompli. Encore aujourd'hui, j'ai du mal à poser des mots sur cette journée de septembre 2016. L'ascension avait été fulgurante, trois années de thèse vécues à toute vitesse, comme si chaque jour condensait une vie entière. J'avais l'impression d'avoir tout vu, tout affronté, sans jamais me retourner. Les éléments semblaient conspirer en ma faveur, les planètes parfaitement alignées, et, au-dessus de moi, cette étoile bienveillante qui n'avait cessé de veiller. J'étais au sommet de ma santé, au sommet de ma vie. Face à l'horizon, j'avais atteint ce sommet tant attendu. J'avais fait plier les bookmakers et les préjugés. J'avais pris ma revanche sur la maladie, sur la vie, sur le monde.

Chapitre 13
À la conquête de l'Amérique

Boston s'était imposée comme un nouveau cap. Un ailleurs à conquérir, une inconnue immense qui se dessinait au-delà de l'Atlantique. Mes rêves prenaient une nouvelle ampleur. Mes désirs, eux, semblaient sans limite. Je partais avec la sensation du devoir accompli, celle d'avoir gravi mon Everest et d'en avoir atteint le sommet. J'étais devenu docteur en biologie, chercheur. J'avais accompli ce que je m'étais promis. De là-haut, l'horizon s'étendait à perte de vue. À mes pieds, le vide, immense et vertigineux. Il ne restait plus qu'à sauter. Mon corps cabossé par les années de lutte, ce corps qui avait affronté tant de tempêtes, mon cœur éraflé par les désillusions, réclamaient un souffle neuf. J'avais donné un nom à la maladie. Ce chapitre était clos. Une nouvelle page blanche se présentait devant moi. Il me fallait saisir la plume et tracer de nouvelles lignes, libérées des ombres du passé. Laisser l'encre de la vie inventer un nouveau chapitre. Libre, tourné vers d'autres horizons.

Les préparatifs

Mon contrat doctoral avait pris fin le 1er octobre 2016. Mon contrat de jeune chercheur, ce fameux postdoctorat, débutait en février. Quatre mois pour préparer ce saut dans l'inconnu, bien différent de celui de la maladie. Les questions n'ont pas tardé à se multiplier. Et, très vite, je me suis heurté à un mur.

Je me suis d'abord tourné vers Pôle emploi. Après tout, j'avais droit au chômage pour cette période. J'ai demandé s'il existait des aides pour travailler à l'étranger. Le billet d'avion ? Presque mille euros. Il faudrait un toit, des meubles, un minimum pour commencer. Les chiffres grimpaient à une vitesse folle. Mes économies étaient modestes, celles de maman, inexistantes. Mon visa de travail américain, un visa J-1, était un visa d'échange. J'étais censé revenir en France au bout de cinq ans. La réponse de la conseillère fut sans appel. Il n'y avait aucune aide. Puis elle ajouta, comme une évidence : « Si vous avez besoin d'argent, faites un prêt à la banque. » M'endetter avant même de partir ? C'était hors de question.

Vous l'aurez sans doute remarqué, la question financière revient régulièrement. C'est-à-dire qu'on n'est pas très riche dans la famille, et parfois on est à un euro près. Alors j'ai cherché de l'aide ailleurs. Je voulais savoir si d'autres avant moi, avec un handicap, une myopathie, avaient osé traverser l'Atlantique pour vivre une telle aventure. J'ai contacté l'Association des paralysés de France, l'AFM-Téléthon et la Muscular Dystrophy Association aux États-Unis. Rien, le silence, aucun témoignage, aucune trace. J'avais du mal à croire que j'étais le premier. Ce n'était pas comme si j'embarquais dans une fusée, direction Mars. Ce vide intersidéral me faisait l'effet d'un gouffre. Là où j'avais espéré trouver des repères, il n'y avait que l'écho de mes propres questions. Et puis, un jour, au fil d'une conversation, une personne m'a dit une phrase que je n'ai jamais oubliée, une phrase qui m'a fait l'effet d'une gifle : « Les handicapés ne partent pas aux États-Unis. Ils restent chez eux. » Elle ressuscitait ce vieux discours glaçant, ce réflexe de mettre les gens comme moi dans une case sans même leur demander leur avis. Je croyais ce temps révolu. Je m'étais trompé.

Et puis il y avait cette question essentielle : ma machine, comment partir avec elle ? Le prestataire français ne pourrait évidemment pas assurer la maintenance sur place. J'ai cherché des informations sur le remboursement des appareils aux États-Unis, leur prise en charge, une solution pour les conserver. Rien. Juste du vide, encore une fois. À chaque nouvelle question, j'avais l'impression de fouler une terre vierge, comme un éclaireur pas très aguerri, d'être un pionnier malgré moi. On m'expliqua que, partir à l'étranger, c'était quitter le régime de la Sécurité sociale française, perdre mes droits, perdre ma machine. Pour le coup, c'est sans la moindre hésitation que le prestataire m'a ordonné de la rendre avant le départ sans me proposer aucune autre option. Comme si je pouvais respirer sans elle. Tout cela semblait absurde. J'avais le sentiment d'être le seul à croire encore en mon projet. Pour les autres, ce n'était qu'un problème de plus. Le message était clair : tu l'as voulu, maintenant débrouille-toi. J'ai aussi tenté d'organiser un suivi médical sur place. J'ai contacté des médecins, des hôpitaux, tenté de comprendre ce qui serait possible. Vincent aussi a essayé d'interroger ses confrères sur place. Mais les questions se multipliaient et les réponses ne venaient pas. Je manquais de temps. À un moment, il a fallu trancher. J'ai abandonné ces recherches, décidé de sauter le pas. J'organiserais tout cela une fois arrivé. Alors j'ai tenu bon. J'ai envisagé de partir en cachette, d'emporter ce matériel vital sans rien dire. Finalement, j'ai trouvé un compromis : j'ai adhéré à la Caisse des Français de l'étranger, la CFE, pour conserver mes droits de santé français et emporter cette machine sur place. Cela n'était pas gratuit : environ trois cents euros par trimestre. Une charge de plus, une absurdité de plus. La maladie, c'est en fait un abonnement premium, sans les avantages.

Les obstacles étaient nombreux, les réponses souvent absurdes, mais il fallait avancer. Alors j'ai avancé.

L'euphorie était plus forte que les doutes. J'étais enivré par ce que je vivais. J'ai sauté sans réfléchir, la tête la première, poussé par ce besoin de vivre mes rêves. C'était de la naïveté, oui. Celle d'un jeune qui pense que tout est possible. Je n'avais pas peur. J'avais faim de ce qui m'attendait. Les billets étaient pris. Le visa obtenu, après un passage obligé à l'ambassade américaine à Paris. Tout était prêt… ou presque : il me manquait un toit. J'ai réservé un Airbnb pour un mois, un point de chute provisoire, le temps de trouver un vrai logement. Avant mon départ, il y a eu les dernières soirées avec mes amis. Les derniers verres, les derniers rires, les dernières accolades. Ces instants avaient un goût différent. L'insouciance des années de fac semblait déjà loin. Il restait une pointe de nostalgie. C'était un ultime au revoir, mais pas un adieu. Comme un prolongement, il y eut aussi ce dernier passage sur le plateau du Téléthon 2016. Raconter cette aventure qui commençait, c'était une façon de dire au revoir autrement. L'animateur m'annonça une surprise, une vidéo venue des États-Unis, un message de mon futur laboratoire. L'émotion me submergea. Là-bas, des bras s'ouvraient déjà pour m'accueillir.

L'heure du départ

Certains jours dans une vie sont marqués au fer rouge. Le 24 janvier 2017 fut l'un d'eux : c'était un mardi, le jour du départ, celui où un vieux rêve prenait enfin vie. Je m'étais levé bien avant l'aube. Une dernière douche, un dernier petit déjeuner, et ce silence qui flottait dans l'air. Le calme avant la tempête. Mais la tempête grondait déjà en moi. L'excitation, l'appréhension, le vertige de l'inconnu se mêlaient. Mon cœur battait intensément. La veille, j'avais bouclé trois valises : vingt-six années d'une vie. Avec elles, deux machines, un fauteuil roulant manuel… vous connaissez la chanson. Un fauteuil obtenu grâce à la MDPH, dernier cri, léger, taillé sur mesure pour que je puisse le manœuvrer facilement. J'espérais qu'il m'offrirait un peu de liberté, puisque je n'aurais pas de voiture sur place. L'évocation même du fauteuil a toujours été délicate durant mon enfance. Maman l'a introduit petit à petit dans ma vie, comme une mère qui essaye désespérément de faire manger des légumes à son enfant. J'ai fini par en ressentir le besoin et les bénéfices ces dernières années. Mais je ne l'avais pas encore accepté. D'ailleurs, avant de décoller pour les États-Unis, je pris une dernière photo avec toutes mes valises, tout en insistant pour que le fauteuil ne soit pas dans le cadre de l'appareil… Avant de partir, je fis un dernier câlin à Sheldon. Son regard triste en disait long. Il était temps de prendre la route, direction l'aéroport de Paris-Charles-de-Gaulle. Nous avions deux heures et demie devant nous. Maman conduisait, concentrée sur la route. Le trajet se passa dans une alternance de paroles anodines et de silences qui disaient l'essentiel. On parla du froid de Boston, des formalités à venir.

Sous son sourire, je sentais une inquiétude qu'elle tentait de dissimuler. Et, au-delà, son immense fierté. À l'aéroport, l'assistance dédiée aux voyageurs en situation de handicap me prit en charge. Je passai les contrôles, les portiques, les portes qu'on ne franchit qu'une fois. Un dernier regard vers maman, une étreinte. Pas de larmes, juste des sourires. Et des regards pleins, denses, chargés de tout ce que les mots n'auraient su dire. Je lisais dans ses yeux sa fierté, son inquiétude, son amour. Elle me laissait partir accomplir un rêve qui, autrefois, ne m'était pas destiné.

Il était temps pour moi de prendre cet avion vers ma nouvelle destination. Ce jour-là, j'écrivis :

« *Enfin l'heure du départ! C'est un nouveau chapitre de ma vie qui va s'ouvrir et s'écrire. C'est pour moi une réelle chance. Une telle occasion ne se présente que très rarement dans une carrière et dans une vie. C'est la récompense du travail, mais aussi de votre soutien. Je tiens à remercier une nouvelle fois toutes les personnes, amis, famille, collègues, kinés, profs, et j'en passe, qui y ont contribué de près ou de loin et qui m'ont donné cette énergie, le carburant de ma détermination. C'est un pari fou, sûrement audacieux, et une aventure périlleuse, mais sûrement fantastique, qui m'attend. J'aurai à faire mes preuves pour ce postdoc dans ce nouveau labo à Harvard, et montrer que je peux faire partie des meilleurs dans mon domaine. Il y a dix ans, j'avais une envie :*

devenir chercheur. Maintenant, j'ai un rêve : contribuer à mettre définitivement au tapis ces myopathies. Certes, c'est un sacré défi, un Everest à gravir, et il faudra parfois repousser les limites de l'impossible. Mais quels sont les arguments qui nous interdisent de réaliser nos rêves les plus fous ? Il n'y en a pas, et il n'y en aura jamais. Depuis vingt-six ans, je crois que les bookmakers ont changé de camp me concernant. J'ai vécu au sein d'une génération où le handicap a été de moins en moins caché et où une certaine honte ou gêne a commencé à disparaître. Car il ne faut pas se leurrer, le handicap, quel qu'il soit, est une véritable saleté. Mais il faut faire acte de résilience et le transformer. Et c'est d'ailleurs ce qui est en train de se passer, je vois maintenant naître une nouvelle génération avec différents exemples où le handicap devient un atout pour soi, et une valeur ajoutée pour une société qui s'avère malheureusement parfois individualiste et centrée sur elle-même. Je pense être issu de cette génération, et on n'aura pas peur de faire encore plus de bruit et de se montrer. C'est une autre forme de combat, mais qui cette fois-ci, je le souhaite, servira au plus grand nombre de personnes possible. Pour le reste, je promets de kiffer ces instants et toute cette nouvelle vie à deux cents pour cent, ça serait irrespectueux de ne pas le faire. Ce sera l'occasion de prendre un nouveau départ et de découvrir de nouvelles choses, mais en gardant les fondamentaux et en n'oubliant pas les personnes qui me sont chères.

Une nouvelle vie commence dans 3… 2… 1… »

L'arrivée

Sept heures de vol me séparaient de ce futur que je poursuivais depuis des années. L'avion s'est posé en fin d'après-midi. La nuit avait déjà enveloppé Boston de son manteau noir. L'air était sec, glacé, presque coupant. Je l'ai inspiré à pleins poumons, comme pour ancrer ce moment en moi. J'y étais. À la sortie, Angela et Tracy, deux collègues du labo, m'attendaient. Sur un panneau qu'elles tenaient à la main, mon nom était griffonné à côté d'un dessin de Trump. Le sourire que cela fit naître suffit à dissiper la solennité de l'instant. Après quelques éclats de rire, nous avons pris la route vers Brookline. La voiture filait sur Storrow Drive. À droite, la Charles River. Plus loin, les lumières du MIT perçaient l'obscurité. Avant de rejoindre l'appartement, nous nous sommes arrêtés dans un fast-food pour engloutir un burger démesuré et des frites noyées sous le cheddar. Le goût brut de l'Amérique s'offrait à moi. La journée avait été longue. Le décalage horaire n'arrangeait rien. Angela et Tracy m'aidèrent à déposer mes valises dans un Airbnb spacieux, partagé avec trois autres colocataires de passage. Je n'avais plus la force de faire les présentations. J'étais vidé. Les bras de Morphée m'appelaient.

Le reste de la semaine fut rythmé par un mélange de démarches administratives et de découvertes. Le vieux métro de Boston, le fameux T, bringuebalant et grinçant, m'emmena jusqu'à Cambridge. J'arpentai le campus de Harvard, ses briques rouges, ses portails en fer forgé, ses pavés usés par des générations de rêveurs et de bâtisseurs. Une après-midi, je pris de la hauteur au sommet de la Prudential Tower. Boston se déployait sous mes yeux, la Charles River figée sous la glace, les toits baignés d'une lumière dorée. Un soir, je poussai la porte du Brighton Music Hall pour un concert. Le guitariste lança son médiator dans la foule. Il atterrit droit sur moi, un clin d'œil du destin qui m'arracha un sourire. Les découvertes se succédaient. Le lendemain, ce fut Boston elle-même qui me surprit. En tirant les rideaux, je découvris une ville métamorphosée sous un épais manteau blanc. Un immense décor figé, silencieux, hors du temps. Au milieu de cet émerveillement quotidien, un défi restait à relever : trouver un appartement. Le temps pressait. Je passai quelques annonces, des agents me contactèrent rapidement. Je visitai deux appartements et retins celui de Brighton, sur Washington Street, en banlieue de Boston. Un deux-pièces à mille sept cents dollars par mois. C'était cher, bien sûr. Mais c'était le prix de la tranquillité. Au pied de l'immeuble, un bus me prendrait chaque matin pour m'emmener jusqu'au laboratoire. Le 15 février, j'emménageais.

Mes débuts au laboratoire

Le laboratoire se trouvait au quinzième étage du Center for Life Sciences, bâtiment de recherche du

Boston Children's Hospital. Tout autour, le quartier de Longwood concentrait ce que la médecine et la recherche faisaient de mieux, avec la Harvard Medical School, le Brigham and Women's Hospital, le Beth Israel et le Dana-Farber. Les rues fourmillaient de blouses blanches, d'étudiants et de patients. Un monde qui ne dormait jamais, rythmé par les sirènes, les pas pressés, l'urgence palpable dans l'air, mêlée d'espoir et de savoir.

Dès le premier jour, je fis la connaissance de l'équipe, une dizaine de personnes venues des quatre coins du monde. Des parcours variés, mais une passion commune pour la recherche. Marielle, Elicia, Janelle, Lilly, Devin, Jamie, Jeff, les Américains. Angela, l'Australienne. Tracy, venue de Chine. Anna, de Pologne. Et plus tard Felipe, venu du Brésil. J'étais devenu le petit Français du groupe. Les voix, les accents se mêlaient au chant des centrifugeuses, au souffle des hottes, au cliquetis des pipettes. L'étage était un immense espace ouvert, partagé entre plusieurs laboratoires. Les paillasses s'alignaient les unes à côté des autres à n'en plus finir. J'avais la mienne, avec un petit bureau juste à côté, déjà encombré de papiers, d'un carnet, de ce qui allait devenir mon quotidien. Par la fenêtre, une vue imprenable sur le *downtown* de Boston s'offrait à moi. Plus loin, l'aéroport Logan dévoilait son ballet d'avions qui entraient et sortaient du ciel. Un spectacle quotidien qui me rappelait discrètement que la France n'était jamais vraiment loin.

À peine avais-je posé mes affaires en ce premier jour que Louis Kunkel vint à ma rencontre. Silhouette fine, crâne dégarni, polo, jean, baskets. Rien dans son apparence ne trahissait la légende qu'il était. C'était un homme simple, dont le savoir immense se passait de mise en scène. Son regard franc, ses mots choisis firent retomber la nervosité qui me tenaillait encore. Il m'invita à apprivoiser ce nouvel univers, à y trouver doucement ma place. En quelques phrases, il m'exposa ce qui serait désormais ma mission : explorer les gènes modificateurs de la myopathie de Duchenne et ouvrir des pistes pour de nouvelles stratégies thérapeutiques. Il avait hâte que nous travaillions ensemble, convaincu que de belles choses naîtraient de cette collaboration. « Si tu as besoin de quelque chose, la porte de mon bureau reste toujours ouverte », conclut-il comme pour me tendre la main, lui aussi.

Son bureau était à son image, sobre mais habité par l'histoire. Les murs étaient couverts de distinctions, de diplômes, de prix prestigieux accumulés au fil de quarante années consacrées à la recherche. Dans le couloir, un tableau de deux mètres captait l'attention : la cartographie originale du gène de la dystrophine tracée à la main, au crayon, bien avant l'ère des séquenceurs automatiques et des ordinateurs.

Un fragment de la médecine et de la génétique se dévoilait sous mes yeux émerveillés. Souvent, quand le doute m'envahirait, je m'arrêterais devant cette carte, comme pour y puiser force et inspiration.

Mon projet de recherche portait sur ces fameux gènes modificateurs, ces variations génétiques capables d'influer sur la sévérité de la maladie, dans un sens comme dans l'autre. Mon travail consistait à comprendre leurs secrets pour transformer ces connaissances en pistes thérapeutiques. Tout passait par le poisson-zèbre, un petit organisme translucide de quelques millimètres, dont le muscle et les mouvements se laissaient scruter sous la loupe. Un modèle idéal pour nos criblages de médicaments et identifier les molécules susceptibles de moduler l'action des gènes modificateurs et d'enrayer la progression de la myopathie. Le projet, au point mort à mon arrivée, attendait un nouveau souffle. J'avais à cœur de le relancer.

Malgré l'envie, les premiers mois furent hésitants. J'assimilais les techniques, les gestes, les protocoles, guidé par les postdocs plus expérimentés. Tout était nouveau, tout restait à apprivoiser. J'accumulais les tentatives, les erreurs, les ajustements. Mais je m'accrochais. Les premiers soirs, je retrouvais mon appartement vide et passais des heures à monter un meuble après l'autre, bataillant seul avec les planches et les vis. Soir après soir, vis après vis, l'appartement prenait forme sous mes mains, à force de patience et d'obstination. Là aussi, je tenais bon. Je n'ai demandé aucune aide. Je voulais tout faire seul, têtu, encore et toujours. En mars, la crémaillère organisée avec les collègues du labo acheva de lui donner une âme. J'étais chez moi.

Mais il y avait aussi cette question du corps, de son entretien, des soins. J'aurais sans doute eu besoin de poursuivre la kinésithérapie. Mais, ici, chaque séance coûtait quarante dollars, non remboursés. À raison de deux séances par semaine, cela représentait plus de quatre mille dollars par an. Un luxe que je ne pouvais pas m'offrir, et une somme que je préférais réserver à autre chose : des vacances, des découvertes, des moments d'évasion. Alors j'ai fait un choix différent : je me suis inscrit à la salle de sport du coin, grâce à un petit abonnement, pour entretenir ce corps qui devait m'accompagner dans ce pari fou. Pas de kiné, mais quelques heures sur les machines, autant pour la forme que pour la discipline, pour tenir debout face aux défis du quotidien.

Au laboratoire, le rythme s'intensifiait. Les journées s'allongeaient, parfois les week-ends s'y ajoutaient. Les premiers résultats apparaissaient, le projet reprenait vie. Louis m'accordait sa confiance. Il me laissait carte blanche pour élaborer de nouvelles idées, collaborer avec d'autres équipes. Mais je découvris aussi la face plus rugueuse de ce monde : la rivalité cachée derrière les sourires, les coups de théâtre inattendus. Un projet mené avec un autre labo s'effondra brutalement : six mois de travail furent engloutis, les données disparurent entre d'autres mains, volées. Une claque. Mais j'apprenais.

Les semaines étaient rythmées par les réunions de laboratoire du mardi, où chacun présentait ses dernières avancées, ses résultats, ses doutes parfois. Certains jours, on filait déjeuner au Penguin, petite adresse sans prétention connue pour ses pizzas. Parfois, le soir, je rejoignais l'association des post-docs pour des événements organisés à travers la ville. J'y rencontrais d'autres jeunes chercheurs venus du monde entier. Cela me rappelait un peu l'ambiance de Los Angeles et de Kaplan, les rires qui faisaient oublier, un instant, la solitude de l'expatrié. Il y eut aussi les soirées passées avec Simon, un ami postdoc rencontré sur les bancs de la fac, avec qui je refaisais le monde dans des bars de Boston.

Mais il y eut des instants plus précieux encore. Je découvris Thanksgiving chez Marielle, autour d'une grande table, au cours d'un repas chaleureux où je goûtai à la tradition américaine. En décembre, Louis nous invita tous chez lui. Dans son salon, baigné de l'odeur des sapins, nous confectionnâmes des couronnes avec des branches venues tout droit de sa seconde maison du Maine. Un geste simple, généreux, et une soirée dont je me souviendrai longtemps.

Décembre arriva rapidement. Boston scintillait sous les décorations et le froid mordant. Le moment était venu de rentrer en France, le temps des retrouvailles, le temps de raconter ces premiers mois. Le temps aussi de reprendre mon souffle avant la suite.

Le goût de l'évasion

Au fil des mois, l'Amérique s'ouvrait à moi, immense, fascinante, pleine de promesses. En 2018, mon beau-frère Tony fit le voyage jusqu'à Boston presque sur un coup de tête pour fêter ses cinquante ans. Cinq jours de retrouvailles et d'émerveillement partagé. Peu après, ce fut au tour de maman de découvrir l'Amérique pour la toute première fois, les yeux grands ouverts sur ce monde dont je lui parlais depuis si longtemps.

Entre-temps, j'avais moi-même cédé à l'appel du voyage. Un matin, pour quinze dollars à peine, j'embarquai dans un bus qui fendait la route vers New York. Quatre heures plus tard, Manhattan et sa célèbre *skyline* surgissaient à l'horizon. L'arrivée à Penn Station me laissa sans voix. Bouche entrouverte, yeux écarquillés, je laissai la ville m'envahir. L'odeur du bitume chauffé se mêlait à celle des *food trucks*. Le vacarme des klaxons, le bourdonnement des conversations, le ballet hypnotique des taxis jaunes… Et puis je levai les yeux, comme on me l'avait prédit. Les gratte-ciel me saluaient. Ici, on ne regarde jamais devant soi. Dans ma tête résonnaient les premières notes de la chanson de Frank Sinatra: *New York, New York*. Mon hôtel se trouvait en plein cœur de Times Square. Un flot ininterrompu de passants, des visages exubérants, un cow-boy en slip grattant sa guitare au milieu des rires et des regards. La scène avait des airs de théâtre à ciel ouvert. L'occasion rêvée de goûter enfin aux fameux hot dogs d'un vendeur ambulant. La nuit tombée, les enseignes coloraient les façades, traversaient les rideaux, comme si la ville refusait de me laisser fermer les yeux. Pendant trois jours, je me laissai happer par ce tourbillon. L'ONU, Wall Street, l'Empire State Building, le Rockefeller Center, Washington Square, la statue de la Liberté… des décors de films devenus réels. Central Park, poumon de la ville, m'offrit un instant de répit, un îlot de calme dans cette cité qui ne dort jamais. À midi, un déjeuner chez Sarabeth's, au bord du parc, fut l'occasion de faire la rencontre inattendue de Charles Aznavour, en toute simplicité. L'après-midi, le mémorial du 11-Septembre et son musée me bouleversèrent. Voir ces lieux à travers les yeux des New-Yorkais, ressentir le poids des vies perdues, mesurer combien cet événement avait changé le monde… tout y imposait le silence. Plus tard, je montai au sommet de la nouvelle tour du World Trade Center. De là-haut, Manhattan s'étendait à perte de vue, vaste, vivant, insatiable. Un sommet qui m'en rappelait d'autres. Je restai de longues minutes, saisi par cette vision. Le lendemain, poussé par le besoin de m'élever encore, je m'offris un survol de la ville en hélicoptère le long de l'Hudson. D'en haut, New York se transformait, dévoilant un nouveau visage à chaque virage, à chaque rayon de lumière. La hauteur continuait de m'apaiser, de m'émerveiller sans l'effort de la marche. Mais, une fois au sol, je repartis aussitôt. J'arpentai les rues jusqu'à Brooklyn, jusqu'aux ponts, jusqu'à l'épuisement. Je prenais mon temps, multipliais les pauses, m'asseyais sur des marches, des bancs, des rebords de fontaines. Mais la fatigue gagnait du terrain, implacable. Le dernier jour, mon corps m'abandonna. La douleur envahissait chacun de mes muscles, figés comme de la pierre. Chaque respiration devenait un combat et déglutir relevait presque de l'impossible. J'avais tout donné à cette ville. Je compris alors que ce serait ma dernière grande visite à pied. Ce jour-là, New York m'avait offert ses merveilles et soufflé à l'oreille qu'il était temps d'accepter un allié : le fauteuil.

Je n'en avais jamais voulu. À l'inverse, maman m'avait toujours encouragé à l'adopter, convaincue qu'il me permettrait de profiter des visites sans m'épuiser. Mais j'étais têtu. Sans doute par orgueil, par refus de céder un centimètre à la maladie, par crainte du regard des autres. Un mélange de tout cela, je crois. Un entêtement probablement codé dans mon ADN. Peut-être un truc rare, comme tout le reste. Lors de ce séjour à New York, la vérité s'imposa d'elle-même. Mon corps ne pouvait plus. Si je voulais continuer à goûter à l'évasion, à découvrir l'Amérique qui s'offrait à moi, il me fallait cet outil. Avant de partir aux États-Unis, j'avais opté pour un fauteuil manuel ultraléger, en aluminium et fibre de carbone. Léger sur le papier, mais malheureusement encore trop lourd pour mes bras. Lors de mon retour en France, pendant les fêtes de Noël, j'eus l'occasion d'essayer des roues électriques adaptables. L'un des modèles, appelé WheelDrive, semblait fait pour moi. Une simple pression, et le fauteuil avançait presque tout seul, comme guidé par un joystick sur la jante. Mais deux obstacles se dressaient devant moi : ces roues n'étaient ni remboursées par la Sécurité sociale ni disponibles aux États-Unis. De retour à Boston, j'eus la chance d'obtenir une bourse de l'AFM-Téléthon grâce à un appel d'offres pour mes travaux sur la myopathie de Duchenne. Un petit coup de pouce financier. Avec l'appui de Louis, mon chef, qui voyait bien à quel point ces roues me seraient utiles, même au labo, j'obtins une petite augmentation. Juste de quoi les acheter : sept mille euros réglés comptant. Je les fis expédier de France… et là, nouveau problème : la douane. Comme Marcel Thorel dans les années soixante-dix, qui avait fait entrer un fauteuil électrique illégalement en France, je me retrouvais, à mon tour, à braver les réglementations, cette fois dans l'autre sens. Le douanier m'appela :

« Monsieur, vos roues doivent être enregistrées auprès de la FDA, l'Agence américaine du médicament… » Il ajouta qu'il allait voir ce qu'il pouvait faire. Je raccrochai, persuadé que c'était perdu d'avance. Et puis, deux semaines plus tard, le colis était là. Un miracle ? Ou simplement un douanier sympa qui avait décidé de fermer les yeux ? Je montai les roues, non sans m'y reprendre à plusieurs reprises, et collai dessus un sticker Harvard et un drapeau tricolore. Un petit geste symbolique pour marquer ce nouveau départ, cette liberté nouvelle.

Je redécouvrais Boston, les coins que j'avais arpentés à pied, avec un nouveau regard, sans fatigue. Le métro et les bus étaient accessibles, le personnel bienveillant. Les passants s'arrêtaient : « Comment ça fonctionne ? D'où venez-vous ? » Le fauteuil devenait un lien, un outil de rencontre. Certains me prenaient pour un vétéran de guerre, d'autres m'adressaient un « *God bless you* ». Un jour, un homme m'a même demandé s'il pouvait prier pour moi. J'ai accepté. Après tout, cela ne pouvait pas faire de mal. Les bâtiments publics étaient accessibles, les mentalités bien plus inclusives qu'en France. Personne ne me dévisageait. Sans tarder, je suis retourné à New York, refaisant le même itinéraire qu'un an plus tôt, mais cette fois sans souffrance, sans épuisement. J'ai pu parcourir tout Central Park, savourant la sensation de l'air qui caressait mon visage au gré de mes roues.

À nouveau, des inconnus engageaient la conversation, intrigués par le fauteuil. Un soir, dans un bar, un couple de New-Yorkais m'a proposé de me faire découvrir la ville. Ils m'ont emmené au Metropolitan Museum of Art, m'ont guidé vers des recoins secrets, avant de m'emmener au célèbre *Café Carlyle*, où Woody Allen jouait autrefois du jazz. Je me souviens encore du goût de l'old fashioned, le meilleur que j'aie jamais bu. Ce fut une parenthèse sans lendemain, mais qui m'accompagne encore.

J'ai aussi exploré Nantucket, une île au large de Cape Cod, dans le Massachusetts. Là encore, le fauteuil m'a permis d'en faire le tour, de savourer chaque paysage. Le soir venu, je choisis un restaurant pour prolonger un peu la journée. Celui-ci était complet, il ne restait qu'une place au bar, bien trop haut pour mon fauteuil. L'hôtesse, prévenante, trouva une solution et m'installa à une table en terrasse, face à la plage et au coucher du soleil. Le genre d'avantage que je n'aurais jamais eu sans le fauteuil. Pendant le repas, un couple s'est d'ailleurs intéressé à ces roues électriques au design futuriste. La discussion s'est engagée, chaleureuse et spontanée. La soirée s'est prolongée dans un bar, *The Chicken Box*, au son d'un groupe qui reprenait du U2. Dans l'euphorie générale, une jeune femme m'a embrassé, un baiser volé à l'instant. À la sortie, je suis reparti seul avec le fauteuil, un peu éméché. J'ai pris la route de l'hôtel, situé à un kilomètre de là. Un peu plus loin, des gyrophares ont illuminé la nuit. Une voiture de police s'est arrêtée à ma hauteur, la vitre s'est baissée: « Tout va bien, monsieur? Où allez-vous comme ça? » J'ai répondu: « Tout va bien, je rentre à l'hôtel. » Les policiers ont échangé un regard amusé: « Monsieur, c'est dans l'autre sens! Allez, montez, on va vous ramener. » Je crois que, ce soir-là, j'avais dépassé le seuil d'alcool autorisé pour conduire un fauteuil. Ils ont chargé le fauteuil dans le coffre et m'ont raccompagné, riant de cette scène improbable tout au long du trajet. Je n'avais pas tout perdu cette nuit-là. Je suis resté en contact avec la jeune femme brièvement croisée dans le bar. Plus tard, j'appris qu'elle venait de Lituanie. Trois jours plus tard, nous nous sommes retrouvés à l'aéroport de Boston. Un sourire échangé, quelques mots, puis nos chemins se sont séparés. Le fauteuil, encore une fois, était devenu une passerelle vers de nouvelles rencontres.

L'été 2018 a marqué le début d'une nouvelle évasion. Le fauteuil n'était plus un frein. Il était devenu un vecteur, un passeport vers des possibles insoupçonnés, des rencontres improbables, des horizons ouverts. Au fil des mois, j'ai présenté mes travaux scientifiques à Orlando, Chicago, Dallas, La Nouvelle-Orléans. La science et la fête se mêlaient, et, toujours, le fauteuil suscitait ces mêmes histoires, ces liens inattendus. Il était bien plus qu'un outil.

Il était un moyen d'évasion, un compagnon de route, une clé pour aller au-delà des limites. Cet été-là, la France aussi, championne du monde, était portée par l'euphorie. Moi aussi, à ma manière, je célébrais une victoire, celle de la liberté retrouvée.

La rencontre

À l'été 2019, j'ai osé un autre voyage. Non pas vers un sommet, ni par-delà un océan, mais vers une rencontre. Un pas plus fragile, plus intime, peut-être le plus difficile de tous. J'avais créé un profil sur une application, presque sans y croire, comme on lance une bouteille à la mer. Et puis, un jour, un prénom, un visage. Une âme répondit à cet appel. Sara.

Pour notre première rencontre, nous avions choisi un bar, *The Puddingstone Tavern*, dans le quartier de Mission Hill. C'était un soir d'été comme les autres. Du moins, c'est ce que je croyais. Elle est apparue. Ses longs cheveux bruns étaient baignés de la lumière douce du crépuscule. Mon regard s'est accroché au sien, un regard où se mêlaient le vert des forêts et l'or des champs de blé. Son sourire, franc et lumineux, dissipait les hésitations et invitait à la simplicité. Originaire du New Jersey, elle avait vécu à Strasbourg pendant quelques années. Son accent portait encore les traces de cette aventure, comme une musique douce et familière. Nos voix ont navigué sans effort entre les langues. Une phrase en anglais, une phrase en français, un jeu complice qui rendait la conversation plus belle, plus fluide, comme si nous avions toujours parlé ainsi. Elle était étudiante à Boston, rêvait de devenir *physician assistant* et travaillait comme ambulancière pour financer ses études. Son rêve était de se mettre au service des autres. Dans ses mots, je percevais une sincérité rare, une force douce et une sensibilité à l'état pur, précieuse comme un diamant brut. Ce soir-là, j'ai oublié mes craintes. J'ai cessé de guetter ce qui pourrait trahir ma différence. J'ai simplement profité de l'instant. J'étais sous le charme, emporté par le souffle de cette première rencontre.

Nous nous sommes revus. D'autres bars, des restaurants, des cinémas, une glace au coin d'une terrasse. Je lui parlais de la France, elle me racontait ses souvenirs d'Alsace. Tout semblait si naturel, si simple. Mais, au fond de moi, il y avait cette peur : la peur du rejet. Elle ne m'avait pas encore vu en fauteuil. J'essayais de repousser ce moment, de profiter de ce temps suspendu où je pouvais encore croire que cela n'aurait pas d'importance. Et puis, un soir, je me suis lancé. J'ai posé les mots, maladroitement sans doute. Elle a souri et m'a dit qu'elle savait déjà. Elle l'avait deviné à ma démarche et grâce à quelques photos sur les réseaux sociaux. Elle n'avait rien dit, attendant que je sois prêt. Ce soir-là, un poids s'est envolé.

Je lui ai expliqué le fauteuil, la machine, la maladie. C'était presque une relation à trois. Mais je voulais les tenir à l'écart, autant que possible. C'était mon affaire, mon combat. La première fois qu'elle m'a vu utiliser le fauteuil, je crois que cela l'a déstabilisée un instant, juste le temps d'un battement de cœur. Et puis, très vite, elle a regardé au-delà. Le fauteuil n'était pas un obstacle. Il devenait un allié. Un moyen d'aller plus loin ensemble, de parcourir la vie à notre rythme.

Les soirs passés l'un chez l'autre ont laissé place aux matins partagés. Puis est venu le confinement durant la pandémie de COVID-19. Nous l'avons traversé ensemble dans mon appartement de Brighton. Un huis clos qui aurait pu tout révéler, tout briser. Mais il nous a soudés. Nous avons appris à nous connaître durant ces dix semaines, à tisser une complicité faite de petits riens, de gestes simples. Ce fut aussi l'occasion d'oser un premier « je t'aime ». Je crois que c'est elle qui l'a dit la première, mais, si vous lui demandez, elle vous dira que c'était moi…

Sa famille constituait un monde que je découvrais. Une sœur jumelle, Rachel, tempête et soleil, qui vit désormais en Californie. Un frère dans le New Jersey. Une mère qui partage son temps entre la France et les États-Unis. Une grand-mère qu'on retrouve à Port Jervis, dans l'État de New York, pour Thanksgiving. Un univers bien éloigné du mien. Le handicap a soulevé des questions. J'ai parfois vu des regards un peu inquiets, des silences qui cherchaient les mots justes. Mais j'ai montré ce que j'étais, ce que j'avais fait, ce que je faisais encore. Le handicap ne devait pas être un fardeau, pour elle comme pour eux.

Au fil des mois, nous nous sommes créé nos souvenirs. Cape Cod et l'odeur des embruns, Montréal et ses ruelles pavées, le Vermont et ses sommets à perte de vue, le New Hampshire et ses lacs qui miroitaient sous le ciel d'été. Puis, un jour, Roger, un petit chat joueur et curieux, est entré dans notre histoire.

Sara et moi, nous nous complétons. En riant, nous disons qu'elle est les jambes et moi la tête. Je veux qu'elle n'ait jamais à porter ce poids, qu'elle se sente libre. Nous apprenons ensemble à tracer une autre route. Pas celle des sentiers escarpés ni des longues randonnées, mais celle des petits bonheurs partagés, des découvertes, des instants arrachés au quotidien. Il existe mille façons d'être heureux.

Nous avançons ensemble, chacun veillant sur l'autre. Pendant ses études difficiles, j'ai reconnu mes propres combats. Je lui disais que c'était un marathon, lui glissais quelques conseils, tentais de lui transmettre un peu de confiance. Et elle, elle savait me ramener à l'essentiel. Elle devinait quand je me perdais dans le travail, dans ces heures de labo qui n'en finissaient plus. Elle me rappelait que le bonheur aussi mérite d'être vécu. Il faut savoir ralentir, profiter, vivre. Et, désormais, construire cette vie à deux.

Vers de nouveaux rêves

Mes premiers travaux de recherche sur la myopathie de Duchenne furent publiés dans une revue scientifique à la fin de l'année 2020. Je venais de découvrir une nouvelle cible prometteuse capable de ralentir la progression de la maladie chez le poisson-zèbre. Mais derrière cette avancée se cachait un rêve, fragile, presque inavoué : et si je pouvais trouver un traitement à ma propre maladie ? Pour connaître une journée sans douleur, sans fatigue, sans assistance pour respirer. Mettre le fauteuil de côté, juste une fois, une toute petite fois.

Au détour d'une conversation, j'ai confié cette idée à Louis. Mais je lui ai promis de poursuivre mon engagement pour la myopathie de Duchenne. Il m'a écouté. Son regard était clair. Il avait compris. J'avais un combat plus personnel à mener. Il m'a donné carte blanche. Désormais, j'avais deux projets, deux combats. Celui des autres et celui qui porterait mon nom. Mais par où commencer ? Ma maladie était rare. Si rare qu'elle semblait presque hors de portée. La recherche était quasi inexistante. Les laboratoires qui s'y intéressaient dans le monde pouvaient se compter sur les doigts d'une main. Par chance, l'un d'eux était à Boston. Et, comble du hasard, au même étage que nous. Ce laboratoire était dirigé par Alan Beggs, grand nom des myopathies congénitales, ancien postdoc de Louis. Scientifiquement parlant, on était de la même famille. Frères, cousins… ça dépendait des jours. Je lui ai exposé mon plan, mes ambitions. Il a accepté sans hésiter. Un nouvel allié se joignait à l'aventure.

Tout a commencé sur une feuille blanche. Je notais mes idées, mes questions. Pour espérer développer un traitement, il fallait un modèle cellulaire ou animal. Il n'en existait pas. Il fallait donc le créer. Et, pour cela, il fallait des financements. J'ai rédigé un projet de recherche que j'ai soumis à l'AFM-Téléthon. Après une évaluation par des experts, j'ai obtenu un premier financement d'un an. Le rêve prenait vie. Après avoir identifié le gène responsable de ma myopathie en 2015, je recréais ma mutation chez la souris cinq ans plus tard. Un travail de précision rendu possible grâce aux ciseaux moléculaires CRISPR-Cas9, technologie qui valut à Emmanuelle Charpentier et Jennifer Doudna le prix Nobel de chimie en 2020. Mon premier objectif était d'explorer la maladie en profondeur, muscle après muscle, étape après étape, là où l'homme ne pouvait livrer ses secrets. Avant même d'imaginer un traitement, il fallait comprendre. Les résultats étaient sans appel. La disproportion des fibres musculaires, si caractéristique de la maladie, était présente chez la souris. Le gène responsable de ma myopathie était confirmé. Cette bataille se menait aussi sur d'autres fronts. Au même moment, j'étudiais le gène *TPM3* chez le poisson-zèbre et je créais un nouveau modèle dans des cellules souches, en collaboration avec le laboratoire d'Olivier Pourquié, un autre Français et une figure majeure de la biologie du développement au Brigham and Women's Hospital de Boston. Je me confectionnais un arsenal de modèles sans précédent, tous pensés pour le criblage de médicaments et leur validation dans un modèle préclinique. J'avançais là où personne n'avait osé s'aventurer. Les mains tendues étaient nombreuses. Je me sentais porté par cette énergie, et les résultats étaient prometteurs.

Ce qui, à l'origine, n'était qu'une page blanche, un travail de bout de paillasse, est très vite devenu mon projet principal de recherche. Mais cet élan avait un prix. Les journées s'enchaînaient, longues, intenses, épuisantes. Je partageais mon temps entre les recherches sur la myopathie de Duchenne et celles sur ma propre maladie. Les heures passées au labo se comptaient par dizaines, parfois sans pause. Je menais ce double travail, et de nouveau cette sorte de double vie que je m'étais refusé de revivre. J'avais le sentiment que je devais travailler deux fois plus que les autres pour montrer que j'étais capable tout autant. Le soir venu, je rentrais vidé. Il m'arrivait de perdre la force de parler, tant mon souffle était court. Manger devenait un effort, un supplice. Chaque pas se faisait plus difficile. Mais je tenais. J'avançais, animé par cette quête, par l'espoir qu'un jour un traitement verrait le jour. Le paradoxe cruel, c'est que le combat que je menais contre la maladie finissait par l'alimenter. Je menais deux courses de front, mais la maladie avançait plus vite que la science.

Et puis il y avait ces obstacles du quotidien, dérisoires en apparence, mais redoutables en réalité. Le bâtiment n'était pas facile d'accès. Pour passer d'un immeuble à l'autre, il me fallait franchir au minimum trois lourdes portes coupe-feu, sans aucun système d'ouverture automatique. À chaque fois, je devais me lever, pousser une porte d'un bras, faire avancer le fauteuil de l'autre. Un parcours du combattant. Un jour, j'ai pris contact avec la direction de l'hôpital pour expliquer ma situation. Je leur ai demandé si, au moins, une porte automatique pouvait être installée à l'entrée de mon labo. Une réunion eut lieu avec les ressources humaines. Puis une autre. Et, très vite, nous en arrivâmes à dix. Des silences, des délais, des promesses floues. J'essayais de leur expliquer la notion d'équité, la nécessité de cet aménagement pour réaliser mes recherches. Mais mes arguments se heurtaient à des portes, elles aussi closes. Sara se rendait bien compte de mon état. Elle était inquiète. La fatigue me rongeait. J'étais exténué. Je menais trop de batailles à la fois. Elle me disait de me préserver, de lâcher prise, de me concentrer sur la science. Mais vous me connaissez, maintenant… je suis têtu et déterminé. Au fond de moi, je savais que, si j'abandonnais ce combat, la prochaine personne en fauteuil se retrouverait dans la même situation. Je ne pouvais l'accepter. Ç'aurait été renier mes convictions. Et ce combat avait réveillé une vieille flamme en moi, celle nourrie par l'injustice, celle qui brûle plus fort que tout. Alors j'ai décidé de me battre avec mes armes, même si cela devait menacer ma carrière. Après tout, je n'avais qu'un visa de travail et on pouvait me renvoyer en France du jour au lendemain. Une autre réunion eut lieu. Cette fois, j'ai été clair, franc, tranchant, parlant sans détour, ni langue de bois. Le regard droit, froid, je leur ai dit : « Si rien n'est fait, je dirai à quiconque voudra venir travailler ici de ne pas le faire, parce que cet endroit n'accueille pas le handicap. Et ce n'est pas un mensonge, c'est la vérité. C'est votre réputation qui est en jeu. Et, désormais, je ne demande plus une porte, mais six. Six portes, à des points précis que j'ai identifiés. Ce n'est pas une requête, c'est un droit. C'est la loi depuis 1990. » Je lisais dans leurs yeux une question silencieuse : est-ce qu'il bluffe ? Un mois plus tard, les premières portes étaient installées. Un soulagement. Mais un combat qui n'aurait jamais dû exister.

Pendant ce temps, la recherche continuait. Les financements affluaient, venant de la Muscular

Dystrophy Association, du National Institutes of Health, de la Harvard Medical School. Chaque projet était salué, classé parmi les meilleurs. Ces soutiens faisaient partie des plus prestigieux dans ce domaine. J'avais réuni plus d'un million et demi de dollars. Peu à peu, mon histoire franchissait les murs du laboratoire. On me sollicitait pour des interviews, des articles de presse, des podcasts, des reportages télé, des conférences. Je ne voulais plus seulement trouver un traitement, je voulais bâtir un vrai laboratoire, une équipe, un projet durable. Avec ces financements, j'avais pu recruter deux techniciens de laboratoire, dessinant les contours d'une petite unité. Mais, pour aller plus loin, il me fallait un poste d'*assistant professor*, une sorte de poste de titulaire en recherche. J'ai envoyé des candidatures dans une dizaine d'universités : Chicago, Seattle, Columbus, Cincinnati… Rien. Même dans mon propre département à Boston. On réclamait de moi encore plus : plus de données, plus de publications, plus de preuves, plus de tout, pour une promesse qui n'en était pas vraiment une. J'étais déjà à deux cents pour cent de mes forces. Et l'horloge tournait. Sans cette promotion, je perdrais certains financements. Heureusement, il y avait des alliés, des visages bienveillants dans ce labyrinthe d'espoirs et de complications. Parmi eux, Emanuela Gussoni, grande figure des maladies neuromusculaires, installée à ce même quinzième étage. Elle m'écoutait et comprenait ces combats qu'elle avait elle aussi vécus, et qui allaient bien au-delà de la science. Je l'appelais tendrement ma « maman italienne ». Ensemble, nous avons signé ce qui reste, à ce jour, l'étude la plus complète sur la myopathie TPM3. Mais même cela ne suffisait pas à ouvrir les portes.

Les mois passaient. Je redoublais d'efforts, repoussant toujours un peu plus les limites de mon corps et de mon esprit. Le jour, je menais mes expériences, j'écrivais, je cherchais des financements, je guidais mes techniciens. La nuit, je rédigeais les projets, je peaufinais les articles, je préparais les candidatures. Et toujours je guettais cette main tendue qui devait m'aider à franchir la dernière marche. Mais elle n'est jamais venue.

Et puis un jour, la mécanique se grippa. Un matin de novembre 2023, j'ai compris. J'étais au bout du chemin. Mon corps ne suivait plus, mon esprit m'avait lâché. J'avais tout donné dans cette bataille. Ce matin-là, des larmes ont coulé. Je comprenais que ce rêve d'avoir un laboratoire à mon nom, une équipe dédiée à ma cause, venait de s'effondrer, balayé d'un revers de main, comme un château de cartes. Et, au-delà de ce rêve, une vérité plus cruelle s'imposait : il était trop tard pour moi, je n'aurais pas ce traitement tant espéré. La maladie resterait, indomptée. Les planètes ne s'alignaient plus, les mains tendues n'étaient plus là. Le monde semblait me tourner le dos. Une trentaine de conférences, une dizaine de publications scientifiques, des étudiants encadrés, des financements prestigieux, la découverte du gène responsable de ma myopathie, la création de modèles, un engagement total au service des patients… tout cela n'avait pas suffi. Que fallait-il de plus ? J'ai compris qu'il fallait cocher des cases qui ne m'étaient pas destinées. Il fallait publier ses recherches dans des revues scientifiques prestigieuses comme *Nature*, *Cell*… À quoi bon le faire si ça ne change pas la vie des patients ? Selon mes propres cases, il fallait justement que mes recherches puissent changer la vie des patients, peut-être sans la gloire et les paillettes. J'ai reçu des dizaines de messages provenant de familles, parfois provenant de personnes vivant avec la même myopathie, me témoignant des mots de sympathie et de simples mercis. J'avais, selon eux, montré qu'il était possible de réaliser ses rêves, même avec la maladie. Ce n'était pas un médicament, mais c'était bien plus qu'un espoir. Ils n'étaient plus seuls dans cette bataille face à la maladie. Enfin, un chercheur s'intéressait à la leur. Mais le monde académique, Harvard… lui s'en fichait. Il ne voyait pas ce que je voyais. Malgré les diplômes, les distinctions, les connaissances accumulées au fil d'une carrière, la plupart des chercheurs n'avaient aucune idée de ce que signifiait vivre avec une myopathie. J'affrontais parfois l'indifférence de ceux qui avaient pourtant consacré leur vie à étudier ces maladies. Mais je ne leur en voulais pas. Moi non plus, je ne connaissais pas la vie en bonne santé.

J'étais pourtant si proche de mon but. J'avais enfin fondé ce petit laboratoire éphémère à mon nom, sans même avoir un poste de titulaire, car j'avais récolté les fonds nécessaires pour payer mon propre salaire et celui de mes salariés. Personne d'autre n'avait réussi à faire ce que j'avais fait de mon département. Mais ce n'était pas assez. Le monde était une nouvelle fois injuste. Je touchais le sommet du bout des doigts. Je revoyais ce petit garçon incapable de gravir le Mont-Saint-Michel, incapable de finir la course à pied. L'histoire se rejouait, avec les mêmes douleurs, les mêmes silences, les mêmes désillusions. Mais, depuis, j'avais appris. Parfois, le sommet paraît si proche qu'on croit l'effleurer, quand, soudain, la montagne reprend ses droits. Le ciel s'obscurcit, les sentiers s'effacent, le tonnerre gronde. Il faut alors rebrousser chemin, trouver refuge, puis reprendre l'ascension. Renoncer n'est pas abdiquer. Au bout du fil, maman me rappelait d'une voix douce que je n'étais pas Superman, que je ne pouvais pas tout faire ni sauver tout le monde. Le corps a ses limites qu'il faut savoir écouter. Ce matin-là, j'ai décidé de quitter ce monde universitaire qui, malgré mes efforts, n'avait pas su ou pas voulu me faire une place. J'avais atteint mon maximum. Je savais que si je continuais, je fonçais droit dans le mur, vers le point de non-retour. Alors quand on atteint son point de firmament, j'ai appris qu'il était parfois bon de partir, car le reste n'aurait plus la même saveur. Les derniers matins, je traînais les pieds pour arriver au laboratoire. Je n'avais plus cette flamme, je n'avais plus cette même envie. Je ne voyais plus mon avenir ici. Ce n'était pas un échec. J'étais allé au bout de moi-même. J'avais tout donné. J'ai choisi de poursuivre ma quête autrement. J'ai rejoint le privé à Boston, sans jamais perdre de vue mon objectif, celui de développer des traitements pour les myopathies.

Ces huit années à Harvard furent intenses, lumineuses, pleines de possibles et de rencontres. J'ai eu la chance de vivre des moments incroyables, de gravir ces étapes une à une. Et si c'était à refaire, je reprendrais le même chemin. Peut-être avec un peu plus de douceur pour moi-même. Et si vous me demandiez ce dont je suis le plus fier, je ne parlerais pas des millions de dollars obtenus, ni des publications, ni des conférences. Je vous parlerais de ces portes ouvertes, celles que j'ai forcées, pour moi d'abord, mais surtout pour les autres. C'est cela, mon héritage. La preuve que le handicap a sa place, qu'il enrichit, qu'il apporte un regard neuf que la science ne devrait jamais ignorer. Je n'ai peut-être pas atteint ce sommet, mais je laisse derrière moi un sentier un peu plus praticable pour ceux qui tenteront l'ascension.

Conclusion
Jusqu'au prochain combat

Mai 2025 – Paris

Un soir de printemps.

Dans le calme du square René-Viviani, je m'abandonne à la lenteur du jour qui s'éteint. Le parfum discret des rosiers flotte dans l'air. Tout près, la Seine déroule ses derniers reflets. En toile de fond, Notre-Dame, fraîchement restaurée, veille à nouveau sur Paris. Imposante. Majestueuse. Comme un rappel discret que tout peut renaître. Et puis, je repense à Boston. À cette autre rive. À cet autre banc. Un an plus tôt.

Cela fait quelques mois que j'ai quitté les sentiers familiers de la recherche académique pour un autre versant, plus abrupt, plus incertain : celui du secteur privé. Un changement de pente, de souffle, de cadence. Mais toujours la même boussole. Comprendre et vaincre les myopathies. Chaque matin, je revêts la même blouse blanche. Un uniforme de combat. Presque un acte de foi. Dans ces nouveaux lieux, je poursuis la traque de l'invisible. Je tente de percer les mystères de ces maladies, comme on tente de résoudre une équation à plusieurs inconnues. La solution semble parfois si proche… et pourtant toujours insaisissable. Une course contre la montre. Une quête d'équilibre entre rigueur scientifique et espoir fragile. Ma propre maladie s'est longtemps présentée à moi comme une inconnue. Une présence muette mais tenace, qui me poussait à gravir des sentiers escarpés, semés d'incertitudes. J'ai longtemps avancé à l'aveugle, dans un brouillard épais, sans repère, sans direction claire. Porté uniquement par une conviction intérieure, presque irrationnelle : que j'allais m'en sortir. Que je trouverais. Que je vaincrais. J'ai longtemps cherché. Longtemps douté. Et puis, un jour, j'ai pu mettre un nom sur ce mal qui me rongeait. Je l'avais démasqué. Et je m'étais mis en tête de le défier. Afin de trouver un remède. De réparer ce qui m'échappait. De réussir là où tant d'autres avaient échoué. J'y ai mis mes forces, mes nerfs, mon souffle. J'y ai mis tout ce que j'avais. Obstiné. Déterminé. Entier. Et peu à peu, sans m'en rendre compte, je me suis perdu dans cette quête obsessionnelle. À force d'heures passées à la paillasse, de nuits blanches à éplucher mes résultats, de journées entières à douter puis espérer, cette quête du Saint Graal avait fini par nourrir la bête elle-même. La maladie s'était engouffrée dans les brèches de mon épuisement. Elle progressait à bas bruit, alors même que je tentais de l'apprivoiser. Aujourd'hui, je ne travaille plus sur ma propre myopathie, mais sur d'autres. Le travail ne manque pas ! Et pourtant, elle est toujours là. Tapie. Silencieuse. Comme une ombre familière. Avec elle, le doute. Un vertige subtil, mais persistant. Comme si j'avais quitté la montagne avant même d'en avoir vu le sommet. Je repense au petit garçon que j'étais autrefois, à deux marches du sommet du Mont-Saint-Michel, contraint de s'arrêter là. Si proche. Et pourtant incapable d'aller plus loin. Ce souvenir me poursuit. Peut-être parce qu'il dit tout de ce que je ressens aujourd'hui : l'élan, l'effort, la presque-victoire… et l'arrêt brutal. En quittant la recherche académique, j'ai ressenti ce curieux mélange d'allègement et de perte. Une forme de soulagement, oui. Mais en demi-teinte. L'impression d'avoir posé un fardeau sans vraiment le déposer. Il y a là une forme d'amertume, un goût d'inachevé, presque de gâchis. Le sentiment de ne pas être allé jusqu'au bout. Et cette question, qui m'accompagne désormais : Ai-je pris la bonne voie ? Était-ce une fuite, ou un envol ? Je ne sais pas. Pas encore.

Comme je l'ai dit, je ne crois pas en Dieu. Mais je crois au hasard, à la chance, et peut-être, parfois, au destin. Il y a forcément une raison si je suis encore là aujourd'hui. Si j'ai tenu. Si j'ai avancé malgré tout.

Ma vie a souvent tenu à un fil. Un fil invisible que j'ai tissé jour après jour, avec mes forces, mes doutes, et cette ténacité un peu folle que la maladie elle-même m'a enseignée. Ce fil, je l'ai renforcé par le travail, la volonté, et ce soupçon de réussite qui, à chaque étape, m'a permis d'aller plus loin. Une étoile, peut-être, veillait quelque part. Ma détermination n'a jamais été sans faille. Loin de là. Je n'ai pas toujours été exemplaire. J'ai failli. J'ai douté. J'ai parfois voulu tout arrêter. Mais mes convictions, mes idées, mes rêves m'ont toujours porté. Est-ce que je serai, un jour, à nouveau à la tête d'un laboratoire ? Est-ce que je retravaillerai sur ma propre myopathie ? Peut-être. Ou peut-être pas. Peut-être qu'une autre voie s'ouvre devant moi. Une voie moins douloureuse, plus simple, plus lumineuse, plus essentielle. Et peut-être que cette voie est déjà là, devant moi. Comme une évidence. Sara. Dans ce square René-Viviani, elle est là, à mes côtés. Elle me regarde sans un mot. Nos chemins se sont croisés il y a six ans. Depuis, nous partageons le même pan de vie. Avec ses doutes, ses respirations, ses petites victoires. Elle m'a vu vaciller. Elle m'a vu lutter. Elle n'a jamais fui. Mais ce soir, tout est différent. Je me sens plus nerveux qu'à l'accoutumée. Bien plus que lors d'un concert, d'une présentation scientifique ou d'un entretien d'embauche. Et pourtant, c'est la même adrénaline qui m'envahit. Il ne s'agit pas de convaincre. Il s'agit d'oser. D'oser croire. D'oser aimer. De sauter depuis mon sommet, dans ce vide qui m'est inconnu. Je me tourne vers elle. Je la regarde. Je me perds un instant dans ses yeux. Et soudain, le monde s'efface. Le bruissement des arbres, les passants qui flânent, le son des clochers, tout se suspend. J'avais préparé des mots. Mais aucun ne me semble à la hauteur. Alors j'improvise. D'une voix un peu tremblante et avec un cœur battant trop vite, je lui dis que je l'aime. Que je veux continuer cette route cabossée et incertaine avec elle. Que je ne promets pas la facilité, ni la perfection, mais que je suis là, et que je le serai. Que je veux traverser ce nouveau pan de vie, avec ses orages et ses éclaircies, à ses côtés. Et à cet instant, je lui demande sa main. Elle me regarde. Ses yeux brillent. Un sourire apparaît sur son visage. Un de ces sourires qu'on ne peut ni prévoir ni feindre. Et elle me dit « Oui ! » Un mot simple. Un mot immense. Un mot qui contient tout.

Ce soir-là, quelque chose a changé. Un souffle nouveau. Une infime réconciliation avec moi-même. Comme si, dans ce simple « oui », une faille s'était refermée. Une partie de moi, longtemps restée en guerre, a enfin trouvé un abri. La maladie m'a confronté aux choses les plus terribles. À la douleur. À l'injustice. À la solitude. Elle m'a contraint à grandir plus vite, à plier sans rompre, à me battre sans relâche. Mais paradoxalement, c'est elle aussi qui m'a permis de rencontrer l'amour. Là où je ne l'attendais plus. Là où la vie devient soudain plus douce, plus pleine, plus juste. C'est une autre manière d'exister. Une façon plus lente, mais plus attentive, de panser les maux. D'habiter son corps, même cabossé. D'habiter le monde, même hostile.

Et si le combat que je mène allait au-delà de ma propre maladie ? Au-delà de mon propre corps, de ma propre histoire ? Peut-être est-ce le combat d'une vie, mais aussi celui de plusieurs. Le mien, celui de ma mère, et celui de tant d'autres. Peut-être aussi le vôtre, vous qui lisez ces lignes. Car si ce combat ne servait qu'à moi, alors il n'aurait aucun sens. Il ne vaudrait rien. Il y a tant à faire. Tant d'injustices à réparer. Tant de voix à faire entendre. Je ne suis que le sommet émergé d'un iceberg invisible. Celui qui a eu la chance. Oui, la chance d'être handicapé, mais pas trop. Juste assez pour être confronté à l'injustice. Mais pas au point d'être écrasé par elle. J'ai pu aller à l'école. Étudier. Devenir chercheur. Tomber amoureux. Être soutenu par une mère, par des enseignants, par des soignants. D'autres n'ont pas eu ce luxe. D'autres restent sur le bas-côté, sans ascenseur, sans auxiliaire, sans voix. Depuis 2023, j'ai lancé à Boston, avec l'aide du consulat, le Téléthon des Français de l'étranger. Ce n'est pas seulement une collecte de fonds pour la recherche, même si c'est indispensable. C'est surtout une tentative, modeste mais sincère, de faire bouger les lignes. D'ouvrir les yeux, les esprits. De transmettre, dès le plus jeune âge, des valeurs d'inclusion, de tolérance, de solidarité. Je suis allé dans des écoles. J'ai parlé à des enfants. J'ai vu les regards s'éclairer, leurs questions naître. Et j'ai compris que c'est par eux que tout commence. Changer les choses. Poser les mots. Dire la vérité. Car une société qui ne prend plus soin des plus fragiles est une société malade. Une société condamnée à se perdre. Nous avons besoin d'une nouvelle loi sur le handicap. La loi de 2005, aussi historique soit-elle, n'est plus adaptée à notre époque. Elle n'est ni appliquée ni respectée. Il faut exiger plus. Plus d'inclusion, à l'école, à l'université, dans l'entreprise, dans les lieux de culture. Et pas seulement dans les discours. Dans les actes. Dans les budgets. Dans les priorités. L'inclusion de tous les enfants à l'école passe par davantage d'aides humaines, une reconnaissance digne des accompagnants, des salaires décents, une vraie retraite. Elle passe aussi par la reconnaissance des aidants familiaux, souvent épuisés, invisibilisés, oubliés. Il faut les soutenir, les valoriser, leur donner les moyens de tenir. La dépendance ne devrait pas être perçue comme une faiblesse honteuse ni comme un fardeau pour notre société. Elle fait partie de la condition humaine. La maladie, d'une façon ou d'une autre, nous concerne tous. Et si certains n'en sont pas convaincus, la vie finira par leur souffler cette vérité, comme une petite musique persistante qui se rappelle chaque matin : la vieillesse. Les plus chanceux d'entre nous y parviendront, à ce moment où le corps se fatigue, où l'autonomie se réduit, où il devient nécessaire de s'appuyer sur d'autres. Ce que l'on construit pour les malades, les personnes handicapées ou fragiles, n'est jamais perdu : ce sont des aménagements utiles à tous, des ressources communes qui, tôt ou tard, bénéficieront à chacun. Car oui, un jour ou l'autre, la maladie ou la vulnérabilité nous rattrapent tous. Moi, on me croyait condamné à rester en arrière. Trop lent, trop fragile, comme la tortue de la fable. Mais j'ai avancé. Obstinément. J'ai tenu, toujours le regard fixé sur mon but. Là où l'on me croyait perdu, j'ai su tenir la distance. Cette leçon de persévérance, je la dois à la maladie, et c'est elle qui me pousse aujourd'hui à exiger plus pour tous. Et il faut investir dans la recherche. Encore et encore. Chaque maladie rare devrait, *a minima*, bénéficier d'un programme de recherche dédié. C'est une question de justice. De dignité. D'espoir. On ne peut pas abandonner les plus rares sous prétexte qu'ils sont invisibles. On ne soigne pas une statistique. On soigne une vie.

Mais je le sais. Je le sens. Pour que tout cela change, il faudra bien plus qu'un cri. Car souvent, le bruit d'en bas n'arrive pas aux oreilles d'en haut. Alors il faut infiltrer le système pour le transformer de l'intérieur. C'est ce que je m'efforce de faire, en tant que chercheur, et aujourd'hui à des postes à responsabilités. J'ai pu, grâce à ce parcours, poser la lumière sur ma propre myopathie, jusque-là ignorée ou reléguée aux marges. Et en quelques années à peine, des avancées majeures ont été obtenues. Sans cela, nous en serions encore au point mort. C'est dire le vide. Le silence. L'abandon. Je n'ai pas écrit cette histoire simplement pour raconter mon chemin. Je l'ai écrite pour qu'elle fasse écho. Pour qu'elle donne envie, à d'autres, de prendre la parole à leur tour. Parce que chaque témoignage compte. Parce que c'est en changeant les récits que l'on finit par changer les regards. J'encourage chaque personne concernée par une maladie rare à s'engager : dans les associations de patients, dans les conseils scientifiques, dans les comités de direction, dans les instances politiques, dans les entreprises. À faire entendre leur voix, à faire connaître leur pathologie, à dialoguer avec les chercheurs, les médecins, les décideurs. Il ne suffit plus d'attendre que d'autres s'emparent de nos combats. Ceux qui feront bouger les lignes, ceux qui changeront vraiment la face des maladies rares, ce sont les malades eux-mêmes. Alors prenons notre destin en main. À chaque fois que je suis témoin d'une injustice, je me dresse comme un rempart. Intransigeant. Je ne sais pas faire autrement. Toute ma vie, j'ai dû batailler contre cette maladie, lui résister jour après jour, sans jamais plier. Elle ne m'a pas vaincu. Chaque obstacle franchi, chaque combat gagné m'a forgé une armure, une discipline, une certitude : je n'accepterai jamais que l'on écrase les plus fragiles. Cette combativité, née de la maladie, s'est muée en boussole. Elle me guide bien au-delà de ma propre histoire.

Et ma maladie, dans tout ça ? Mon corps a été la cible de ses assauts répétés, balle après balle, année après année. Il m'est de plus en plus difficile de rester debout. De marcher. De respirer. Elle a cogné. J'ai cogné. Et j'ai fini par comprendre une chose : aucun de nous deux ne gagnera. Il n'y aura ni vainqueur ni vaincu. Juste deux forces qui s'opposent, se défient, se fatiguent mutuellement. Alors peut-être est-il temps d'accepter. D'accepter qu'elle progresse, sans pour autant lui céder du terrain. D'apprendre à vivre avec elle, sans qu'elle prenne toute la place. Des idées, des envies, des rêves… j'en ai à revendre. Il me faudrait sans doute plusieurs vies pour tout accomplir. Une chose est certaine, ma maladie s'arrêtera avec moi. Grâce à la découverte de ma mutation, j'ai choisi de ne pas la transmettre. De briser la chaîne. Et de transmettre autre chose à la place, des valeurs, des récits, une conscience. Une volonté farouche de faire mieux, pour ceux qui viendront après. Il reste aussi ce projet de recherche, que je n'ai pas fini. Tout est là, dans mes carnets, dans ma tête, dans mes nuits blanches. Il y a même la solution. Il suffirait d'un rien pour qu'un traitement voie le jour. Mais il faut que je reprenne mon souffle. Juste un instant. Alors, pour un temps, j'aimerais que la maladie retourne dans l'ombre. Qu'elle redevienne cette parfaite inconnue…

Comme ce soir d'été 2024 sur les rives de la Charles River, je sens que tout reste possible. Ce soir, je me sens libre. Et les mots de Bob Dylan résonnent en moi, *Like a Rolling Stone*…

Jusqu'au prochain combat.

Table des matières

Achevé d'imprimer par Laballery,
en octobre 2025
N° d'imprimeur : 509520
Dépôt légal : novembre 2025

Imprimé en France

Mise en pages réalisée par
Jacques Motllo – 66470 – Sainte-Marie-la-Mer
188/2025